샹젤리제 거리의 작은 향수가게

로맨틱 파리 컬렉션 #3

The Little Perfume Shop off the Champs-Élysées

샹젤리제 거리의 작은 향수가게

레베카 레이즌 소설 | 이은선 옮김

 『샹젤리제 거리의 작은 향수가게』에 쏟아진 찬사들

최고다!!! 첫 페이지부터 나를 사로잡았고 기대감에
가슴을 두근거리게 만드는 진정한 페이지 터너다. 최고다!

- nerys minney(www.amazon.co.uk)

"개인적으로는 이 작품이 파리 컬렉션 3연작 가운데
가장 좋았다. 등장인물들도 마음에 들었고 향수를
만드는 기법도 배울 수 있어서 흥미로웠다."

- cdonn82431(www.amazon.com)

파리에 대한 저자의 애정 덕분에 파리가 살아 숨 쉬는
존재처럼 느껴진다. 파리 컬렉션 3연작을 정말 재미있게
읽었는데 이제 끝이라니 조금 슬프다.

- morgaine(www.amazon.com)

와우. 정말 유쾌하고 보석 같은 작품이다. 매혹적인 향수 소개는 두말할 나위도 없고 낭만, 우정, 상실, 새로운 출발, 희망, 도전정신이 이 가슴 뭉클한 이야기 속에 담겨있다. 중간에 마음에 드는 구절. "완벽한 향수를 창조하면 노래처럼 영원히 사람들 곁에 남을 수 있다." 이 책에 딱 맞는, 너무나 아름다운 문장이었다.

- Nessa(Goodreads)

나는 레베카 레이즌의 작품을 좋아하지만 파리 컬렉션 3연작은 처음이다. 전작을 읽지 않았어도 아무런 문제가 없는데, 마음에 쏙 들어서 나머지 두 권도 읽어볼 생각이다. 워낙 재미있어서 앉은 자리에서 단숨에 해치웠다.

- Stacey(Goodreads)

책장을 펼치자마자 빠져들어서 주인공 델과 같은 향을 맡고 델과 같은 풍경을 볼 수 있었다. 독자 입장에서는 등장인물에게 그런 식으로 동화되는 것만큼 즐거운 일도 없다.

- Sharon(Goodreads)

아주 재미있게 읽었다. '사랑의 도시'에서 새롭게 시작한 사람들의 아름다운 추억을 환기한다. 따뜻하고 포근하며 고전적인 러브스토리다.

- Roberta(www.amazon.com)

제프에게.

이 소설 속 주인공 델처럼
우리도 항상 딱 하루만
더 같이 보낼 수 있길 소망하겠죠…….

상
젤
리
제
거
리
의
작
은
향
수
가
게

1

차창에 부딪친 햇살이 눈부신 빛의 프리즘을 발산하는 가운데 나는 여행의 노곤함을 떨치며 허리를 폈다. 택시가 샹젤리제 바로 옆의 아파트 입구에 천천히 멈추어 섰다. 나는 새로운 거처의 위용에 놀라서 눈을 휘둥그레 뜨고 철제 발코니에서부터 산들바람이 들어오도록 흰색 덧문을 열어놓은 창문을 감싼 정교한 석조장식까지 바라보았다. 햇빛을 향해 온 사방으로 뻗어 나간 빨간 꽃 무더기가 화분을 뒤덮고 있었다.

여기가 내 숙소라고? 미시간에 있는 우리 목장과 어찌나 다른지 다른 행성이라고 해도 믿길 정도였다. 나를 찾아온 행운에 다시 한번 감사했다.

"마드무아젤." 기사가 사근사근하게 말을 건넸다. "오렐리가 입구로 마중 나올 거예요."

"고맙습니다." 그는 군더더기 없이 능숙하게 차에서 내려 문을 열어주고 내 가방을 챙겨서 입구로 안내했다.

"더 필요한 게 있을까요?" 그가 프랑스 억양이 물씬 풍기는 영어로 물었다.

나는 고개를 젓고 미소를 지었다. "아뇨, 괜찮아요. 여기까지 태워다주셔서 감사했어요." 곧이어 태평하게 길을 걸어가는 사람들을 향해 경적을 울리며 쌩하니 내달리는 그를 향해 손을 흔들었다. 내가 지금까지 목격한 바에 따르면 프랑스 사람들은 르망 레이스에 참가하기라도 한 듯 머리칼이 쭈뼛설 만한 속도로 달렸고 급히 갈 데가 있기라도 한 듯 경적을 울리고 코너를 돌았다.

나는 손목시계를 확인하고 위를 흘끗 올려다보았다. 그 바로 뒤에 누가 서 있기라도 한 듯 2층 커튼이 살짝 흔들렸다. 오렐리일까? 나는 목을 조이는 궁금증을 달래며 조그만 여행가방의 손잡이를 움켜쥐고 기다렸다.

만약 여기서 내 역량이 부족하다고 평가받으면 어떻게 해야 할까? 만약 다른 참가자들이 하나같이 정규 교육과 화학 학위증으로 무장하고 나보다 아는 게 많으면 어떻게 해야 할까? 만약…… 나는 자신을 나무랐다. 만약은 이제 그만. 남들보다 뛰어나지는 못할망정, 적어도 뒤지지는 않았다! 새로운 포퓰러를 만들 때 할머니가 없어서 좀 끙끙대긴 했다. 하지만 그건 하나의 단계일 뿐이고 믿음직한 할머니의 향수 바이블이라는 비밀 무기가 있으니 조만간 최고의 실력을 발휘할 수 있을 것이다. 게다가 내게는 열정과 열의와 승리를 향한 열망이 있었다.

심지어 여기가 화성이라 하더라도, 수군거림이 난무하며 그에 걸맞게 이름조차 '위스퍼링 레이크스'인 답답한 고향 마을과 그 모든 것에서 탈출했다는 데 기뻐했을 것이다.

르클레르 파르퓌메리 대회 참가 신청에는 지긋지긋한 기간 동안 향수 제조의 모든 면을 철저하게 검증받는 과정이 뒤따랐다. 영상을 제작하고 향수 샘플을 발송하고 지역, 제품, 블렌딩, 추출 테크닉, 숙성, 마케팅 전략을 주제로 르클레르 운영진에게 화상으로 엄격한 심사를 받았다. 내가 향수를 거의 만병통치 강장제처럼 쓴다고 설명했을 때 그들이 미간을 찌푸리는 것을 보고 그다음부터는 할머니와 함께 개발한 포퓰러로 그들의 감탄을 유도하는 데 집중했다. 그 포퓰러는 고맙게도 할머니가 유산으로 남겨준 것이었지만 조만간 할머니의 그림자에서 벗어나 나만의 포퓰러를 만들어야 했다. 다만 할머니가 없다는 게 너무 어색하게 느껴질 따름이었다. 내 일부를 잃어버린 듯했다.

참가 신청의 최종 단계로 진입하기까지 몇 달이 걸렸다.

떨어질 거라고 생각한 적이 워낙 많았기 때문에 정작 연락을 받았을 때는 내게 그럴 만한 자격이 충분히 있는 것처럼 느껴졌다. 게다가 타이밍도 이보다 더 좋을 수가 없었다. 이야말로 조그만 고향 마을에서 벗어나 내 향수를 다음 단계로 발전시킬 기회였다.

우승하면 상금이 상당했고 향수 컬렉션을 만들 기회가 주어지기 때문에 파벌이 심하기로 악명이 높은 향수업계에서 수많은 기회를 포착할 수 있었다.

그래서 나는 이렇게 세계에서 가장 낭만적인 도시에 입성했다. 르클레르 파르퓌메리 매장이 바로 옆이었다. 매장은 보이지 않았지만 여름 공기를 타고 흘러온 재스민, 삼나무, 프렌치 바닐라 향이 피리 부는 사나이처럼 나를 유혹했다. 코가 인도하는 대로 따라가고 싶은 유혹을 견딜 수 있을까? 한데 어우러진 향이 나를 취하게 만들었고 좀 더 알아보고 싶은 욕구를 불러일으켰다.

그쪽을 흘긋 쳐다보며 망설이는 동안 얇은 실크 스카프가 저절로 풀려서 바람을 타고 너풀거리며 도로 저편으로 날아갔다. 나는 아무 생각 없이 연석 밖으로 발을 내디뎠다가 차 한 대가 바로 앞을 쌩하니 지나가는 바람에 인도에 대자로 넘어지고 말았다. 쿵 하는 소리와 함께 착지한 순간 내 엉덩이와 자존심에 금이 갔다.

부들부들 떨며 숨을 들이마셨을 때 맞은편에 서 있는 잘생긴 낯선 남자가 내 눈에 들어왔다. 그는 걱정하는 기미가 역력했고 그러느라 짙은 초록색 눈에 먹구름이 꼈다. 나는 화끈거리는 얼굴을 달래며 위기일발의 상황을 목격한 남자에게 사과하는 뜻에서 어깨를 으쓱해 보였다. 우리의 시선이 몇 분의 1초 동안 서로 엉켰다. 시간이 멈추었고 내 외로운 심장이 철렁 내려앉았다. 하지만 그 감정은 금세 굴욕감으로 바뀌었고 나는 눈을 감고 열까지 세며 두근거리는 심장을 달랬다. 다시 눈을 떴을 때 그는 짧게 목례를 하고 청바지 주머니에 손을 넣고 헝클어진 까만 머리를 바람에 휘날리며 성큼성큼 샹젤리제를 따라 가던 길을 재촉했다.

휴우! 여기는 위스퍼링 레이크스가 아니라서 아무 때나 생각 없이 차도로 나서면 안 된다고 기억을 환기했다. 가던 걸음을 멈추고 나를 걱정해준 남자가 있었다는 데 일말의 위안을 느꼈다. 그리고 순간 그가 멋지게 느껴졌다.

일어나서 흙을 털고 치마를 제대로 바로잡았을 때 오렐리가 등장했다. 그녀는 흠잡을 데 없는 헤어스타일과 메이크업을 자랑하며 하이힐을 신고 똑바로 걸어와서 내게 인사를 건넸다. 그녀에게서 내가 아주 좋아하는 인디언 로즈 향이 풍겼다. 그녀는 자세가 무용수 같았고 유연하며 우아했다. 많은 프랑스 여자들의 공통적인 특징인 듯했다. 그런 매력을 타고나는 걸까? 아니면 교육을 받는 걸까? 부러웠다. 새로 사서 입은 내 옷이, 누가 봐도 체인점 브랜드인 게 분명한 내 옷이 문득 촌스럽게 느껴졌다.

"어서 와요, 델." 그녀는 우아하게 웃으며 고급스러운 로비로 나를 안내했다. 금박과 짙은 색 나무와 벨벳 커튼과 광택제 냄새와 과거의 속삭임으로 가득한 그곳이 어찌나 웅장하고 호화로운지 나는 자꾸만 벌어지려는 입을 다무느라 애를 써야 했다.

오렐리는 내가 무슨 생각을 하는지 아는 듯 미소를 지었다. "파리에 온 걸 환영해요." 그녀가 프랑스 억양이 물씬 풍기는 영어로 얘기했다. "쉴 수 있게 방으로 안내할게요. 세브가 나중에 와서 인사를 할 수 있으면 좋겠는데."

세바스티앙이 인사를 하면 좋겠다고? 세바스티앙은 아버지의 사망 이후에 르클레르 파르퓌메리 사장으로 승진했고 나는 대회 운영진과 수백 번 연락을 주고받은 끝에 이 대회에 참가할 수 있었지만 그와 직접 접촉한 적은 없었다. 솔직히 수수께끼 같은 이 남자를 만나보고 싶어서 몸이 근질거렸다. 그도 그럴 것이 그에 대해 알려진 정보가 거의 없었다. 인터넷으로 아무리 검색해도 소득이 없었다.

"그분을 만나는 순간이 기대되네요." 나는 이렇게 얘기하는 순간 하품을 하고 말았다. 젠장! 이건 실례였고 할머니가 보았더라면 정색하며 나무랐을 것이다.

"먼 길 오느라 피곤했나 봐요." 오렐리가 미소를 지으며 얘기했다.

"네." 나는 폭소를 터뜨렸다. "비행기 안에서 어떻게든 눈을 붙여야 했는데 너무 원 없이 영화를 봤나 봐요." 비행기 여행이 그렇게 재미있을 줄 누가 알았을까? 나는 조그만 봉지에 담긴 땅콩에서부터 플라스틱 잔에 따라주는 샴페인에 이르기까지 주는 족족 사양하지 않고 맛있게 먹었다. 지금은 너무 긴장돼서 흥분과 새로운 차원의 초조함 말고는 아무것도 느낄 수가 없었다.

"매 순간을 즐기세요. 삶은 살아가기 위한 것이니까요."

프랑스 여자들은 진심으로 따뜻한 구석이 있었고 그녀는 내가 짐작했던 것과 다르게 전혀 쌀쌀맞지 않았다. 르클레르 향수에는 고유의 얘기가 있었는데 그것을 왜곡하고 싶지 않다면서 언론을 기피했기에, 르클레르 직원인 그녀도 매정할 줄 알았더니 아니었다.

르클레르의 수장인 뱅상이 세상을 떠난 이후로 분위기가 달라졌다. 문을 열고 외부인을 들이다니 그 집안답지 않았다. 아들 겸 후계자인 세바스티앙은 향수업계에 자기만의 발자취를 남기게 될까? 사세를 확장할까? 새로운 수석 조향사를 발굴하려고 은밀하게 대회를 개최하는 걸까? 답을 알 수 없는 의문점이 너무 많았다.

세바스티앙은 파파라치를 따돌리는 솜씨가 워낙 뛰어났기에 그의 생김새는 베일에 싸여 있었다. 나는 전형적인 향수광을 상상해보았다. 초췌한 얼굴, 얇은 입술, 햇볕에 굶주린 타입. 안타까운 노릇이었지만 나도 비타민 D가 많이 부족했다.

"이쪽으로 오세요, 보여드릴 게 있어요." 그녀가 나를 다시 밖으로 안내했다.

오렐리의 씩씩한 걸음걸이를 따라가다 딱 멈추었다. 내 앞에 근사한 르클레르 파르퓌메리가 등장했기 때문이다. 전설적인 부티크를 마주하자 심장이 쿵쾅거렸다. 이 향기로운 열반에 입성하는 날을 꿈꾼 시간이 몇 년이었던가! 실력 있는 조향사라면 누구나 르클레르와 그 유산을 숭배했다. 이곳이 전 세계적으로 유명한 이유는 뱅상이 조향 기술을 완전히 뒤엎고 향 분야에 일대 혁명을 일으켰기 때문인데, 고풍스러운 약국을 닮은 매장을 내 두 눈으로 목격하니 더욱 숨이 막혀왔다. "아, 오렐리, 꼭 꿈을 꾸는 것 같아요!"

"우리식 동화의 나라죠."

까만 석조로 된 매장 전면은 비바람에 빛이 바랬고 세월의 흔적으로 희끗희끗했다. 주름 장식이 달렸고 암녹색이 도는 파란색의 두툼한 벨벳 커튼이 창가를 우아하게 장식했다. 안에는 감청색의 고풍스러운 의자가 금색 진열장을 마주 보고 근엄하게 놓여 있었다. 우둘투둘하고 상처가 많은 수납장들이 벽을 따라 늘어섰고 그 안에 로션과 포션이 들어 있었다. 정중앙의 무대에 거장 뱅상 르클레르의 거대한 흑백 사진이 걸려 있었다. 따뜻한 눈빛과 비밀스러운 미소를 머금은 기인이었다.

향수병들이 은은한 스포트라이트를 받고 반짝였다. 저마다 독특해서 어떤 병은 테두리에 금색의 우아한 구슬이 달려 있었고 또 어떤 병에는 반짝이는 크리스털 마개가 씌워져 있었다. 어떤 신비로운 향을 머금고 있을까? 안으로 들어가서 손목 안쪽의 보드라운 살에 하나씩 뿌려보고 싶은 걸 참느라 죽을 것만 같았다. 쇼윈도에서 간신히 몸을 뗐을 때 영국을 들었다 놨다 하는 빨간 머리 가수와 똑같이 생긴 여자가 내 눈에 들어왔다. 트레이드마크인 외설적인 웃음소리가 울려 퍼지자 그 가수가 맞는다는 걸 알 수 있었다.

소문에 따르자면 연예계의 거물들이 르클레르 향수를 애용했지만 이 집안사람들은 유명한 고객들에 대해서 입도 벙긋하지 않았다. "저 사람……?" 오늘도 예외가 아니라서 오렐리는 희미하게 미소를 지으며 한쪽 눈썹을 추켜세울 뿐이었다.

오렐리는 쇼윈도 너머로 특별히 의미 있는 물건들을 손가락으로 가리켜 보였다. 분홍색의 예쁜 하이 체어는 오래전에 세상을 떠난 왕자비가 뱅상에게 선물한 것이었고 그와 함께 선물한 앤티크 화장대는 손님들이 거울에 비친 자신의 모습을 감상하는 용도로 쓰였다. 왕자비는 밤늦게 이 매장을 찾아왔을까? 저 거울이 다른 세상과 연결되는 통로일까? 황당한 발상이기는 했지만 이 매장이 그런 분위기를 풍겼다. 마법이 넘쳐나는 공간 같았다.

그리고 어쩌나 프랑스다운지 빈티지풍의 엽서 안으로 들어온 것처럼 느껴질 정도였다. 젠이 없어도 그녀의 목소리가 귓가에 어른거렸다. *저것 좀 봐. 아니면 파리에 오다니 대박이다, 그치?* 내 쌍둥이 동생 제니퍼도 이 향수 매장을 볼 수 있었다면 얼마나 좋았을까? 내 팔을 붙잡고 어린애처럼 이 모든 것에 소리를 질렀을 텐데.

그녀를 생각하자 가슴이 무지근하게 아팠고 평생 처음으로 우리가 서로 다른 하늘 아래 있다는 사실에 심장이 나지막이 쿵쾅거렸다. 그녀는 나를 비추는 거울과도 같았고 내 말을 척척 받아 말문을 맺어주곤 했으며 모든 면에서 나와 똑같았지만 딱 하나, 향수에 대한 감각이 전혀 없었다. 나는 향수와 더불어 살고 숨 쉬고 꿈꾸는 사람이었으니 믿기지 않는 일이었다. 그래도 함께 사업을 시작할 계획이었다. 그런데 우리가 그린 향수 부티크가, 우리의 제국이, 우리를 미시간의 조그만 마을에서 성층권으로 날려 보내줄 그 계획이 보류 상태였다. 그것도 무기한으로. 솔직히 그녀가 그런 식으로 나를 포기하다니 다시 생각해도 여전히 속이 쓰리다. 이렇게 될 줄은 꿈에도 몰랐다. 적어도 내가 알기로는 나랑 같은 걸 원해왔던 쌍둥이 동생이 그러다니.

하지만 나는 여기서 이렇게 새 출발과 다양한 상황을 앞두고 있었다.

"나중에 매장을 좀 더 구석구석 둘러봐요." 오렐리가 나를 다시 현실로 불러들였다. "지금은 앞으로 한동안 지내게 될 집을 보여줄게요."

다시 아파트로 돌아가서 오렐리가 소리 없이 미끄러지듯 계단을 올라가는 동안, 나는 체력이 달리는 사람처럼 씩씩대지 않으려고 애를 쓰며 여행가방을 들고 발소리도 요란하게 그녀의 뒤를 따라갔다. 아파트는 프랑스 음식 냄새로 진동했다. 버터와 볶은 마늘, 화이트와인, 갓 딴 백리향 그리고 무언가가 맛있게 끓고 있는, 사람을 취하게 만드는 냄새가 벽 틈새로 흘러나왔다.

"복도 왼쪽이 거실이고 거길 지나면 바로 공동 주방과 식당이 있어요. 특별히 필요한 게 있으면 얘기해줘요. 방에 간이 주방이 있지만 제대로 된 요리는 공동 주방에서 해야 해요. 여기 생활이 마음에 들 거예요."

나는 고맙다는 뜻에서 고개를 끄덕였다.

"룸메이트는 파리 출신의 참가자 클레망틴이고 둘이서 이

방을 같이 쓰게 될 거예요. 나한테 연락할 일이 있으면 침대 곁 테이블의 안내장에 연락처가 적혀 있어요. 얼마 남지 않았지만 오후에는 쉬세요. 저녁은 여덟 시에 우리 아파트에서 먹어요. 세바스티앙도 환영 인사차 참석할 거예요."

"메르시, 오렐리." 나는 애써 미소를 지었다. 저녁을 먹으면서 다른 참가자들을 평가하고, 다들 어디서 왔는지, 가장 중요하게는 어떤 향수를 만드는지 파악할 시간이 충분할 것이다. 고향에서와 다르게 나에 대해 시시콜콜 알지 못하는 사람들을 얼른 만나고 싶었다.

여기서 나는 젠의 쌍둥이 언니도 아니고 방랑 히피족의 딸도 아니고 그냥 나일 수 있었다. 새로운 내가 될 것이다. 전과 다르게 나 혼자서 스스로에 대해 배워나갈 것이다. 어항에서 벗어나 전 세계를 통틀어 가장 아름다운 도시에 입성한 나는 앞으로 어떤 변화를 맞이하게 될까?

2

　새집의 한쪽 침대에 핸드백을 던지고 주위를 둘러보았다. 크기는 아담했지만 나무랄 데 없었다. 이 공간의 대부분을 차지하는 더블 침대에는 하얀색의 고급 리넨과 유럽 스타일의 폭신한 베개가 갖추어져 있었다. 방은 밝고 환하고 누가 봐도 파리 스타일이었고 이런저런 소품들이 아늑한 분위기를 더했다. 앤티크 서랍장에 놓인 싱싱한 작약 꽃병에서 향긋한 냄새가 풍겼다. 하얀색의 두툼한 수건을 갖춘 조그만 화장실이 있었고, 발코니 옆의 간이 주방에는 커피와 차 관련용품이 놓인 아일랜드 벤치가 있었고, 그 아래에는 조그만 간이 냉장고가 있었다. 다른 때 같았으면 당장 동생에게 전화했을 테지만 꾹 참았다. 그녀 없이 살 수 있다는 걸 증명해 보여야 했다. 이제는 5분마다 보고할 필요가 없었다.

수백 년째 그 자리를 우아하게 지키고 있는 개선문이 발코니 너머로 언뜻 보였다. 샹젤리제 거리는 목에 카메라를 걸고 지도를 높이 치켜들고 녹아내리는 아이스크림을 손에 든 관광객들로 북적거렸다. 차들이 쌩하니 지나갔고 세계 각국의 억양이 나를 향해 통통 튀어왔다. 정신이 하나도 없었다!

복도에서 요란한 소리가 들리기에 무슨 일인가 싶어서 귀를 쫑긋 세우고 그쪽으로 고개를 돌렸다.

여행가방을 끄는 소리와 함께 요란한 프랑스어가 들렸다.

"엑스퀴제 무아, 비켜주세요. 울랄라, 무겁기도 하지."

여자의 얼굴보다 냄새가 먼저 나를 찾아왔다. 그녀는 잘 익은 과일의 달콤함이 폭발하는 관능적인 무화과 향이 들어간 강렬한 향수를 쓰고 있었다.

"봉주르, 봉주르, 지나갈게요." 사람들 사이를 잽싸게 누벼가며 그녀의 방을, 아니 우리 방을 시끌벅적하게 찾아오는 듯했다. 나는 잠깐 숨을 참았다. 항상 이렇게 요란하게 등장하는 성격일까?

잠시 후에 문이 벌컥 열리고 그녀가 나타났다.

"델!" 그녀가 내 이름을 외치고 오랫동안 연락이 끊긴 친구라도 되는 듯이 와락 끌어안는 바람에 숨을 쉴 수가 없었다. "나는 클레망틴이고 네 얘기 많이 들었어. 이 바닥에서 코가 제일 좋은 미국 아가씨." 그녀가 놓아주자 나는 헐떡이며 숨을 마신 다음 룸메이트를 머릿속에 담았다. 그녀는 육감적인 몸매를 자랑하는 미녀였고 몸에 딱 붙는 원피스를 입고 뺨에 블러셔를 짙게 발랐다. 풍만한 그녀 옆에 서 있으려니 밋밋하게 위아래로 뻗은 내 몸이 어린 남학생처럼 느껴졌다.

내 칙칙한 갈색 곱슬머리와 한 듯 안 한 듯한 화장은 폭포처럼 쏟아지는 그녀의 곱슬곱슬한 금발과 토끼처럼 새파란 눈과 벌에 쏘인 듯 빨간 입술 옆에서 빛을 잃었다. 그녀의 스타일은 너무 화려해서 우스꽝스러워 보일 만큼 충격적이었다. 나는 패션에 문외한이라 남들처럼 트렌드를 좇았지만 클레망틴은 달랐다. 어지간하게 배짱이 있는 사람이 아닌 이상 이렇게 엄청난 옷을 입고 다닐 수가 없었다.

"봉주르! 옷 예쁘다." 나는 그녀를 보며 활짝 웃었다.

그녀는 칭찬에 아랑곳하지 않고 고개를 저으며 연극배우처럼 한숨을 쉬었다. "이거?" 그녀는 루비처럼 새빨간 벨벳으로 감싼 모래시계 같은 자기 몸을 가리켰다. "내가 뭐랄까…… 체리 클라푸트(과일을 넣은 파이—옮긴이) 중독이거든. 다른 달달이를 먹지 않는 이상 치료가 안 돼." 그녀는 혀를 찼다. "프랑스 여자들은 살이 찌지 않는다고……? 다들 그렇게 얘기하지, 농? 하! 프랑스 여자들도 뭐든 자기 마음대로 할 수 있다고! 뚱뚱하건 말랐건 사각형이건 삼각형이건 나는 신경 안 써! 아무도 나한테 이래라저래라 할 수 없어! 너 우리 마망 알지?"

나는 당연히 몰랐지만 그녀는 전혀 상관없이 하던 얘기를 계속했다. "엄마가 그러는데 이런 식으로 먹다가는 절대 결혼 못 할 거래. 그렇게 먹다니 진정한 파리지앵이 아니라고! 절제할 줄 알아야 한대." 그녀는 절제라는 단어가 욕이라도 되는 듯이 뒤로 휘청거렸다. "하지만 왜? 왜 즐거움을 거부해야 하는데? 천생연분이라면 분명 내 전부를 사랑해줄 거야." 그녀는 살짝 봉긋한 자기 배를 토닥였다. "그때까지 아무 때에 아무거나 먹을 거야."

윤기가 흐르는 새빨간 생머리의 또 다른 여자가 으쓱으쓱 지나가다 말고 문설주에 기대고 섰다. "아예 끊으라는 게 아니잖아, 클레망틴. 균형이 중요하다는 거지." 빨간 머리는 클레망틴이 균형과 불균형의 경계에 있다고 여기는 듯한 눈빛으로 그녀를 한참 들여다보았다. 그 둘은 서로 아는 사이인 게 분명했지만 그 여자는 영국 억양을 쓰고 있었다.

"하." 클레망틴이 외쳤다. "애네들이 항상 우울해하는 이유가 그 때문이지." 그녀는 반짝반짝하게 칠한 손톱으로 빨간 머리를 가리키며 흔들었다. "배가 고파서 그렇거든."

나는 클레망틴이 단호하고 심한 프랑스 억양으로 속사포처럼 뱉은 혼잣말을 열심히 머리를 굴린 끝에야 알아들었고 터져 나오려는 웃음을 참느라 애를 먹었다. 그녀는 내가 지금까지 접한 다른 파리 여자들보다 호들갑스럽고 노골적이었다.

영국 여자는 눈을 부라리고 나를 향해 손을 내밀었다. "나는 런던에서 온 캐스린이야. 시간이 지나면 클레망틴한테 익숙해질 거야. 그냥 온 세상이 연극 무대인 것처럼 구는 것일 뿐이니까."

나는 웃음을 터뜨렸다. 두 사람 모두 한눈에 마음에 들었다. "둘은 서로 어떻게 아는 사이야?"

클레망틴은 대수롭지 않다는 듯이 어깨를 으쓱했다. "캐스린이 100만 년 전에 여기 파리에서 살았을 때 조향 수업을 같이 들었거든. 그 당시에는 체리 클라푸트도 먹었고 지금보다 훨씬 행복해했어, 진짜야."

"몇 년 전에 여기서 공부한 건 맞지만 누가 들으면 내가 인생 말년에 접어든 줄 알겠다. 그 당시에는 지금보다 더 많이 먹었을지 모르지만 인간은 나이를 먹고 성숙하기 마련이잖아. 뭐, 안 그런 사람도 있지만." 그녀는 대놓고 클레망틴을 노려보았다.

서로 놀려대고 있지만 그래도 두 사람의 동지애를 느낄 수 있었다. 나에게 불리하게 작용할 수도 있을 만큼 끈끈한 동지애였다.

"나는 델이고 미국 미시간주에서 왔어." 델과 젠이 아니었다. 젠과 델도 아니었다. 맙소사, 기분이 묘했다.

"우리도 알아." 캐스린이 눈을 반짝이며 얘기했다. "듣자 하니 조심해야 할 참가자라고 하던데."

나는 고개를 모로 꼬고 뭐라고 대답하면 좋을지 고민했다. "무슨 소린지 모르겠네." 그들이 내게 어떤 능력이 있다고 생각할지 몰라도 시치미를 떼는 게 상책이었다. 대회가 시작됐을 때 나를 상대로 그들이 똘똘 뭉치는 건 싫었다.

캐스린은 팔짱을 꼈다. "그렇게 겸손하게 나올 필요 없어." 그녀는 이렇게 얘기하고 머리칼을 뒤로 휙 넘겼다. "우리는 너에 대해 전부 알고 있거든. 할머니한테 향수 만드는 법을 배웠고……." 끝내지 않은 문장이 허공에서 맴돌았다.

어떻게 나하고 할머니 얘기를 알았을까? 우리는 별 볼 일 없는 사람들인데…….

"누구한테 들었어?"

"어디를 뒤져야 하는지만 알면 정보를 알아내는 건 어렵지 않지." 캐스린이 얘기했다. "소셜 미디어라는 놀라운 물건이 있거든."

"*위.*" 클레망틴이 말허리를 잘랐다. "그리고 네가 만약 야망이 있고 아나이스 로랑 못지않은 후각의 소유자라면……."

나는 만만치 않은 경쟁자라고 인정하게 만들려는 그녀의 속 보이는 시도에 웃음을 터뜨렸다. 내가 그렇게 쉽게 넘어갈 리 없었다. 뒷조사를 좀 했을지 몰라도 내 전략을 눈치챘을 리 없었다.

"나를 아나이스 로랑이랑 비교하는 건 오버다." 아나이스 로랑은 남자들의 세계였던 향수업계에서 여성 조향사의 길을 개척한 인물이었다. 그녀의 후각은 전설적이었고 그녀의 향수는 반세기 전에 만들어졌는데도 불구하고 지금까지 판매되고 있었다. 아나이스처럼 세상을 떠난 뒤에도 오래도록 사랑받는 향수를 만드는 것이 모든 조향사의 꿈이었다.

클레망틴은 짙게 화장한 눈을 가늘게 떴다. "그렇게 뺄 것 없어. 상품이 욕심난다고 인정하고 다 같이 페어플레이하는 게 낫지, 안 그래?"

직설적인 클레망틴이 신기하게 느껴졌지만 나는 그래도 진지한 표정을 유지했다. "당연하지! 그리고 다들 친구처럼 지냈으면 좋겠다."

"이미 그러고 있잖아." 클레망틴은 발코니 쪽 더블 침대에 자기 핸드백을 던졌다. 내가 이미 찜해놓은 자리였다. "그나저나." 그녀가 다시 말문을 열었다. "네가 느끼기에 선발 과정이 어땠어? 빡세지 않았어?"

나는 웃음을 터뜨렸다. "말도 마! 막판에는 떨어지는 줄 알았어. 테스트가 좀 많아야 말이지! 게다가 화상통화로 즉석에서 테스트를 받아야 하니……."

그녀는 눈을 부라렸다. "그렇지? 화상통화를 하는 동안 손이 어찌나 떨리던지 향수를 떨어뜨려서 박살 내지 않은 게 다행이지 뭐야? 그래도 봐, 우리 둘 다 이렇게 통과했잖아! 너는 이 대회에 참가한 이유가 뭐야, 델?"

나는 팔짱을 끼고 대답을 고민했다. "한두 가지가 아니야. 베일에 싸인 르클레르 집안사람들도 만나고 싶었고 모험심, 방랑벽……." 그리고 우승하고 싶은 욕망. "향수를 만들면 항상 행복했거든." 할머니 없이 향수를 만드는 데서 희열을 느끼지 못하는 나를 보고, 아니 뭐에든 희열을 느끼지 못하는 나를 보고 젠은 이 대회를 통해 예전으로 돌아갈 방법을 찾을 수 있을지 모른다고 생각했는데…… 그게 아니라 나를 제거하기 위한 계책이었을까?

"그렇구나." 클레망틴이 생각에 잠겨 있던 나를 깨웠다. "듣자 하니 원래 뉴욕에 향수 부티크를 낼 생각이었는데 여동생이 발을 뺐다며? 힘들었겠다, 가뜩이나 워낙 친한 사이였으니. 게다가 여동생이 남자 때문에 모든 걸 포기했다고……?"

놀라서 아무 말도 하지 못하고 가만히 서 있었다. 그녀가 무슨 수로 그런 걸 다 알아냈을까? 나는 사생활을 떠벌리는 성격이 아니었고 소셜 미디어에 속상한 마음을 토로하지도 않았다. "그걸 어떻게 알았어, 클레망틴?" 나는 아무렇지도 않은 듯이 물어보려고 했지만 말투가 딱딱했다.

"맨해튼에 아는 사람이 몇 명 있는데 네가 뉴욕에 입성해보지도 못하고 팝업 스토어 계약을 파기 당했다고 하더라고. 속상했겠다, 농?"

나는 갑작스럽게 치밀어 오른 눈물을 삼키며 고개를 돌리고 핸드백에서 뭘 찾는 척했다. 그녀가 그런 사연을 알다니 이 무슨 운명의 장난이란 말인가. 팝업 스토어를 포기하자니 사무치도록 속상했지만 젠이 부담하는 절반의 투자금 없이 뉴욕에 진출할 방법은 없었다. 기본적으로 돈이 문제였다. 그녀가 없으면 나 혼자 감당할 여력이 되지 않았다. 내 예산으로는 그 매장에 두 번 다시 눈독을 들일 수 없다는 걸 알기에 속이 상했다. 젠이 모아놓은 돈을 빌려주었겠지만 내 쪽에서 부탁할 수가 없었다. 그녀가 합류하지 않는 한 그럴 수는 없었다.

"나 때문에 괜히 심란해진 건 아니지?" 클레망틴이 물었다.

나는 억지로 미소를 지었다. "아니야. 뉴욕을 포기한 건 아니야. 파리를 먼저 구경하고 싶었을 뿐이지." 그리고 뉴욕행을 보장받을 수 있는 상금을 받고 싶었을 뿐이지. 내 눈이 절박함으로 번뜩였을까?

"그래, 알았어. 그나저나 아나스타샤를 조심해야 해. 향수의 귀재라고 할 수 있거든. 그런데 자기중심적인 성격으로 악명이 높다고 하더라." 캐스린이 얘기했다. 화제를 바꾸는 게 좋겠다고 감지한 듯했다.

갑작스럽게 피로가 몰려왔다. 과거를 들쑤신 클레망틴 때문일까 아니면 그로 인해 소환된 추억 때문일까? 어깨를 폈다. 젠장, 나는 우승하기 위해 여길 찾았고 우승하고 말 것이다.

그 둘은 경쟁심이 강했고 그걸 감추려 들지 않았다. 엄청난 상금이 걸린 게임에서 이기고 싶은 마음을 드러냈고 가지고 있는 패를 용감하게 공개했다. 동맹은 둘째 치고 적어도 내가 어떤 사람들과 상대하게 됐는지는 알 수 있었다.

문득 파리가 위스퍼링 레이크스와 한참 멀게 느껴졌다.

3

"저녁 먹기 전에 친구 만나고 올 거야." 클레망틴이 이렇게 얘기하면서 섹시하게 윙크한 걸 보면 문제의 친구가 남자인 듯했다. "금방 다녀올게!" 그녀는 에어 키스를 날리고 디바처럼 엉덩이를 흔들며 떠났다.

휴대전화가 웅웅거리더니 젠의 이름이 떴다. "봉주르, 마드무아젤." 여동생을 어떤 식으로 대하면 좋을지 모르겠는 내 심정을 감추기 위해 일부러 어설프기 짝이 없는 프랑스어로 전화를 받았다. 이 낯선 기분이 사라지길 바랄 따름이었다.

"뭐야, 벌써부터 프랑스 물이 든 거야?" 그녀가 얘기했다. 나는 지금까지 젠과 떨어져 지낸 적이 없었는데, 이제는 우리 둘이 전혀 다른 대륙에 있었다. "얘기해봐. 여행은 어땠어? 듣던 대로 파리는 근사해?"

나는 침대에 드러누워서 달라진 건 아무것도 없고 그녀에게 실망한 적 없다는 듯이 수다 모드로 돌입했다. 모든 걸 늘어놓되 달려오는 차 앞으로 뛰어들 뻔했던 것과 처음 보는 멋진 남자와 잠깐 눈이 마주쳤던 것만 빼놓았다. 넓고 무서운 세상으로 뛰어든 나를 걱정하게 할 필요는 없었다.

"섹시한 남자는 없고? 비행기 기장, 택시 기사, 르클레르 직원…… 다들 사색에 잠긴 프랑스인 특유의 분위기로 끝내주겠지?"

나는 혀를 찼다. "내가 연애하러 여기 온 건 아니잖아, 젠. 알면서 그래." 아픈 데를 살짝 건드린 셈이긴 하지만……

그녀는 발끈했다. "사랑의 도시에서 로맨스를 살짝 맛볼 수도 있는 거잖아."

"빛의 도시야." 나는 바로잡아주었다. 그녀는 이게 얼마나 중요한 대회이고 이걸 위해서 내가 어떤 걸 포기했는지 알았다. 그러니까 막다른 궁지에 몰린 내 일과 경제적인 안정을 포기했다는 걸 말이다. 우승하지 못하면 실업자로 전락해 고향으로 돌아가야 하는데 그럴 생각은 전혀 없었다. 지금은 특히 그랬다.

"그래도 프랑스 남자들 섹시하지? 물불 안 가리고 달려들고 싶을 정도로, 응?" 젠은 요즘 나에게 소울 메이트를 찾아주려고 열심이었다. 하지만 그것도 그녀가 사랑에 빠졌기 때문이었다. 입만 열면 "와, 저 남자 좀 봐. 좋은 남편감이라고 얼굴에 써 있다." 아니면 "저 남자랑 결혼하면 예쁜 애가 태어날 것 같아. 연락처를 물어보지 그래?"라고 했다. 나는 전혀 생각이 없는데 결혼하고 싶어서 아무 남자한테나 달려드는 무법자라도 되는 듯이 말이다.

감미로운 연애 초창기라 그렇겠지만 이제 그만했으면 하는 것이 솔직한 바람이었다. 물론 나도 사랑과 결혼과 아이로 이어지는 동화 같은 얘기를 바랐지만 직업적으로 자리를 잡는 것이 급선무였다. 연애는 나중으로 미루어야 했다. 게다가 나는 남자를 사귀는 데 영 소질이 없었다. 지금까지 만난 남자들과 흐지부지 끝난 이유도 향수를 만들기 시작하면 다른 모든 걸 까맣게 잊어버리기 때문이었고 그건 건전한 관계 형성에 전혀 도움이 되지 않았다. 같이 저녁을 먹기로 해놓고 하루 늦게 얼굴을 비추기 일쑤였으니 사랑이 싹틀 도리가 없었다. 게다가 지금까지 심장을 두근거리게 만드는 남자를 만난 적도 없었다. 서른 살이 스멀스멀 다가오고 있는 마당에 우울한 일이었다.

누굴 만나건 나에게 향수만큼 중요한 사람이라야 했는데, 손바닥만 한 마을에서 살다 보면 싱글로 지내기가 어렵지 않았다. 만날 만한 상대를 한 손으로 꼽을 수 있었다.

향수가 더 나은 삶의 비결이었다. 안정적인 삶의 비결이었다. 나는 부모님을 사랑했지만 그들처럼 야망도 없이 자식들에게 의지하는 떠돌이 실업자로 살고 싶지는 않았다.

"응?" 그녀가 다시 물었다. "괜찮은 남자 만났지, 응?"

"뭐? 설마. 나 여기 도착한 지 5분밖에 안 됐어!" 나는 부아가 치밀었다. "개구리 중에 왕자님도 많겠지만 그래서 뭐? 나는 그런 데 눈곱만큼도 관심이 없다고." 비빌 언덕이 사라져버렸으니 꾸역꾸역 또 다른 미래를 향해 나아가지 않으면 낙오자로 낙향할 수밖에 없었고 내 5개년 계획은 물거품이 될 것이다. 그 어느 때보다 위태로운 시점이었다. 뉴욕으로 진출할 기회가 완전히 사라진 건 아니었지만 그것도 자금이 있을 때 얘기였고 앞길을 가로막는 난관들이 너무 많았다.

"그래도 거기까지 가서 파리 남자랑 키스 한번 하지 않는다는 건 엄청난 시간 낭빈데……." 그녀는 꿈을 꾸는 듯한 목소리로 중얼거렸다. 파리의 낭만에 취해서 제정신이 아니었다.

"그러다 대회에서 탈락하고 고향으로 돌아가서 다시 취직시켜달라고 애원하라고? 향수를 만드는 게 아니라 파는 그곳에? 아니. 그럴 일은 없을 거야! 뉴욕이 나를 부르는 마당에……." 과거는 과거였고 그걸 바꿀 도리는 없었지만 그래도 버림받았다는 감정의 앙금이 바닥에 남아서 부글거리며 고개를 들었다.

우리는 침묵 속으로 빠져들었다. 새로운 양상이었다. 삶의 낯선 변화로 인해 어색한 순간이 만들어졌고 이걸 어떤 식으로 고치면 좋을지, 무슨 말을 해야 할지 나로서는 알 도리가 없었다. 원래 우리는 시속 100킬로미터의 속도로 계속 종알거릴 수 있는 사이였는데.

이윽고 그녀가 한숨 비슷한 걸 쉬며 중얼거렸다. "할머니가 널 보면 얼마나 자랑스러워하실까? 향수의 성지에서 꿈을 좇고 있으니 말이야."

우리의 꿈이 이제는 나만의 꿈이 되어버렸다. 어떻게 남자가 생겼다고 그걸 전부 포기할 수 있을까?

할머니를 떠올릴 때마다 늘 그렇듯 심장이 아파져오자 나는 가슴에 손을 얹었다. "말도 안 되는 얘기처럼 들릴지 몰라도 가끔 할머니가 이번 도전을 배후에서 계획한 게 아닌가 싶을 때도 있어."

나는 할머니가 나에게 천부적인 '후각'이 있다는 걸 발견한 어린 시절부터 향수를 사랑했다. 향수를 만들기에 최적화된 능력이었다. 그때부터 할머니와 나는 공모자로 지냈고 지금도 할머니가 너무 보고 싶어서 가슴이 아렸다. 그녀는 그냥 할머니가 아니라 가장 친한 친구이자 공모자였고, 하늘에 대고 울부짖기만 하거나 책임감 따위 던져버리고 바람에 날리는 민들레 홀씨처럼 모험을 떠난 엄마 대신이었다.

젠이 나지막이 얘기했다. "저세상에서도 배후 조종을 할 수 있는 사람이 있다면 우리 할머니겠지만 이건 전부 네가 이룬 업적이야, 델. 이참에 대가를 만나서 배우고, 나와 위스퍼링 레이크스의 모든 사람들을 잊고 향수 만드는 데 전념할 수 있길 바라."

그녀는 자기를 떠나도 좋다고 허락을 내리듯이 얘기했다. 우리는 모든 걸 공유하던 사이였는데 그녀가 아무리 사랑에 빠져서 정신이 없다 한들 왜 그게 달라져야 하는지 알 수가 없었다. 하지만 서로를 거울처럼 비추고 대신 말을 맺어주던 시절은 끝난 게 분명했다.

그래도 그들은 내 가슴속에 남아 있었다. 히피 부모님, 애수에 젖은 눈빛을 한 할아버지. 그리고 오직 자매들만 가능한 방식으로 나에게 상처를 준 젠.

"젠, 내가 너를 잘도 잊을 수 있겠다. 쳇."

쌍둥이 동생이 없으면 무슨 수로 세상에 적응하며 살아갈 수 있을까. 지금까지 모든 판단의 기준이 우리 둘이었는데. 뱃멀미 비슷한 것이 스멀스멀 나를 덮쳤다. 그녀가 없으면 매인 곳 없이 표류하는 느낌이었다. 혼자 전진해야 한다는 걸 알지만 예전과 같을지, 혼자서 다시 행복해질 수 있을지 두려웠다.

"델, 지금 이 순간을 즐기고 최대한 많은 걸 흡수해. 이게 엄청난 계기가 될 거야. 친구들도 사귀고. 두려움 없이 용감하게, 남자들한테 추파도 좀 던지고!"

"네, 네, 알겠습니다." 나는 불안이 가시기를 바라며 이렇게 대답했다.

그녀는 웃음기가 묻어나는 목소리로 물었다. "지금 거수경례하고 있지, 맞지?"

나는 손을 내렸다. "아마도."

"다른 참가자들은 어때?"

나는 오버의 극치를 달리는 파리지앵 클레망틴과 말투가 상냥한 런던 출신의 캐스린에 대해 얘기했다. "세바스티앙도 오늘 참석한다니까 베일에 가려진 인물을 드디어 만날 수 있어. 르클레르 팀이랑 다 같이 저녁을 먹는대. 일종의 환영 파티인가 봐. 거기서 드디어 경쟁자들을 만날 수 있어."

그녀는 내 목소리의 미묘한 차이를 듣고 내가 얼마나 불안해하는지 알아차렸다. "다른 경쟁자들은 제대로 된 교육을 받았을지도 몰라." 그녀는 격려 연설 스타일로 말문을 열었다. "하지만 우리 할머니한테 배운 사람은 없잖아! 교과서나 화학 선생님은 할머니한테 향수 오르간(각종 향료를 담은 유리병들을 건반처럼 진열해둔 조향 작업대—편집자)에서 배운 수업과 비교가 안 되지. 거기에는 아무도 대적할 수 없어. 아무도."

나는 온갖 아로마 오일이 톱 노트, 하트 노트, 베이스 노트

(향에 대한 후각적인 느낌을 표현한 말로 향이 휘발되는 속도와 특성에 따라 톱 노트, 하트 혹은 미들 노트, 베이스 노트 3단계로 분류한다.—편집자) 순으로 층층이 깔끔하게 정리된 선반과 반원형 책상이 달린 향수 오르간에서 몇 년 동안 할머니와 함께 작업을 했다. 서로 무릎을 부딪쳐가며 사랑의 묘약이라도 만드는 듯이 심혈을 기울여서 에센스를 섞었다. 어떻게 보면 사랑의 묘약을 만드는 거나 다름없었다. 자기만의 독특한 향을 원하는 고객들을 위해 향수를 주문 제작하고 있었으니 말이다.

할머니는 향수 제조의 모든 것을 가르쳐주었다. 할머니는 시대를 앞서간 전위적인 몽상가였다. 날마다 향수를 만들며 향의 세상에 빠져 지내다 할아버지가 저녁으로 다시 토스트를 먹어야 하느냐고 조심스럽게 물으면 그제야 현실 세계로 돌아왔다. 할아버지는 늘 미안하다는 듯이 살포시 웃는 얼굴로 그렇게 물었다. 향수가 할머니의 또 다른 사랑이라는 걸 알았기 때문인데 무슨 수로 그걸 질투할 수 있었을까? 할아버지는 느릿느릿 사라졌고 이내 버터를 바른 토스트 냄새가 풍겨왔다.

할머니는 몇 년 전에 돌아가셨고 그 뒤로 그 어떤 것도 전과 같지 않았다. 얼마 전까지만 해도 존재했던 할머니가 어느 날 갑자기 사라졌다. 우리가 함께했던 시간이 한 방울 향수처럼 덧없게 느껴졌다.

"고마워, 젠. 그걸 기억하고 있을게."

나는 할머니를 떠올리며 할머니의 믿음직한 향수 노트가 든 핸드백을 토닥였다. 두툼하고 불룩한 노트 안에 포뮬러, 복잡한 방정식 그리고 할머니의 낙서와 그림이 담겨 있었다. 애지중지 아끼는 나의 경전이었다.

"너는 할 수 있어. 나중에 문자 보내줘. 할아버지한테 어떻게 돼가고 있는지 말씀드릴 수 있게. 엄마, 아빠도 안부 전해 달래."

"나를 대신해서 안아드려. 할아버지한테는 편지하겠다고 얘기 전해주고." 우리는 작별 인사를 했다. 통화가 끝난 것에 기뻐하는 내 모습에 저릿한 죄책감을 느끼며 전화를 끊었을 때 클레망틴이 립스틱이 번진 얼굴로 돌아왔다. "낮잠 자야 겠다!" 그녀는 선포하고 침대 위로 몸을 던졌다. 클레망틴처럼 활달한 사람은 내 평생 처음이었다. 그녀는 요란한 성격으로 온 사방을 장악했다.

4

짐을 풀고 졸려서 정신이 없는 클레망틴에게 옷장의 반은 내 것이라고 일러둔 뒤, 문을 닫기 전에 들어가 볼 수 있길 바라며 1층의 르클레르 파르퓌메리로 향했다. 그런 행운은 주어지지 않았다. 그래도 쇼윈도 안에서 불빛을 받고 보석처럼 반짝이는 아름다운 커트 글라스 향수병을 실컷 구경할 수 있었다. 창유리 틈새로 향기가 발산됐다. 백합, 용연향, 장미 그리고 바닐라…….

옷을 갈아입고 저녁을 먹을 때까지 한 시간이 남았기에 놀란 토끼 눈을 하고 내 앞에 펼쳐진 풍경과 소리를 감상했다. 나는 미시간의 우표만 한 호숫가 마을에서 자랐다. 그곳에서는 서로 모르는 사람이 없었고 아무것도 달라지지 않았다. 온 마을이 나를 속속들이 아는 숨 막히는 곳이었다.

붐비는 날에도 중심가에 주차된 차량은 10여 대 정도였고 몇 안 되는 사람들이 윈도쇼핑을 하거나 빵집에서 무슨 빵을 살지 고민했다. 여기는 가게 안에 사람들이 삼삼오오 줄을 서 있었고 또 몇몇은 쇼윈도에 코를 박고 있었으며 또 몇몇은 차량을 요리조리 피해가며 자전거를 탔다. 누군가가 삶의 볼륨을 끝까지 올린 듯했다.

익숙해지려면 시간이 걸릴 것이다. 소음이 어마어마했지만 나는 대도시의 분위기에서 활기를 느꼈다. 파리는 생동감이 넘쳤다! 고향과 다르게 기회가 넘쳐나는 대도시 안으로 밀치고 들어가 수많은 사람들과 더불어 살아가고 일하는 것이 내가 원하던 삶이었다.

나는 파리의 포근한 저녁을 만끽하며 한가롭게 거닐었다. 모퉁이를 돌아보니 밝은 빨간색 덧문이 달려 있고 많은 사람들이 서성이는 조그만 카페가 있었다. 나는 앞쪽의 야외 테이블에 앉아서 프랑스어로 적힌 메뉴를 열심히 해독하가며 언제, 어느 시간대에 마지막으로 뭘 먹었는지 짚어보았다. 저녁 먹기 전에 입맛을 버리지 않으려고 카페오레로 결정했지만 나중에 다시 와서 군침이 도는 메뉴판의 음식들을 먹어보기로 다짐했다. 크로크 무슈, 슈케트, 수플레 프로마주. 리스트가 끝도 없이 이어졌고 뱃속에서 천둥소리가 들리자 나는 탁 소리가 나도록 단호하게 메뉴판을 닫았다.

카페가 워낙 소란스러워서 바쁘게 움직이는 직원을 부를 수 없었기에 안으로 들어가 줄을 서서 커피를 주문했다.

지겨워하는 표정을 짓고 있는 웨이트리스가 말했다. "자리로 가져다드릴게요." 더 이상의 대화를 차단하는 말투라 준비했던 대답이 입술 위에서 말라버렸다. 낯선 사람이 등장하면 어디에 사는 누구고 여긴 어쩐 일이며 얼마나 있다가 갈 예정인지 질문 폭탄을 던지는 통에 몇 분 만에 너무 많은 정보를 공개하게 되는 우리 마을과는 영 딴판이었다.

여기서 나는 정체불명의 이름 없는 존재였다. 원하던 바 아니었던가?

이런 생각을 하느라 정신이 팔린 채 내 자리로 서둘러 돌아가다 쇼핑백에 발이 걸렸다. 몸속 깊숙한 곳에서 터져 나오려는 비명을 참으며 모르는 사람의 등을 향해 날아가는 것 말고는 뭘 어쩔 겨를이 없었다. 어처구니없는 속도로 솟구치다 추락을 모면하려고 내 앞의 남자에게 코알라처럼 들러붙고 말았다. 우리는 쿵 하는 요란한 소리와 함께 넘어졌다.

적응 잘한다, 멜!

팔과 다리가 한데 뒤엉켰다. 그는 끙끙거리며 내 발목을 누른 채 엎드린 자세에서 몸을 뒤집었고 나는 그의 위로 반쯤 걸터앉았다. 별로 보기 좋은 자세는 아니었다.

"정말, 정말 죄송해요." 나는 화끈거리는 얼굴을 달래며 그의 팔다리에서 벗어나려고 끙끙거렸다. 한쪽 다리가 왼쪽으로 어찌나 꺾였던지 부러진 건 아닌가 걱정이 될 정도였다. 그런 생각을 하느라 그를 알아보기까지 시간이 걸렸다. 그 진한 초록색 눈과 맞닥뜨린 순간 나는 숨이 멎었다. 하필이면! 샹젤리제에서 하마터면 큰일 날 뻔한 장면을 목격한 남자를 우아한 프랑스 손님들로 가득한 카페 앞에서 쓰러뜨리고 그 위에 걸터앉은 것이었다. 어떤 사람들은 손으로 입을 가리고 웃고 있었고 어떤 사람들은 식사하는 도중에 벌어진 소동에 얼굴을 찌푸렸다. 하지만 하나같이 나를 똑바로 쳐다보고 있었다. 젠장.

"내 잘못이 아니에요." 나는 살짝 도도하게 말했다. "발이 걸렸어요." 머리 위 테이블에 앉아 있는 어느 회사원을 엄지손가락으로 가리켰다. 30미터는 됨직한 그의 바게트가 화근이었다. "제대로 치워놓지 않은 저 바게트에."

그는 아무 대꾸도 하지 않았다. 서로 눈싸움을 벌이다 결국 내가 백기를 들었다.

"네?" 내가 말했다. 이 남자는 영어를 할 줄 모르는 걸까?

"좀 비켜줄래요? 그래야 내가 일어날 수 있는데."

아! 나는 감각이 없는 게 심각한 증상은 아니길 바라며 조금 어렵사리 그의 밑에 깔린 다리를 끄집어냈다. 절뚝거리며 여기서 걸어 나가야 한다면 어떻게 하지? 의족을 단 해적처럼 죽은 다리를 질질 끌고 가야 한다면? 그랬다가는 내 바람과 달리 잽싸게 도망칠 수가 없었다.

일어나서 손을 잡고 일으켜 세우자 그제야 그가 나를 알아보며 눈을 반짝였다. "당신이로군요." 그의 눈이 동그래졌다. "달려오는 차 앞으로 나서려고 했던 아가씨."

맙소사. "네, 그렇긴 하지만……."

"이제 보니 사고뭉치로군요."

나는 턱을 들었다. "그 자동차 사건은 고의가 아니었어요. 이건 누구든 겪을 수 있는 일이었고요."

"다쳤어요?" 그가 미간을 찌푸렸다.

"아뇨." 다쳤다. 내 자존심이 그 자리에서 말라 죽어버렸다.

"확실해요?"

"네." 나는 새침하게 대답했다. 다리가 여덟 조각이 났다 한들 그에게 솔직하게 고백할 일은 없었다. 아파서 죽을 것 같더라도 여기서 당당히 걸어 나갈 작정이었다! 하지만 걱정해주는 그의 모습이 감동적이었고 덕분에 분위기가 풀렸다. 구경꾼들은 다시 식사에 집중했고 또다시 요란하게 재잘거리기 시작했다.

그는 재미있다는 듯이 입술을 실룩거렸다. 이 상황이 우스꽝스러운 걸까? 파리의 하고많은 사람들 중에서 왜 하필이면 이 남자 앞에서 추태를 부렸을까? 그것도 두 번이나. 내 이마를 한 대 치고 싶었다.

"분명 다시 만날 것 같은 예감이 드네요." 그가 말했다. 어둑어둑한 카페 불빛에 비친 그의 초록색 눈은 속을 알 수가 없었다.

"그럴지도 모르죠." 나는 쿵쾅거리는 심장을 달래며 걸음을 옮겼다.

얼른 샤워를 하고 젠이 보낸 문자들을 읽었다. 평생 반복한 습관 때문일까 아니면 죄책감 때문일까? 불과 한 시간 전에 통화를 했건만! 이곳에서까지 그녀에게 의지하는 듯한 기분을 느끼고 싶지 않았다. 그녀가 반짝반짝 빛나는 새 삶을 살 수 있다면 젠장, 나도 마찬가지였다!

젠에게 답장을 보내면서 프랑스 남자에게 홀딱 반한 얘기는 꺼내지도 않았다. 그랬다가는 그녀가 결혼 준비를 시작할 것이다. 게다가 나는 그에게로 풍덩 빠졌다기보다 그의 위로 홀라당 넘어진 것에 가까웠다. 그래서 내가 돌아왔을 때 계략을 꾸미고 있었던 클레망틴과 그녀의 파트너 캐스린에 대해서 좀 더 자세하게 알려줬다.

당장 답장이 왔다.

와, 재미있는 친구들인 것 같다! 친구들끼리 살짝 경쟁하는 건데 뭐 어때?

나는 고개를 저었다. 그들이 5분 동안 물구나무서기를 시켰다고 해도 젠은 "아유, 친구도 잘 사귀네!"라고 했을 것이다.

할머니였다면 경계태세를 유지하되 모든 가능성을 열어두라고 했을 테니 그러기로 굳게 다짐했다.

나는 답장을 보냈다. *재미있긴 하지만 아직 친구라고 부를 수 있는 사이는 아니야. 너는 어떻게 지내?*

사실 하고 싶었던 말은 따로 있었다. 나 보고 싶지 않아? 뉴욕으로 가는 거 생각 안 바뀌었어? 내가 있는 파리로 올래? 하지만…… 하지 않았다.

그녀는 답장을 보냈다. *엄마는 집에서 찬송 모임을 하고 있고(언제면 끝날까?) 아빠는 창고에서 목공을 하느라 바쁘고 나랑 할아버지는 팝콘을 만들고 있고 너의 모험을 기념하는 뜻에서 프랑스 영화를 볼 생각이야. 할아버지가 안부 전해달라면서 그 빌어먹을 기계는 내려놓고 재밌게 놀다 오래. 이래서 할아버지를 사랑할 수밖에 없다니까?* ♡♡♡

나는 저 멀리서 나를 나무라는 할아버지의 모습을 상상하며 미소를 지었다. 할아버지는 휴대전화를 보고 항상 *빌어먹을 기계*라고 했다. 특히 이렇게 멀리 떨어져 있을 때 얼마나 도움이 되는지 아무리 설명해도 할아버지에게 휴대전화는 악마였다. 내가 휴대전화로 책도 읽을 수 있다는 걸 보여드렸을 때 할아버지는 거의 기절하려고 했다. 하지만 *왜?* 할

아버지는 외쳤다. 여기 이렇게 책들이 넘쳐나는데! 그리고 아무 생각 없이 할 수 있는 게임들을 정말 아무 생각 없이 할 수 있다는 것을, 불쾌하게 여겼다.

할아버지한테 사랑한다고, 저녁 동안 빌어먹을 기계는 치워놓겠다고 말씀 전해줘. ♡♡♡

이후로도 문자를 몇 번 더 주고받은 뒤에 엄마의 새로운 취미생활에 고개를 저으며 휴대전화를 껐다. 엄마는 현실에서 살아야 하는 이유를 찾지 못하고 경계에서 시간을 보냈다. 아빠도 거의 마찬가지라 그에 비하면 젠과 내가 얼마나 평범한지 신기할 따름이었다. 내가 해바라기를 찬양하는 공동체에서 알몸으로 지내겠다고 해도 두 분은 꿈을 실현한다며 박수를 쳤을 것이다. 두 분 다 마음씨는 착하지만 조금 특이했다.

학창 시절, 학교에서 연극 발표를 하거나 시험 기간이라 안정감 같은 게 필요할 때 두 분이 행방불명이면 감당하기 버거웠다. 부모님은 위스퍼링 레이크스의 웃음거리일 때가 많았고 그들의 행동은 항상 사람들의 입방아에 오르내렸으니 어렸을 때는 견디기가 쉽지 않았다. 심지어 지금도 내가 지나가는데 뒤에서 수군대는 소리가 들리고 웃음소리가 집까지 따라오면 이번에는 두 분이 또 무슨 짓을 저질렀나 싶었다. 하지만 부모님은 자기 생각대로 인생을 살았고 아무리 못 미더운 존재라 해도 그 부분에 대해서만큼은 마지못하나마 인정하는 수밖에 없었다. 그들은 남들의 시선에는 눈곱만큼도 신경 쓰지 않았다. 거기에서 자유로웠다.

하지만 그런 자유로움에는 대가가 따랐다. 우리를 키운 사람은 할머니와 할아버지였고 엄마, 아빠는 부모라기보다 엇나간 형제에 가까웠다. 나는 잃어버린 여인과 남겨진 여인을 생각하며 다시 한번 몇 분 동안 아픈 마음을 달랬다.

무너지면 안 돼, 델. 상실의 슬픔은 이상한 감정이었다. 몇 년이 지난 뒤에도 가장 예기치 못한 순간에 슬금슬금 고개를 들었다.

가끔 그랬던 것처럼 할머니의 목소리가 들렸다. *왜 이러니, 델. 어깨를 펴고 저들을 깜짝 놀라게 해야지!*

알았어요, 알았어! 나는 할머니와의 추억에 미소를 지으며 어떤 향수를 뿌릴지 고민했다. 그들이 나를 판단하는 기준이 될 테니 완벽해야 했다. 마다가스카르 로즈는 여럿이 만나는 자리에서 뿌리기에는 너무 은은하고 너무 몽환적이었다. 시트러스 블러스트는 낮에 어울리는 향이었다. 그럼 오리엔탈 플레어? 자극적이고 관능적이며 따뜻해서 저녁에 어울렸고 향기로 진동하는 그룹 안에서도 도드라질 만큼 충분히 매력적이었다. 마음을 진정시켜야 할 때, 사랑스러워 보여야 할 때, 사랑을 나눌 때와 같이 특별한 상황에 맞는 아로마테라피 오일도 비밀의 병기로 챙겨왔지만 오늘 저녁에는 나의 능력을 보여줄 필요가 있었다.

맥이 뛰는 곳에 향수를 뿌리고 핸드백을 들고 나섰다. 일찌감치 나선 클레망틴이 돌아오지 않았기에 문을 잠그고 복도를 걸어갔다. 몇 방 옆에서 몸에 안 맞는 양복을 걸친 마른 남자가 욕을 하며 문을 잠그려고 하고 있었다.

"도와드릴까요?" 내가 물었다. 그는 손을 떨었고 내 쪽으로 고개를 돌렸을 때 입에서 시큼한 술 냄새가 풍겼다. 흰자위가 충혈돼 있었지만 그가 미소를 짓자 양복으로도 감추어지지 않는 후줄근한 몰골과는 대조적으로 표정이 장난꾸러기처럼 변했다.

"이 빌어먹을 열쇠가 들어가질 않네요."

대회 참가자일 텐데 누구일까? 말투는 미국식이지만 영국 억양이 느껴졌다. "내가 해볼게요." 내가 열쇠를 건네받고 넣어보니 금세 들어갔다.

"여성의 손길이 필요했던 모양이네요." 그는 웃음을 터뜨렸다. "나는 렉스예요."

"어디서 오셨는지……." 나는 악수를 하려고 손을 내밀면서 물었다.

"세계 시민이죠." 그는 몸을 살짝 휘청거렸다. "하지만 태국에 있다가 오는 길이에요. 그쪽은요?"

행색은 남루하고 얼굴은 초췌했지만 이 남자에게는 호감이 가는 구석이 있었다. 눈곱이 낀 눈과 주름살이 생긴 이마를 보면 쉰 아니면 쉰다섯 살쯤 된 듯했다. 체취는 싸구려 와인의 퀴퀴한 냄새와 그걸 가리려고 먹은 박하사탕 냄새에 가려졌다.

　"미국에서 온 델이에요."

　"가실까요, 미스 아메리카?" 그가 팔꿈치를 내밀자 나는 팔짱을 꼈다. 삼촌이나 무서워할 필요 없는 사람이라도 만난 듯이 이상하게 마음이 편했다.

　"어디 얘기를 좀 들어봅시다." 그가 말을 이었다. "보기에 다들 어때요? 화학밖에 모르는 괴짜들은 아니죠?" 그의 혀는 살짝 꼬였지만 눈은 여전히 초롱초롱 빛나는 걸 보면 술을 마시긴 했어도 사고 회로에는 아무 영향을 미치지 않았다고 믿을 수 있었다. 비행기 여행을 싫어해서 술을 마셨을까? 내가 뭐라고 이러쿵저러쿵할까? 만약 비행 공포증이 문제였다면 바질, 클라리세이지, 팔마로사, 일랑일랑을 섞은 간단한 오일로 해결할 수 있었을 텐데…….

　"저는 제대로 만난 사람이 클레망틴하고 캐스린밖에 없는데 둘 다 ─" 나는 이 약삭빠른 2인조를 뭐라고 표현하면 좋을지 고민했다. "─경쟁상대를 열심히 연구한 것 같더라고요."

"인터넷 스토커란 말이죠?"

나는 웃음을 터뜨렸다. 걱정할 필요 하나 없는 일처럼 깎아내리는 그의 태도가 마음에 들었다. "그 비슷해요. 두 사람은 아나스타샤를 경계 대상으로 여기는 눈치예요."

"아, 항상 러시아 출신이 배드 걸로 캐스팅되죠. 그 둘이 당신은 어떤 식으로 평가하던가요?"

그들이 나를 어떤 식으로 요약 정리했는지 밝히고 싶지 않아서 어깨를 으쓱했다. 그가 나를 위협적인 상대라고 생각하면 전의를 불태울 수 있었다. 말조심하자고, 너무 많은 걸 공개하지 말자고 계속 마음을 다잡았다.

"별 얘기는 하지 않았어요." 나는 새로 만난 친구를 향해 미소를 지어 보이며 거짓말을 했다. "저는 근사한 화학과 졸업장도 없고 집에서 할머니한테 배운 게 고작이거든요······." 할머니가 이 업계에서 최고로 꼽히는 후각을 자랑했지만 그런 걸 밝힐 필요는 없었다.

"아." 그가 말했다. "그럼 당신을 조심해야겠네요. 왠지 모르겠지만 집에서 배운 조향사들이 항상 욕심이 많더라고요. 자기 능력을 증명하려고 하고 기타 등등."

렉스는 행간을 읽는 데 천부적인 소질이 있었다. 어쩌면 그를 경계해야 할지도 모른다. "그럴 자격이나 되면 좋게요?" 나는 밝은 목소리를 유지했다. "저는 파리가 처음이에요. 경험을 쌓는 게 목적이에요."

그는 거짓말인 걸 알지만 그냥 넘어가겠다는 듯이 씩 웃었다. "향수업계는 생각보다 좁아서 누구의 비밀이라도 어렵지 않게 밝힐 수가 있죠. 그러니까 신중하게 움직여요. 아무도 믿지 말고요."

"당신도 포함해서요?"

그는 고개를 뒤로 젖히고 웃음을 터뜨렸다. "특히 나를요."

나는 따라서 미소를 지었지만 그의 말을 믿지 않았다. 그들이 나쁜 마음을 먹어봐야 무슨 짓을 저지를 수 있을까? 내 포뮬러를 알아내려고 혈안이 되는 거? 나를 두고 수군대는 거? 상관없었다. 모든 게 조향하는 능력으로 결판이 날 것이다.

대체로 조향사는 숫자와 공식과 화학의 매력 안에서 위안을 느끼는 학구적인 타입이었다. 그런 사람들이 속임수를 쓰거나 더티 플레이를 할 것 같지는 않았다. 그래도 확신할 수는 없었고 이 정도 상품이 걸려 있으면 말 없는 아웃사이더도 180도 달라질 수 있었기에 다른 참가자들을 전부 파악할 때까지 신중하게 움직여야 했다.

우리는 별이 반짝이는 저녁 길로 나섰다. "내가 알아맞혀 볼까요? 당신 할머니는 일종의 은둔형 천재였고 그 재능을 당신한테 물려줬죠?"

나는 웃음을 터뜨렸다. "네, 그렇다고 볼 수 있어요. 할머니는 무슨 명약 만들듯이 향수를 만드는 걸 좋아하셨지만요."

"만병통치약이요? 당연하죠!"

나는 미소를 지었다. 대부분의 사람들은 이해하지 못했다. 할머니는 알맞은 향수를 쓰면 마음의 상처부터 감기까지 모든 걸 치료할 수 있다고 믿었다. 할머니는 시대를 앞서갔다. 요즘은 아로마테라피의 인기가 상당하지만 할머니는 그게 유행하기 몇십 년 전에 거기서 한 걸음 더 나아갔다. 나는 그런 할머니를 보며 향수의 세계에서 틈새시장을 발견했다. 단순히 향을 만드는 게 아니라 기분을 좋게 만들고 우울한 날에 한 줄기 빛이 되어줄 수 있는 향수를 만드는 것⋯⋯.

"할머니도 파리에 같이 오셨나요?"

"그랬더라면 좋았을 텐데." 내가 말했다. "몇 년 전에 돌아가셨어요."

"아, 미안해요."

"그렇게 생각하실 것 없어요. 제 머릿속에 함께 계시니까요."

맞는 말이었다. 적어도 나는 그렇게 믿었다. 그래야 할머니 없이도 제 몫을 할 수 있었다. 그래도 할머니가 돌아가시던 날은 영원히 잊지 못할 것이다. 여러 가지 면에서 기억에 남을 만한 날이었다. 우리가 활짝 핀 첫사랑의 이미지로 작업 중이던 헤리티지 로즈 향수가 거의 완성 단계에 다다랐다. 나는 사랑을 병에 담을 수는 없는 거라고, 그게 어떻게 가능하냐고 격분했다. 향수의 균형을 잡아줄 중요한 성분이 하나 빠졌는데 그게 뭔지 찾을 수가 없었다.

할머니는 내가 사랑에 빠져본 적이 없어서 그렇다고, 그 세계를 탐험해본 적이 없고 *사랑한다*는 말을 3개 국어로 배워본 적이 없어서 그렇다고 놀렸다. 할머니는 늘 그 소리였다. 사랑에도 빠져보고 사랑하는 남자에게 프랑스어로, 독일어로, 사랑의 언어 그 자체로 고백도 하고……. 그게 무슨 소린지 원! 아아, 엉뚱한 할머니가 보고 싶었다.

나는 그날 코웃음을 치고 눈을 부라리며 놓친 재료를 다시 알아내려고 했지만 실패했다.

사랑처럼 미묘한 무언가를 병에 담는 데 거의 성공한 것은 그때가 처음이었다. 장미, 캐시미어 우드, 산딸기 이파리, 프리지어, 파촐리, 블랙커런트를 배합했는데 뭔지 모를 향이 하나 빠졌다.

그 앤티크 로즈 향수는 미완성인 채였다. 할머니가 돌아가신 뒤로 건드릴 엄두조차 내지 못했다.

할머니가 돌아가신 직후의 날들은 잿빛이었고 비 냄새로 가득했다.

"그럼 이제 뒤죽박죽 집단을 만나러 갈까요?" 나는 웃으며 얘기하고 기운이 빠지지 않도록 추억의 망토를 벗었다.

5

르클레르의 집에 도착하자 렉스보다 훨씬 잘 맞는 양복을 입은 나이 지긋한 남자가 널찍하고 우아한 식당으로 안내했다. 우리가 들어서자 재잘거리는 소리가 멈추고 모든 시선이 레이저 광선처럼 우리에게로 꽂혔다. 누구는 천천히 훑어보았고 누구는 고개를 모로 꼬며 미소를 지었고 또 누구는 실눈을 뜨고 한참 동안 뜯어보았다. 대회 참가자와 르클레르 경영진이 섞여 있어서 나는 여러 번 화상통화를 하면서 마주한 얼굴과 이름들을 애써 연결해보았다.

3인조가 무리에서 빠져나와 다가오더니 자기소개를 했다. 누군가가 샴페인을 건넸고 나는 긴장을 달래려고 벌컥벌컥 마셨다. 이렇게 따뜻한 날씨에도 인조모피를 어깨에 두른 내 룸메이트가 어슬렁어슬렁 다가왔다.

"클레망틴." 낯익은 얼굴이 보이자 마음이 놓였다. "이쪽은 렉스. 렉스, 이쪽은 내 룸메이트 클레망틴이에요."

자기소개가 오가고 다들 샴페인을 좀 더 마셨다. 클레망틴이 대화를 독점하다시피 하자 대부분의 사람들은 그녀와 슬금슬금 거리를 두고 둘씩 짝을 지어서 깍듯하고 어찌 보면 어색한 대화를 나누었다. 멀리서 캐스린이 부르자 나는 렉스에게 양해를 구하고 그녀 쪽으로 건너갔다.

"아니 그런데 세바스티앙은 어디 있는 거야?" 그녀가 좌우를 두리번거리며 물었다.

참석한 남자들은 모두 화상통화에서 본 얼굴들이었으니 그 위인은 없다는 뜻이었다. 그는 키가 크고 강단 있고 이글거리는 눈빛으로 좌우를 흘긋거릴 것이다. 아니면 좀 더 근육질이고 점잖게 유명세를 과시할까?

"안 왔나 봐. 왔으면 당연히 자기소개를 했겠지." 나는 한숨을 쉬었다. 모습을 드러내지 않으니 떠도는 사진도 존재하지 않을 수밖에 없었다. "실존 인물이기는 한 걸까?"

"이상하네." 캐스린이 말했다. "오렐리도 없어. 무슨 환영 파티가 이래?" 그녀는 냅킨을 만지작거렸다. "이 대회 자체가 좀 수상해. 그동안 그렇게 신비주의를 고집하다가 외부인들한테 갑자기 문을 여는 이유가 뭘까?"

나도 궁금한 부분이었다. "그런데 이제 와서 파티에 참석도 하지 않고 말이지. 후회하고 있는 걸까?"

그녀는 얼굴을 찡그렸다. "그건 아니었으면 좋겠다."

"우리가 서먹서먹한 분위기를 깨고 서로 좀 더 친해졌을 때 짠 하고 등장하려고 일부러 뜸을 들이는 건지 몰라."

"그렇겠지." 그녀가 말했다. "그럼 우리도 다른 참가자들이랑 어울려야겠다."

나는 소도시 출신 특유의 내성적인 성향이 밑바탕에 깔려 있기 때문에 평소 같으면 쭈뼛거리며 남들이 먼저 다가와 주길 기다렸겠지만 여기서는 나를 아는 사람이 없기 때문에 어떤 모습으로든 변신할 수 있었다. 그래서 무심하게 휴대전화를 들여다보고 있는 키 큰 여자에게 다가갔다. 나도 혼자 겉도는 기분일 때 바쁜 척하려고 그런 적이 있었기 때문에 인사를 건넨 거였는데, 그녀는 그 자리에서 나를 무시하는 듯이 고개를 까딱이고 그만이었다. 용기를 내서 다가간 게 민망해졌다.

"그쪽은……?" 나는 자존심 때문이라도 이렇게 물러날 수는 없었다.

"아나스타샤."

"어디에서 왔어요?"

"모스크바."

바위에 대고 얘기하는 기분이었다. 게다가 그들이 걱정하던 그 참가자란 말인가? 그녀는 이 자리에서 벗어나고 싶어서 좀이 쑤시는 사람처럼 눈꺼풀이 반쯤 덮인 눈으로 지긋지긋하다는 듯한 눈빛을 발산했다.

나는 이쯤에서 그만 자리를 피하고 싶었지만 마음속 한구석에서 굴하지 말라는 소리가 들렸다. 어쩌면 아나스타샤는 심하게 위화감을 느끼는 중이고 그녀의 침묵은 연극일 수 있었다.

"나는 미시간에서 왔어요." 내가 말했다.

이번에도 그녀는 짤막하게 고개를 끄덕이고 그만이었다.

그때 클레망틴이 내 불편한 심정을 감지했는지 천천히 다가왔다. "델, 와서 카나페 먹어봐. 끝내줘."

클레망틴의 목소리가 들리자 아나스타샤가 홱 하니 고개를 들었고 그 둘의 시선이 부딪치자 적의가 번뜩였다. 아무래도 클레망틴이 아나스타샤를 질투하거나 그녀에게서 위협을 느꼈고 그래서 아무나 붙잡고 그녀를 조심하라고 얘기하는 것 같았다.

클레망틴은 상대방의 기를 죽이는 눈빛으로 그녀를 마지막으로 쳐다본 다음 내 팔꿈치를 잡고 저쪽으로 끌고 갔다. "쟤, 얼음장 같지 않아?" 그녀는 들으라는 듯이 온 식당을 울릴 만큼 큰 소리로 물었다.

"그냥 불편해서 그러는 거겠지."

"농, 농, 속지 마. 이건 대회라는 걸 잊어버리면 안 돼."

나는 어깨를 으쓱했다. 클레망틴은 우리가 《서바이버》 참가자라도 되는 듯이 굴었다. 이 아리따운 파리 출신의 아가씨 옆에서는 조심해야겠다고, 내가 그녀의 선 밖으로 밀려나는 사태가 벌어지지 않도록 계속 가깝게 지내야겠다는 생각이 들었다.

잠시 후에 경영진이 몰려와서 또다시 열심히 질문을 퍼부었다. 답변이라면 이미 지겹도록 한 터였다. 여기서는 우리끼리 향수 얘기나 하면 안 되는 걸까? 그중에서도 키가 크고 금발에다 볼이 움푹 들어간 뤼크라는 남자가 내 팔꿈치를 잡았다. "델." 그가 저음으로 물었다. "편안한 집하고는 다를 텐데 여기서 잘 버틸 수 있겠어요?"

"그럼요." 나는 거짓말이 아니라 진심인 척했다. "아는 지식을 토대로 차근차근 전진할 작정이에요." 솔직하게 고백하자면 얼어붙지는 않을까 걱정스러웠다. 할머니한테 배운 걸 전부 까먹는 건 아닐까? 너무 욕심을 내서 힘에 부칠 수도 있었지만 결연한 자세를 유지하면서 다 잘되길 바라는 수밖에 없었다.

"기존의 원칙을 무너뜨릴 준비가 됐다고도 볼 수 있을까요?"

"저희 할머니는 원칙을 따른 적이 없어요, 자기만의 원칙을 만드셨지. 저도 마찬가지예요." 나는 턱을 들었다. 뤼크는 미소를 지었다. "좋아요, 아주 좋아요. 당신은 우리의 와일드카드예요. 성공할 수도 있고 실패할 수도 있는." 이 말을 끝으로 그는 자리를 옮겼다. 기분 상한 내 표정을 그에게 들키지 않은 게 다행이었다.

와일드카드? 내가 다른 참가자들에 비해 능력은 떨어지지만 모험 삼아 뽑아봤다는 건가? 얼마 있지도 않았던 자신감마저 사라져버렸고 숨이 턱 막혔다. 내 허세에도 불구하고 저들은 할머니가 돌아가신 뒤로 내가 고전을 면치 못하고 있다는 사실을 간파했다. 할머니가 없으니 전과 같지 않았다. 오일을 블렌딩하거나 간단한 향 치료제는 만들 수 있었지만 그보다 복잡한 향수는 능력 밖이었다. 할머니가 없으니 눈을 감고 작업하는 심정이었고 비전이 사라졌다. 동생도 그걸 느낀 걸까? 그래서 몇 년 동안 모아놓은 돈을 날리고 싶지 않았던 걸까? 문득 사무치는 외로움이 느껴졌고 눈물이 날 것 같았다.

밤이 깊어질수록 발은 아프고 눈은 자꾸 감기고 탈출하고 싶었다. 저녁식사가 끝났는데도 르클레르 집안사람들이 등장하지 않자 나는 핑계를 대고 르클레르 집안사람들의 행방과 환영 파티에 참석하지 않은 이유를 두고 이러쿵저러쿵 뒷공론을 늘어놓는 사람들 곁을 빠져나왔다. 누가 봐도 이상했지만 나는 뒷공론을 좋아하지 않았고 옹기종기 모여서 추측을 하거나 말거나 시간이 흐르면 정답이 밝혀지기 마련이었다.

하이힐이 발을 옥죄는 바람에 절뚝거림이 더 심해졌다. 아파트 근처에 있는 와인 바가 눈에 띄자 걸음을 멈추고 안을 들여다보았다. 군데군데 앉아 있는 손님이 몇 명 되지 않았기에 용감하게 들어가서 바 맨 끝자리에 앉았다. 와인 잔을 기울이며 슬픔을 달래는 성격은 아니었지만 오늘만큼은 거기서 기운을 얻을 수 있을 듯했다. 딱 한 잔만 마시고 침대로 직행. 몽롱한 정신 상태로 첫 테스트에 임하면 안 될 것이다.

주문을 받은 바텐더가 화이트와인을 한 잔 따르고 조그만 접시에 땅콩을 담아서 그 옆에 놓아주었다. 나는 땅콩을 한 줌 집어서 우적우적 씹으며 지금까지 벌어진 일들을 곱씹었고 다른 참가자들 없이 생각할 수 있는 공간이 있다는 데 감사했다.

밤늦은 시각에 외국의 어느 와인 바에 앉아 있는 이 새로운 나의 모습을 즐기고 싶은 마음도 있었다. 안 될 것도 없었다. 여기저기서 튀어나오는 프랑스어만 듣고 있어도 흥분이 됐다. 밤새도록 들을 수도 있을 것 같았고 노래 같은 그 말투에 취하면 모든 걱정을 잊을 수 있었다.

"나를 따라다니는 거예요?"

나는 벨벳처럼 부드러운 프랑스 남자의 목소리가 들리는 쪽으로 고개를 돌렸다. 맙소사. 젠이 이 자리에 있었다면 운명이 어쩌고 신의 장난이 어어쩌고 하며 호들갑을 떨었을 것이다. 이 남자를 하루 동안 세 번이나 만나다니! "내가 먼저 왔으니까 그쪽이 나를 따라다니는 모양이네요."

그가 이번에는 눈까지 동원해서 미소를 지었다. 하루의 스트레스를 떨쳐내어 느긋하고 서글서글해졌는지 낮에 보았던 어깨에 힘을 주고 눈빛을 이글거리던 그 남자와 달라 보였다. "절대 아니에요." 그가 말했다. "이 근처에 살거든요."

"나도 근처에 살아요." 파리에서 산다고 얘기할 수 있다니 조금 신이 났다. "퇴근하고 오는 길인가 봐요?" 이 시각인데도 불구하고 그는 어두운색의 양복을 입었고, 숨통을 조이다가 드디어 해방이라도 됐다는 듯이 넥타이를 느슨하게 풀어놓고 있었다.

"그건 아니에요." 그는 한숨을 쉬고 얼굴을 문질렀다. 그때 그의 휴대전화가 웅웅거렸지만 그는 못 들은 척했다. "다시 들어가서 해야 할 일이 몇 개 남았거든요. 모든 걸 접고 잠깐 숨을 돌릴 시간이 필요해서요."

"어떤 기분일지 알아요." 내가 말했다. "나도 조금 전까지 저녁식사를 하는 자리에 있었는데 갑자기 너무 부담스럽게 느껴지더라고요."

"왜요?" 그는 레드와인을 한 모금 마셨다. 휴대전화가 다시 웅웅거리자 이번에는 아예 전원을 껐다.

어떤 식으로 얘기하면 좋을까? 르클레르 파르퓌메리와 협업 중인 사실을 비밀에 부치는 것이 대회 규정이었다. 악질 기자들에게 내부 정보가 유출되는 사태를 방지하기 위해 대회 운영진에서 마련한 조치였다. "그냥 좀 버거웠어요. 나는 그렇게 불꽃 튀는 경쟁의 분위기가 낯설거든요. 대처하는 법을 배워야겠어요." 말을 하고 보니 두메산골에서 상경한 촌뜨기 같았다.

"파리는 자신의 본모습을 터득하기에 좋은 곳이에요. 그리고 경쟁심이 강한 사람들은 일찌감치 자기 패를 보여주고 흐지부지 퇴장하기 마련이죠."

"제발 그래줬으면 좋겠네요." 내가 말했다. "내가 그들을 한 발 앞질러야 하거든요. 모든 미래가 걸린 문제예요."

"어째서요?" 그는 잔의 손잡이 부분을 만지작거리며 물었다.

나는 향수 얘기만 쏙 빼놓고 동생과 실패로 돌아가 버린 우리 계획에 대해 얘기했다. 여기서 성공하지 못하면 남는 게 없다고 했다. 너무 암울하게 들려서 웃으며 아무 일도 아닌 척했다.

"그게 당신 꿈이라면 혼자 뉴욕으로 건너가도 되지 않나요?" 와일드카드라는 단어가 내 머릿속을 스치고 지나갔다.

나는 생각하는 만큼 재능이 특출하지 않고 나 빼고는 그걸 모르는 사람이 없는 게 아닐까. 나는 다시 한번 불안감을 떨쳤다. 내 실력이 별 볼 일 없었다면 할머니가 그 오랜 시간 동안 용기를 북돋워주었을 리 없었다.

생각해보니 그의 말에 대답을 하지 않았다. "그렇게 간단한 문제가 아니에요."

"그렇군요." 그는 그렇게 대꾸했지만 수긍하지 않는 눈치였다.

그는 절대 이해하지 못할 것이었다. 보아하니 그는 금수저로 태어났고 재미삼아 증권업체나 그 비슷한 잘나가는 곳에서 일하는 듯했다. 그래도 나를 전혀 모르지만 관심을 보이며 열심히 귀를 기울여주는 사람과 대화를 나눌 수 있어서 좋았다.

평소 같았으면 모르는 사람에게 속내를 털어놓을 일이 없었을 텐데 파리가 나를 대담한 여자로 변신시켰다. 하소연을 하고 났더니 마음이 홀가분했고 카타르시스에 가까운 효과가 있었다. "당신은 어떤데요? 오늘 밤에 할 일이 남았다고 했죠?"

그는 고개를 끄덕이며 와인 잔을 빤히 쳐다보았다. 일 얘기가 나오자 그의 표정이 달라졌다. 바질과 라임과 귤의 조합이면 그의 기분을 띄우고 활기를 불어넣을 수 있을 텐데 향수를 운운할 엄두가 나지 않았다. 계약서상의 조항도 있을 뿐 아니라 오일의 조합으로 불안한 마음을 달랠 수 있다고 하면 그가 멈칫할 수 있었다. "오늘 많은 일을 하기로 되어 있었는데 여러 가지 이유로 처리하지 못했거든요. 그러니까 내일 더 힘들어지겠죠."

"왜 못했는데요? 시간이 없었어요?"

그는 한숨을 쉬며 안타깝다는 듯이 씩 웃었지만 우거지상에 더 가까웠다. "가끔 주변의 기대에 부응하지 못하겠다는 생각이 들 때가 있는데 오늘이 그런 날이었어요. 진창을 헤치고 걸으면서 왜 이렇게 고생을 해야 하나 회의가 든다고나 할까요."

나는 고개를 끄덕였다. 그의 초록색 눈에 그늘이 지고 분위기가 진지해지는 걸 보니 그냥 정신없는 하루를 보내느라 그런 게 아닌 듯했다. 그도 나처럼 더 이상 부연 설명하지 않았고 나는 그의 태도를 존중했다.

"내일은 우리 둘 모두에게 오늘보다 괜찮은 날이 될지 몰라요. 파리에 있으면서 이렇게 바에 웅크리고 앉아 있다니 한심하게 느껴지지 않아요?" 하지만 나는 한심하다는 생각이 별로 들지 않았다. 어떤 면에서는 오랜만에 살아 숨 쉬는 기분을 느낄 수 있었다. 그가 경청할 줄 아는 사람이라 그런 것일 수 있었고 둘 다 힘든 하루를 보냈다는 공통점을 찾아서 그런 것일 수도 있었다. 아니면 기분 좋게 취해서 그런 것일 수도 있었다.

"그러길 바라야겠죠."

나는 잔을 비웠고 몇 시인지 확인하고는 화들짝 놀랐다. 자정이 넘었던 것이다! 참가자들은 그보다 훨씬 전에 숙소로 복귀하도록 되어 있었다. 대회에 모든 걸 쏟아부을 수 있게 통금시간이 정해졌는데 내가 벌써부터 규정을 어기고 있었다.

"얘기 재밌었어요." 나는 손을 내밀었고 그가 내 손을 꼭 쥐자 희미한 찌릿함을 느꼈다.

"나도 재밌었어요, 델. 이번에는 아무 사고 없이 만날 수 있어서 좋았고요." 장난기로 그의 눈이 반짝였다.

나는 고개를 저었다. 그 얘기를 굳이 들먹이다니. "오르부아." 나는 웃으며 인사하고 훈훈한 밤공기 속으로 나섰다. 내 모든 미래가 지극히 불확실한 지금 같은 때가 아니라 다른 때 그를 만났더라면 얼마나 좋았을까. 나는 그의 이름을 모르는데 그는 내 이름을 알았다는 사실을 깨달은 건 나중 일이었다. 나는 샴페인을 너무 많이 마셔서 떠버리가 됐나 싶어 속으로 끙끙거렸다.

6

하루가 시작되길 초조하게 기다리는 동안 화창한 햇살이 폭신한 구름 사이로 고개를 내밀었다. 첫 번째 도전 과제가 공개되는 날이었고 나는 머리가 살짝 아프기는 했지만 어서 빨리 시작하고 싶어서 좀이 쑤셨다. 그래도 어제 통금시간 이후에 살금살금 들어온 걸 아무도 모르는 눈치였다. 이렇게 비밀이 지켜졌고 나는 두 번 다시 그런 짓은 저지르지 말자고 다짐했다.

샤워를 하고 클레망틴이 깨지 않게 최대한 조용히 옷을 갈아입었다. 그녀는 잠을 잘 때도 깨어 있을 때처럼 요란해서 코 고는 소리와 잠꼬대로 간간이 구두점을 찍었다.

"델, 그거 그만해. 미치겠어!" 그녀는 이렇게 얘기하고 베개를 얼굴에 바짝 갖다 댔다.

"그거라니?" 나는 침대 끝에 조용히 앉아서 아침을 먹으러 내려가도 되는 시각까지 기다리는 중이었다. 할머니의 경전을 이미 한 번 훑어보았고 화장도 한 번 고쳤다. 처음에는 빨간색의 매트한 립스틱을 발랐다가 무심한 노 메이크업처럼 보일 수 있게 누드색으로 바꾸었다.

스카프 묶는 법은 인터넷에서 검색했다(프랑스 여자들은 이런 재주를 타고 태어났고 나는 다른 곳으로 날아간 천 조각을 쫓아가느라 또다시 식겁한 장면을 연출하고 싶지 않았다). 3분 동안 베레모를 쓰고 있다가 너무 애를 쓰는 것처럼 보인다는 사실을 깨달았다. 아침형 인간 생활에도 몇 가지 단점이 있었다. 나는 무슨 일이 있어도 운명의 여신이 내 앞으로 세 번이나 내던진 남자를 떠올리지는 않을 작정이었다. 나는 연애나 하러 여기 온 게 아니었다. 하지만 속을 알 수 없는 그 짙은 초록색 눈은……

"그렇게 짤그랑, 짤그랑, 짤그랑거리지 말아 달라고!"

"짤그랑거리다니?"

"팔찌 말이야!"

아! "미안. 긴장하면 나오는 습관이야. 어차피 잠에서 깬 모양인데 이제 일어나서 준비할 시간이야, 클렘."

"아직 깨지 않았어!" 그녀는 고함을 질렀다. 클레망틴은 목소리 볼륨이 '세게' 하나밖에 없는 모양이었다.

"클렘. 좀 있으면 나갈 시간이야." 나는 이래라저래라 할 처지가 못 됐지만 그녀가 첫날부터 지각하도록 내버려 둘 수는 없었다.

커튼을 열자 햇살이 방 안을 환히 비추었다. 그녀는 이불 속으로 점점 더 파고들며 프랑스어로 욕을 했다.

"농, 농, 농! 커튼 닫아!"

"그래, 알았어." 나는 명랑한 목소리로 말했다. "내가 제일 먼저 아침을 먹으러 가면 오늘 도전 과제가 뭔지 알아낼 수 있겠지. 그렇게 선수를 치는 거야! 어쩌면 이번 주에는 내가 1등을 할 수도 있겠고……." 내가 말끝을 흐리자 그녀는 벌떡 일어나 앉았다. 고데기로 곱슬곱슬하게 말아놓은 머리가 정수리에 까치집을 지었고 마스카라가 번져서 판다가 되었다.

그녀는 손가락으로 머리를 빗다가 움찔했다. "아야. 네 말이 맞네. 한 시간만 기다려줘."

"한 시간? 지금 벌써 7시 30분이야. 8시에 아침을 먹고 9시에 르클레르 파르퓌메리 앞에 모여야 하잖아."

"몽듀, 알았어, 30분!" 그녀는 끙끙거리며 침대에서 일어나 거울에 비친 자기 모습을 확인하더니 머리가 레게머리 비슷하게 된 걸 보고 헉 소리를 냈다. 클레망틴이 아침에 단장할 때마다 몇 시간이나 보낼지 생각만 해도 몸서리가 쳐졌다. 철저한 헤어스타일링, 눈에 띄는 의상, 어마어마한 속눈썹까지 붙여야 완성되는 화장, 색을 맞춘 매니큐어.

나는 극적인 효과를 위해 긴 한숨을 내뱉었다. "머리는 어떻게 해볼 생각하지 말고 그냥 하나로 묶어."

그녀는 알몸으로 나가서 길거리를 달리라는 얘기라도 들은 듯 휘청거렸다. "그건 안 되겠어, *마 셰리*(여성을 부르는 말로 영어의 honey와 비슷한 표현이다.—편집자). 내 분홍색 원피스나 다려줘." 그녀가 샤워기를 틀자 열린 문 틈새로 흘러나온 수증기가 금세 방 안을 가득 채웠다.

"안 돼, 클레망틴!" 나는 쉭쉭거리는 물소리 너머로 외쳤다. "나는 네 하녀가 아니야! 그냥 편한 옷 입어." 이렇게 말은 했지만 궁금한 마음에 클레망틴이 들고 온 옷을 들치어 보았다. 원피스마다 특이하기 짝이 없었지만 화려한 멋이 있었다. 이렇게 근사한 옷을 입을 수 있는 그녀의 자신감이 부러웠다.

나는 그녀가 혼잣말을 시작하기 전에 옷걸이에 걸려 있던 분홍색 원피스를 꺼내서 그녀의 침대 위에 펼쳐놓았다. "걱정 마, 다림질 안 해도 되겠어. 얼른 준비나 해." 솔직히 그녀는 부르기만 하면 달려오는 사람을 쓰며 살았던 것처럼 굴었다.

놀랍게도 클레망틴은 5분 만에 샤워를 마치고 몸에 수건을 두르고 민낯으로 미모를 뽐내며 방으로 어슬렁어슬렁 돌

아왔다. 화장을 지우고 새까맣고 숱이 많은 속눈썹을 떼어내
자 보티첼리의 그림 속에서 튀쳐나온 것처럼 사랑스러워 보
였다.

"메르시, 델." 그녀가 조용히 말했다. "네가 아니었다면 첫
날부터 지각할 뻔했어." 그녀는 고맙다는 뜻에서 미소를 지
어 보였다.

그리고 고데기로 머리를 만지며 나지막이 콧노래를 불렀
다. 간밤에 뱅 루즈(레드와인—편집자)를 진탕 마시고 몇 시간
자지 못했는데도 그런 기미는 전혀 없이 어딜 보아도 눈이
초롱초롱 빛나는 명랑한 파리지앵이었다. 사는 게 이렇게 불
공평했다. 나는 잠이 부족하면 다음 날 아무리 화장을 해도
걸어다니는 시체처럼 보였고 오늘도 별반 나을 게 없었다.
눈은 방어 모드를 발동한 복어 같아서 컨실러를 잔뜩 발라도
소용이 없었다. 프랑스 사람들은 어렸을 때부터 와인을 많이
마셔서 피부색에 역효과가 나타나지 않는 모양이었다.

"우리는 룸메이트니까 서로 도우면서 지내야지, 안 그래?"
나는 클레망틴이 요주의 인물이라 친하게 지내야 한다는 걸
알기에 이렇게 말했다.

그녀의 콧노래가 끊겼다. "위, 너는 내 친구고 나는 네 친
구야."

친구? 어쩌면 친구가 될 수도 있었다. 덧문이 닫히고 클레

망틴이 연극배우가 아니라 차분한 현실 속의 인물로 돌아오면 그럴 수 있었다. 남들 앞에서 그녀는 시끄럽고 대담한 만화 속 주인공 같았다. 대회에서 주목을 받으려고, 다른 참가자들 사이에서 도드라져 보이려고 그런 작전을 동원하는 걸까? 아직은 알 수가 없었다.

밖에서 새들이 짹짹거리며 감미롭게 조잘조잘 자기들끼리 수다를 떠는 소리가 들렸다. 우리도 그들의 수다 대열에 합류했다. 클레망틴은 한 명씩 열심히 품평을 늘어놓았다. 그녀가 생각하기에 렉스는 나이가 너무 많아서 걱정할 필요가 없었고(그는 그 정도로 나이가 많지 않았고 만만치 않은 경쟁자일 가능성이 컸다) 릴라는 너무 소심했다. 아나스타샤가 요주의 인물이었다. 어마어마한 조향사 밑에서 배우는 중인데 테크닉이나 기술을 전혀 공개하려 들지 않으니 따돌려야 했다.

"따돌린다고? 클렘, 그건 학교에서나 하는 짓이잖아."

그녀는 미간을 찌푸렸다. "델, 그런 자세로는 성공할 수 없어! 나중에 그녀가 우승하면 울면서 나를 찾아오지 마."

나는 고개를 저었다. 그녀는 내가 동참하지 않겠다고 하니 기분이 상한 모양이었다.

"걱정 마. 그럴 일 없을 테니까."

34분 뒤에 우리는 1층으로 내려가 하루를 시작할 준비를 했다.

식당은 시끌벅적했다. 우리는 진한 블랙커피를 두어 잔 마시고 바삭하게 구운 크루아상을 먹어가며 천천히 식사를 마치고 지시받은 대로 매장 앞에 모였다. 활기 넘치는 분위기였다. 다들 함박웃음을 머금고 기대감에 꼼지락거리며 안절부절못했다. 어떤 하루가 펼쳐질까?

렉스가 어슬렁어슬렁 다가왔다. 잠을 설쳤는지 아침 햇살에 비친 얼굴이 흙빛이었지만 삐딱한 미소는 여전했다. 그를 괴롭히는 불면증은 어떤 향수로 치료할 수 있을까? 라벤더하고 베르가모트를 배합하면 될까?

"굿모닝, 미스 아메리카. 1위 자리를 놓고 싸울 준비 됐어요?"

"이보다 더 철저할 수 없을 만큼요." 내가 대답했다. 알 수 없는 미래를 앞두고 긴장감이 흘렀고 나는 어서 빨리 시작하고 싶어서 좀이 쑤셨다.

렉스는 동지라고 할 수 있을까? 따돌림을 운운하는 클레망틴의 얘기를 듣고 났더니 그녀의 동기가 조금 의심스러워졌다. 클레망틴에게는 두 가지 모습이 있는 듯했다. 나는 조심하자고, 아무나 쉽게 믿지 말자고 속으로 중얼거렸다. 이러니저러니 해도 이건 경쟁이었고 다들 아무렇지 않은 척했지만 우승을 향한 열망으로 이글거렸다. 하지만 사근사근한 렉스는 진정한 친구가 될 수도 있을 것 같았고 그의 옆에서는 가면을 쓸 필요가 없을 듯했다.

"당신은요?" 내가 물었다.

"나는 태어난 순간부터 준비가 되어 있었어요." 그가 이렇게 대답하고 웃음을 터뜨리자 눈가에 별 모양으로 잔주름이 잡혔다.

우리는 옹기종기 모여서 르클레르 집안사람들을 기다렸다. 간밤에 어디 있었는지 해명을 들을 수 있을까?

오렐리가 딱딱한 미소와 함께 등장하자 일동이 잠잠해졌다. 그녀의 바로 뒤에 한 남자가 우리 쪽으로 등을 돌린 채 서서 휴대전화에 대고 속사포 같은 프랑스어를 쏟아내고 있었다. 저 사람이 신비주의를 고집하는 세바스티앙일까?

나는 그가 몸을 돌리기를 초조하게 기다렸다. 그를 실제로 만날 수 있다니 가슴이 두근거렸다. 그는 생각보다 키가 크지 않았지만 양복을 입은 옷매가 좋았고 뒤에서 보아도 지나칠 수 없는 존재감이 느껴졌다. 그가 드디어 눈썹을 찡그린 채 우리 쪽으로 몸을 돌렸다. 남자의 눈썹이 그보다 더 잘생길 수 있을까 싶었다. 한밤처럼 새까만 눈썹이 선명한 초록색 눈 위에 아치를 그리고 있었다. 바로 그 순간 헉 소리가 날 정도로 오싹한 깨달음이 나를 강타했다. 제발 그 남자가 신비주의를 고집하는 세바스티앙 르클레르는 아니길!

그 남자는 아니길! 뱃속이 요동을 쳤다. 하필이면!

7

"이렇게 다시 만나네요." 그가 알 수 없는 표정으로 얘기
했다.

맙소사, 그는 처음부터 내가 누군지 알았던 걸까? 내 미소
가 너무 딱딱하게 느껴졌지만 그래도 입꼬리를 억지로 끌어
올렸다. 내 앞으로 바짝 다가오자 그가 마신 패션프루트 차
냄새와 페퍼민트 샴푸 냄새와 상큼하고 살짝 톡 쏘는 오세아
나 향수 냄새가 났다. 하지만 나는 분노로 온몸을 부들부들
떠느라 아무 생각도 하지 못했다. 내가 누군지 알았다면 얘
기를 해야 했던 거 아닐까? 가만히 앉아서 하소연을 듣고 있
을 게 아니라! 대체 왜 그랬을까?

"그러네요." 나는 말투로 적의를 드러내지 않으려고 했지
만 실패했다. 내게 온 신경이 집중된 세바스티앙을 보고 위

기의식을 느꼈는지 캐스린이 내 시야를 약간 가리며 앞에 섰다. 분위기를 감안했을 때 다행스러운 일이었다. 나는 간밤에 그에게 무슨 얘기를 했는지 잽싸게 기억을 더듬었다. 르클레르를 운운한 적이 있었나? 불안해서 심장이 쿵쾅거렸다. 조심하기는 했지만 와인을 물처럼 벌컥벌컥 마시지 않았던가! 이런 식으로 첫발을 떼고 싶지는 않았는데!

"만나서 정말 반가워요." 캐스린이 얘기하며 섬세한 손을 내밀었다. 나는 발그레해진 얼굴로 꿀 바른 목소리를 내며 돌변한 전형적인 영국 아가씨를 보고 눈을 부라리지 않으려고 기를 쓰고 참았다. 내가 이런 인간들을 상대해야 하는 걸까? 그가 등장하면 다들 저렇게 까무러치려고 할까? 물론 잘생기기는 했지만. 그래도 덕분에 그의 관심이 다른 데로 이동했다. 나는 최대한 조심스럽게 슬금슬금 걸음을 옮겼지만 그가 내 팔꿈치를 잡고 당겼다. 망할.

마음을 굳게 먹고 그를 노려보았다. 가까이서 보니 그의 눈빛이 그의 아버지처럼 다정했다. 아버지처럼 비밀스러운 미소를 짓고 있었다. 내가 왜 그걸 못 보고 지나쳤을까? 맙소사⋯⋯.

어젯밤에는 왜 정체를 숨겼을까? 문득 그도 믿지 못하겠다는 생각이 들었다. 내가 어떤 반응을 보이는지 보려고 그들이 일부러 덫을 놓은 것일 수도⋯⋯ 아니, 그럴 리는 없었다. 그는 환영 파티를 건너뛰었고 간밤에 만났을 때 했던 얘기가 그거였을 것이다. 내가 계속 그와 맞닥뜨린 게 화근이었다. 하지만 그는 내 쪽에서 분명 알려준 적이 없는 이름을 알고 있었다! 그건 우연이라고 볼 수 없었는데 내가 대회 참가자라는 걸 알면서 모른 척한 이유는 뭐였을까? 그는 얼굴을 찡그리고 내 얼굴을 다시 한번 살폈다. "괜찮아요?" 그가 물었다.

"그러게." 캐스린이 상냥하고 발랄한 표정으로 나를 돌아보았다. "좀 해쓱해 보인다, 델."

나는 실눈을 떴다. 해쓱해 보인다 이거지? "괜찮아요, 고마워요." 퉁명스러운 말투가 튀어나왔다.

그가 다시 내 팔을 붙잡자 전율이 몸을 관통했다. 내가 화가 났다는 걸 심장은 알아차리지 못한 걸까? 그가 잘생겼다 치더라도 그런 남자는 수도 없이 많았다. 그게 뭐 대수라고. 으으, 하지만 내 심장은 생각이 다른지 이게 무슨 축하할 일이라도 되는 듯 가슴 안에서 탱고를 추었다. 그의 체취 때문에 정신을 못 차리는 것 같았다. 나의 호기심을 이 정도로 자극하는 남자를 만난 적이 없었기에 그가 아니라 그의 오 드 파르펭(물 또는 알콜과 혼합한 향수의 일종—편집자)에 호감을 느끼는 거라고, 그래서 우리 모두 고급스러운 향수에 투자해야 하는 거라고 속으로 중얼거렸다.

"물을 좀 마시고 싶은데……." 영화에서 이러지 않나? 솔직히 이런 순간에 물이 무슨 도움이 될까? 하지만 덕분에 내가 아니라 쌍둥이 동생이 함직한 생각을 정리할 틈이 생겼고, 그녀가 내 머릿속을 조종하는 건 아닐까 하는 얼토당토않은 발상이 잠깐 머릿속을 스치고 지나갔다.

서로 다른 언어로 사랑을 외쳐보라는 할머니의 충고가 무슨 뜻이었는지 퍼뜩 이해가 됐다. 그리고 사랑의 언어 어쩌고 했던 황당한 얘기까지! 프랑스어로 '사랑에 빠지다'가 뭐였더라…… 사랑한다고 어떻게 얘기했더라?

주 템므. 주 테…….

그가 내 머리에 손을 얹었다. 그것도 일종의 프랑스식 인사였을까? 나는 혼란스럽고 화가 났고 머리가 갑자기 미치도록 뜨거워졌다는 사실 때문에 어찌할 바를 몰랐다. 나한테 무슨 일이 벌어지고 있는 걸까?

"너무 뜨거워요, 델." 갑작스러운 칭찬이었다. 그도 엄청 뜨거운 남자였다. "어…… 그렇게 말씀해주시니 감사하긴 하지만 그러면 이해관계가 상충하는 거 아닐까요?"

그가 미간을 찡그리자 완벽하게 대칭을 이루는 이목구비에 두 줄이 생겼다. "파르동?"

"당신이 향수업체 사장이기는 하지만 내 목표는 이 대회의 우승이고……."

그는 실눈을 뜨고 말허리를 잘랐다. "그게 갑자기…… 열이 나는 거랑 무슨 상관이죠?"

열? 오 마이 갓!

죽고 싶었다. 그는 매력적이라는 뜻에서 뜨겁다고 한 게 아니라 열이 난다고 한 거였다! 얼른 수습해야 했다. "제가 착각을 했나 봐요." 나는 도도하게 얘기했다. "열이 난다고 한 거였는데 제가 잘못 알아들었어요."

그는 내 말이 무슨 뜻인지 정확하게 아는 사람처럼 입가에 미소를 머금었다. 나는 내 머리를 한 대 때리고 싶었고 이렇게 바보 같은 짓을 저지른 나 자신을 조용히 책망했다. 노독이 숨어 있다가 이제 와서 도지는 걸까?

"캐스린, 델한테 물 한 병 가져다줄래요?" 시라도 읊는 듯 부드러운 목소리가 그의 입에서 흘러나왔고 나는 그에 대한 생각을 다시금 머릿속에서 떨쳐버렸다. 그런 식으로 말을 할 줄 아는 프랑스 남자가 수백만 명이었다, 수백만 명.

"그럴게요." 그녀는 이렇게 대답했지만 떨떠름한 표정을 감추지 않았다. 으윽, 호감을 사긴 글렀다.

그는 지금까지 나를 수백 번 만난 사람처럼 여유롭고 능력 있는 분위기를 풍겼다. 반면에 나는 미치도록 불편하고 불안해서 더는 입도 뻥긋할 수 없었다. 또다시 엉뚱한 소리를 늘어놓으면 어쩔 것인가. 그는 (말 그대로) 우연히 부딪친 근사한 남자가 아니라 세바스티앙 르클레르였고 이로써 모든 게 달라졌다.

"혹시 모르니까 의사를 부를까요?"

"의사요?"

"열이…… 나잖아요." 그는 다시 묘한 미소를 지으며 체온을 확인하느라 내 이마에 손을 얹었다. 그의 손길에 나는 움츠러들었고 머릿속에서 수백 가지 생각들이 어지럽게 오가다…… 그라는 남자에게로 수렴됐다. 젠장. 나는 뭔지 모를 병에 걸렸고 그 증상으로 뱃속이 울렁거렸고 다리에서 힘이 풀렸고 언덕으로 달려가고 싶은 묘한 기분을 느꼈다.

"아뇨, 괜찮아요."

"그래도 계속 너무 뜨거운데요." 그는 눈을 찡긋거렸다. 이런 못된 인간 같으니라고!

나는 팔짱을 끼고 한 발짝 뒤로 물러섰다. 지금 나를 놀리는 걸까? 나는 매혹적으로 반짝이는 그의 눈을 못 본 척하고 이렇게 얘기했다. "진통제 먹고 좀…… 거리를 두면 괜찮아질 거예요."

그는 눈썹을 추켜세웠다. "*위*. 당신이 그렇게 생각한다면야."

나는 턱을 들었다. "그렇게 생각해요."

세바스티앙은 고개를 끄덕이고 톡 쏘는 향수 냄새만 희미하게 남긴 채 모인 사람들의 앞쪽으로 자리를 옮겼다. 이것이 프랑스어로 '흔적'이라는 뜻의 실라주였고 분사된 향수의 일생을 구성하는 수많은 신비로운 순간 중 하나가 바로 이것이었다. 균형이 잘 잡힌 향의 실라주는 향기로운 속삭임이자 갈증을 일으키는 미묘한 작별 인사였으니…….

망할.

세바스티앙이 주목해달라고 하자 재잘거리던 소리가 멎었다. 그의 턱에 갑자기 힘이 들어간 건 어떤 의미일까? 사람들 앞에서 얘기하는 걸 싫어한다는 뜻일까? 모든 게 알쏭달쏭했다. 신비주의를 고집하는 이 르클레르 집안사람들이 가장 잘하는 게 그것이지 않을까 싶었다. 나한테 솔직하게 얘기를 해야 했던 간밤에도 그랬듯이 말이다.

우리를 모아놓고 대회를 본격적으로 시작하려는 시점에 다다르자 팬들 사이에서 미친 과학자라는 뜻의 '르 사방 푸'라고 불리는 아버지가 생각났을 수도 있었다. 만약 그런 거라면 나는 세바스티앙의 심정을 이해할 수 있었다. 아버지를 떠나보낸 지 1년밖에 되지 않았으니 아직 상심의 걸음마 단계라 어제 일처럼 느껴질 것이다. 그들의 관계가 어땠는지 아무도 모르지만 슬픔으로 인해 그의 인상이 그렇게 바뀌었을지 모른다는 생각이 들자 마음이 조금 누그러들었다. 내가 누군지 모르는 척한 건 밥맛이었지만!

세바스티앙은 온 얼굴로 햇살을 받으며 우리를 향해 미소를 지었다. 모두 넋을 잃고 그를 멍하니 바라보았다. 하지만 내 눈에는 그의 미소가 가식처럼 느껴졌다. 그가 연극을 하는 듯했다. 나도 누가 부모님의 안부를 물으면 그런 미소를 짓기 때문에 알 수 있었다. *너희 부모님이 또다시 장난을 치려고 한다며? 다들 그 얘기뿐이야!* 그러면 나는 땅속으로 꺼져버리고 싶은 마음을 달래며 웃음을 터뜨렸다. *우리 부모님이 어떤지 알잖아. 제정신은 아니지만 마음씨는 비단결 같은 거.* 이 말을 반복하고 또 반복했다.

그럼에도 불구하고 세바스티앙에게는 끌리는 매력이 있었고 남녀를 불문하고 다들 입을 떡 벌리고 눈을 동그랗게 뜨고서 추파를 던지는 걸 보면 나만 그렇게 느끼는 게 아니었다. 부드러운 햇살이 비추자 그의 눈에서 그의 아버지와 같은 매력이 발산됐다.

잠시 후에 오렐리가 아들의 팔짱을 끼고 우리 모두를 향해 손을 흔들었다.

"환영해요, 여러분." 그녀가 말했다. "환영 파티에 참석하지 못해서 정말 미안해요." 그녀는 세바스티앙을 흘끗 노려보았다. "생각지도 못했던 일이 벌어졌거든요. 다시는 그럴 일이 없을 거예요." 지나가던 행인들이 걸음을 멈추고 쳐다보았고 누군가가 우리가 유명인일 경우에 대비해 이 순간을 기념 삼아 사진을 찍으려고 했지만 세바스티앙이 한 손을 들고 잽싸게 피했다. "농." 그가 말했다. "사진은 안 됩니다."

그가 세간의 관심에 그렇게 질색하는 이유가 뭘까? 그들은 그냥 관광객들일 뿐인데. 불의의 습격을 허용하지 않겠다고 작정한 모양인데 이렇게 아이러니할 수가 있나! 게다가 관광객들이 뭐 그렇게 예기치 못한 존재도 아니지 않은가. 오렐리가 아들과 무언의 실랑이를 벌이고 있는 듯한데 이유가 뭘까?

세바스티앙이 말문을 열었다. "오늘은 르클레르 파르퓌메리에 있어서 역사적인 날입니다. 파리에서 보내는 시간이 여러분과 여러분의 파르퓌메리를 한 단계 업그레이드하는 계기가 되었으면 합니다." 말을 신중하게 골라서 하긴 했지만 외워서 기계적으로 낭독하는 듯 딱딱했다.

하지만 아무도 느끼지 못했는지 다들 얼굴을 환히 빛내며 함박웃음을 지었다. 내 얼굴만 어두웠을 것이다. 떨쳐버려지지가 않았다. 내가 여기서 고군분투하고 있다는 걸 그에게 들켜버렸으니 이보다 더 끔찍한 시작이 어디 있을까! 와일드카드가 벌써부터 무릎을 덜덜 떨고 있다고 가서 얘기할까?

"향수업계의 많은 사람들이 그렇듯 여러분도 우리가 사실상 이방인이나 다름없는 여러분을 초대해 이렇게 엄청난 상품을 제공하기로 한 이유가 뭔지 궁금하실 겁니다." 그는 말을 멈추고 시선을 떨어뜨렸다.

"*위*, 다들 궁금해하고 있죠." 클레망틴이 허스키한 목소리로 얘기했다. 그녀도 저 남자에게 마음이 흔들린 거였다. 그렇다면 가망이 없었다.

그가 가까이 다가오라고 손짓하자 우리는 한 발짝 앞으로 성큼 다가갔다. 나는 세바스티앙과 가까워지자 불안해졌다. 전날의 사건 때문에 내 자존심과 엉덩이에 아직 상처가 남아 있었다. 생각하지 않는 편이 좋겠지만.

우리가 옹기종기 모여들자 그가 얘기했다. "이 대회는 아버님의 아이디어였지만 안타깝게도 아버님은 이것이 결실을 맺는 걸 보지 못하셨죠." 아버지 얘기가 나오자 그의 얼굴이 초췌해지고 목소리에 힘이 들어가는 걸 보면 아직도 마음이 아픈 모양이었다. 젠은 나더러 너무 많은 것에 의미를 부여한다고 하지만 어쩔 수가 없었다. 나는 태생이 그랬다.

감정이 어찌나 널을 뛰는지 이 남자를 좋아하는지 싫어하는지조차 알 수 없을 정도였다.

"그래서 저희는 아버님의 유지를 받들기 위해 이 대회를 개최하기로 결정을 내렸습니다. 아버님은 누군가에게 향수 업계에 이름을 남길 기회를 제공하려고 하셨습니다. 일반적인 경계를 뛰어넘는 발상을 할 수 있는 도전적이고 진취적인 정신의 소유자에게 말입니다. 이 대회의 우승자에게는 아버님이 남긴 기록을 읽고 르클레르 향수 세트를 제작할 기회가 주어집니다."

뭐라고! 심장이 어찌나 쿵쾅거리는지 모두에게 들릴 것 같았다. 이 대회에서 우승하면 뱅상이 남긴 기록을 읽을 수 있다니! 생각만 해도 아찔했다. 그 부분에 대해서는 언급이 없었고 르클레르 집안이 워낙 폐쇄적이라 상상하지 못했던 일인데…….

우승을 하고 싶은 욕망이 100배쯤 커졌다. 뱅상 르클레르는 평생 딱 한 번 응한 인터뷰를 통해 향수에 대한 애정과, 향수를 뿌림으로써 단순히 추억이나 시간, 공간을 소환하는 수준을 넘어 어딘가로 갈 수 있길 바라는 심정을 토로했다. 황홀하고 호기로운 바람이었고 그게 가능한 일인지 알 수 없었지만 그가 어떤 식으로 시도했는지 볼 수 있다면 얼마나 많은 걸 배울 수 있을까? 그의 기록을 읽을 수 있다면, 그가 황홀하게 여겼던 것을 직접 접할 수 있다면.

다른 참가자들을 흘끗 훔쳐보았더니 벌써부터 갈망의 향기가 미묘하게 느껴졌다. 모두들 그런 영광을 누리고 싶어 했다.

산들바람을 타고 느껴지는 이건 후회일까? 세바스티앙의 기분이 달라지자 체취도 밀려나는 파도처럼 소금기와 모래를 머금은 냄새로 바뀌었다. 아버지의 업적을 공개하는 것이 그가 내린 결정이 아니었을까? 나라도 이 은밀한 공간에 외부인을 들이고 싶지 않았을 것이다.

하지만 그 덕분에 내 향수 연구는 진일보할 수 있을 것이다. 나는 기분이 좋아지게 하는 포션 비슷한 향수를 만드는 데에는 성공했지만 아직까지 미묘한 감정을 병에 담지는 못했다.

그게 과연 가능한 일일까? 뱅상은 가능하다고 생각했고 우리 할머니도 마찬가지였지만…….

"시작하기 전에 궁금한 게 있으신 분?" 오렐리가 물었다.

나를 비롯해 여기저기서 손을 들었다.

그녀는 나를 지목했다. "*위?*"

"하루 일정이 어떻게 되나요?" 어떤 준비를 해야 할까? 한 번의 실수로 일생일대의 기회를 날려버릴 수는 없었다. 대회의 부상이 더 커지는 바람에 내 머릿속이 뒤죽박죽 정신없었다. 좀 더 준비를 했어야 하나? 화학책을 공부했어야 하나? 향수 배합을 외웠어야 하나? 좀 더 편한 신발을 챙겨왔어야 하나? 비타민 B를 더 먹었어야 하나? 모든 생각이 승리로 집중되자 세바스티앙을 향한 분노는 저 멀리 사라졌다.

오렐리는 손깍지를 꼈다. "매일 달라요. 어떤 날은 오늘처럼 즉석에서 판단해야 하는 도전 과제가 주어질 거예요. 만든 향수를 제출하면 판정단이 독창성, 과감성, 도전 정신을 감안해서 점수를 매기겠지만 당연히 최종 결과물 자체가 일정 수준 이상이라야겠죠? 향수업계의 대가들이 진행하는 수업도 받게 될 거예요. 멘토가 되어줄 르클레르 직원이 여러분 각자에게 한 명씩 배정이 되고요. 견학도 있는데 가도 되고 가지 않아도 돼요. 하지만 파리에서 보내는 시간 내내 향수에 매달리지는 않았으면 좋겠어요. 이러니저러니 해도 우리는 프랑스 사람이잖아요. 느긋하게 점심시간을 즐기는 법을 개발하고 별로 샴페인을 빚은 국민이란 말이죠. 향수가 그렇듯 인생에서도 관건은 균형이에요. 그러니까 여기 있는 동안은 스 아테 랑트망. 천천히 서두르도록 해요."

여기저기서 박수갈채를 보냈다. 빛의 도시를 구경할 수 있다니 보너스였다. 나는 천천히 서두르라는 말을 곱씹어보았다. 자기들 생활방식에 맞춰 시간을 효율적으로 안배하는 프랑스 사람들에게 너무나 잘 어울리는 문구였다.

엄마가 옆구리를 찌르자 세바스티앙이 말문을 열었다. "주말에는 자유시간이 주어집니다. 그 시간에 이 아름다운 도시 곳곳을 둘러보고 갖가지 재미있는 활동에 참여하시면 좋겠습니다." 그 말과 함께 그는 나를 똑바로 쳐다보았다. 우리의 시선이 마주쳤고 뜨거운 전율이 일자 나는 눈을 돌리지 않으려고 기를 쓰고 참아야 했다.

"엄청난 기회네요." 나는 가까스로 맞장구를 쳤지만 목소리가 너무 높고 날카로웠다. 망할! 나는 영혼 깊숙한 데를 들여다보는 레이저 광선 같은 세바스티앙의 눈빛이 아니라 감기 때문에 그런 것처럼 일부러 기침을 했다. 그는 꼭 나를 찍어서 쳐다보아야 했을까?

"안타깝게도 한 주가 끝날 때마다 점수가 가장 낮은 참가자는 퇴소해야 합니다."

나는 아니길. 나는 우승을 해야 했다. 거기에 내 모든 게 달려 있었다.

"제 멘토는 누군가요?" 클레망틴이 물었다.

오렐리는 주머니에서 종이를 꺼내 참가자와 멘토의 짝을 지었다. 내 차례가 되자 그녀가 말했다. "델, 당신은 세바스티앙이에요. 하지만 정식 멘토링은 첫 작품을 제출한 이후에 시작돼요. 그래야 멘토들이 부담감이 따르는 상황에서 여러분 혼자 어느 정도 역량을 발휘할 수 있는지 파악하고 좀 더 효율적으로 지도를 할 수 있으니까. 하지만 도움이 필요할 때는 언제든지 만날 수 있어요."

명단 발표가 끝나자 클레망틴이 나를 노려보았다. "어머나, 너 운도 좋다!"

나는 어깨를 폈다. "그가 향수를 만들어주는 것도 아니고 멘토에 불과하잖아. 그러니까 내 손에 골든 티켓이 주어졌거나 그런 건 아니야." 그럼에도 불구하고 심장이 두근거렸다.

세바스티앙이 멘토면 유리할까? 그가 너무 바빠서 시간을 할애할 수 없으면 어쩐다? 나를 만난 자리에서도 지금처럼 무관심한 표정으로 일관하면 어쩐다? 세바스티앙은 이 대회에 관심이 없는 것 같았다. 그래도 태연한 표정을 지으면서 클레망틴이 나를 괴롭히지 못하도록 차단해야지 안 그러면 끝도 없이 시달릴 것이었다.

"두고 보면 알겠지." 그녀가 말했다. "네 멘토는 르클레르 집안사람인데 우리는 직원이라니 불공평하잖아. 다음번에는 네가 1등 하겠네. 만나는 내내 그를 구워삶을 테니까!"

나는 한심하다는 눈빛으로 그녀를 쏘아보았다. "말도 안 되는 소리 하지 마! 나는 실력 하나만 믿고 온 사람이야, 클레망틴. 누구하고는 달라." 나도 만만한 성격은 아니었다.

눈에 보이지는 않을지 몰라도 전선이 만들어졌다.

그녀는 마지막으로 나를 한 번 노려보고 고개를 돌리더니 캐스린에게 귓속말을 했다. 나 원 참. 내가 와일드카드라 남들보다 더 많은 도움이 필요할 것 같아서 세바스티앙을 배정한 걸까? 이런 자기 불신이 제발 좀 사라졌으면 좋겠다!

오렐리가 다시 주목해달라는 뜻에서 손뼉을 쳤다. "그러면 이제 오늘의 챌린지를 시작할까요? 여러분의 뒤에 지하철 표, 지도, 돈, 간식, 물과 같은 준비물이 담긴 배낭이 있어요. 그걸 어디에 쓸지는 여러분 마음이에요."

렉스가 나를 보며 씩 웃었다. "배낭 안에 뱅 블랑(화이트와인 —편집자)도 있나 모르겠네."

"여기는 파리니까요." 나는 윙크를 했다.

"첫 번째 도전 과제는 이 아름다운 도시를 감상할 수 있도록 재미있는 걸로 준비했어요." 세바스티앙이 얘기했다. "이곳의 랜드마크나 명소 가운데 한 곳에 봉투가 있고 그 안에 열쇠가 들어 있어요. 우리 아버지의 개인 작업실 열쇠고 그걸 발견하는 사람이 이번 주 동안 그 작업실을 독점 사용할 수 있습니다. 나머지 참가자들은 르클레르 연구실에서 자신의 정체성과 스타일을 드러내는 향수를 만들어야 하고요. 판정단은 독창적인 작품, 예상하지 못했던 놀라운 작품을 기대하고 있습니다. 그 이후부터 대회가 끝날 때까지 멘토와 긴밀한 협력 아래 작업을 하게 됩니다."

나는 파리의 지도를 들여다보며 모든 랜드마크를 연구하고 왔지만 당황스럽게도 생각나는 곳이라고는 누가 들어도 빤한 에펠탑, 개선문, 노트르담뿐이었다. 저들은 조금 덜 유명한 곳을 선정하지 않았을까? 아니면 다들 예상하는 곳에다 봉투를 꼭꼭 숨겨두었을까?

내가 더 이상 고민할 겨를도 없이 오렐리가 다시 얘기를 꺼냈다. "이 르클레르 파르퓌메리 매장 근처, 우리 바로 뒤편에 연구실이 있는데 배낭 안에 약도가 있어요. 연구실에 들어가 보면 여러분의 이름이 적힌 작업 공간이 있고 거기에 향수를 만드는 데 필요한 모든 준비물이 있을 거예요. 물론 향수를 숙성할 시간이 없다는 점은 감안해야겠지만 그래도 조향사로서 여러분의 정체성을 판단하는 데에는 무리가 없겠죠."

나는 손가락을 십자가 모양으로 겹치고 첫 번째 도전 과제가 끝나자마자 탈락하는 사태는 벌어지지 않길 향수의 신에게 기도했다.

다시 한번 참가자들이 오렐리에게 질문 공세를 퍼부었다. 한쪽 귀로 그녀의 답변을 듣는 한편 머릿속으로 내가 읽은 가이드북을 떠올리며 열쇠가 있을 가능성이 큰 곳을 따져보았다. 장미, 라벤더, 백합, 튤립, 이런 꽃들이 만발한 정원일까? 꽃으로 향수를 만들어야 할까?

아니면 그건 유행에 뒤떨어진 발상일까? 과감한 시도라면 얼마나 과감하길 바라는 걸까? 꽃향기는 너무 밋밋할까? 안전한 길을 선택하고 싶지는 않았지만 판정단이 콧잔등을 찡그릴 만큼 구린 작품을 만들고 싶지도 않았다. 과감하면서도 감각적이고, 정착할 줄 모르는 방랑족에 바치는 송사라야 했다.

질의응답 시간이 끝나자 오렐리는 한손을 들었다. "이제 첫 번째 챌린지를 시작합니다!"

그 말이 떨어지기가 무섭게 다들 엎치락뒤치락 배낭을 향해 달려들었다. 렉스만 담배를 물고 비딱한 미소를 지으며 서두르는 기미 없이 뒤에 남았다.

다른 참가자들이 주사위처럼 흩어지는 동안 나는 그 자리에서 꼼짝하지 못했다. 다들 인생이 걸린 문제라도 되는 듯 달려드는데 벌써부터 한 걸음 뒤처지고 말았다. 어떻게 보면 사실 맞는 말이었다. 향수 인생이 달린 문제가 아닌가! 나는 배낭을 향해 달려가려고 했지만 렉스가 팔꿈치를 잡았다.

"미스 아메리카, 진정해요. 당신도 알겠지만 온종일 무작정 파리를 헤매고 다니는 건 시간 낭비잖아요. 여기가 얼마나 엄청난, 말 그대로 거대한 도시인데. 길을 잃고 싶지 않으면 먼저 동선을 정해야죠."

그의 말이 맞았다. 먼저 어느 랜드마크에 갈지 정해야 이 어마어마하게 넓은 도시를 지그재그로 왔다 갔다 하느라 길바닥에서 시간을 낭비하지 않을 수 있었다. 나는 계획을 수립하는 데 소질이 없었지만 반드시 남들보다 먼저 열쇠를 찾고 싶었다. 무작정 뛰어들면 과연 그럴 수 있을까?

"고마워요, 렉스." 나는 그의 뺨에 딸처럼 입을 맞추고 길을 나섰지만 세바스티앙의 놀란 표정을 놓치지 않았다. 내가 엉뚱한 길을 선택한 걸까? 이런저런 생각들이 걷는 속도 못지않게 빠르게 지나갔기 때문에 그의 표정을 해석할 겨를이 없

었다. 나는 가장 가까운 정원을 찾아가 자리를 잡고 앉아서
지도를 참고하며 계획을 세웠다.

8

고정관념에서 벗어나면 랜드마크나 명소는 뭐든 될 수 있
었다. 유명한 식당이나 에디트 피아프가 노래를 불렀던 인도
의 어느 지점이 될 수도 있었다. 파리의 유명인사가 또 누가
있을까? 향수하고 연관이 있는 곳일까?

유모차를 끌고 나온 엄마들이 서성이는 가운데 꼬맹이들
은 새를 쫓았고 나이 많은 관광객 커플은 테이크아웃 커피를
마시며 가이드북을 살폈다. 날이 점점 더워졌기 때문에 나는
배낭을 얼른 샅샅이 뒤진 다음 얼굴이 익기 전에 그늘을 찾
아 나서기로 했다.

한 손에는 지도를, 다른 손에는 휴대전화를 들고 인기 관
광지를 인터넷으로 검색했지만 나오는 게 뻔했다. 머리를
써, 머리를! 직접적으로는 아니더라도 어떻게든 향수와 연관

이 있는 메시지가 있을 게 분명했다.

사막에서 바늘을 찾는 격이라 범위를 좁히기가 불가능했다. 그래서 나는 가고 싶은 곳을 몇 군데 정해 지도에 표시하고 찾아다니다 보면 뭔가가 나오길 기대했다.

'호텔 리츠 파리: 파리를 상징하는 가장 럭셔리한 호텔.' 헤밍웨이에서부터 아나이스 닌, F. 스콧 피츠제럴드와 젤다 부부에 이르기까지 쟁쟁한 위인들이 샴페인 잔을 부딪친 곳이기도 하지만 그보다 더 중요하게는 코코 샤넬이 30여 년 동안 거처로 삼았던 곳이기도 했다. 그 화려한 과거 안에 축하 행사와 더불어 수많은 스캔들이 있었으니 후보지가 될 수밖에 없었다. 나는 코코 샤넬이 방돔 광장을 기리는 뜻에서 넘버 5 향수병을 디자인했다고 들었다. 그리고 일설에 따르면 세바스티앙의 아버지가 한때 코코 샤넬의 밑에서 일을 했다고 한다.

열쇠가 거기 없다고 하더라도 튀일리 정원, 오랑주리 미술관, 19세기에 선물 받은 이집트 오벨리스크가 세워진 콩코르드 광장이 그 근처였다. 파리에서 가장 오래된 퐁뇌프 다리를 건너면 시테섬에 갈 수 있었다. 센강 한복판에 있는 두 섬 중에서 한 곳인 여기에 노트르담이 있었다. 여기서 내가 아직 구경하지 못한 여러 구에 숨어 있는 조그만 명소들을 찾아다닐 수 있었다.

센강 좌안에는 그 유명한 원스 어폰 어 타임 서점이 있었다. 독자에서부터 작가에 이르기까지 모든 애서가와 가끔 외로워지는 이 도시에서 따뜻한 환대를 느끼고 싶은 사람들 사이에서 인기가 많은 곳이었다. 내가 사람들을 한자리로 불러모으는 책의 힘을 향기로 표현할 수 있을까? 종이에 적힌 글이 단순한 글이 아니라 다른 세상으로 건너가는 사다리라는 것을 말이다. 이번 도전 과제 덕분에 새로운 아이디어가 떠올랐다. 미묘한 감정을 병에 담는 기술을 연마하는 데 도움이 될 것이다.

아니면 파리의 심장이자 영혼이라 할 수 있는 낭만을 병에 담는 요술을 부려야 하나? 장미, 베르가모트, 핑크 페퍼콘, 사향, 등나무. 할머니와 내가 하려다 실패했던 것. 우리가 처음으로 만든 블룸 오브 러브 향수에는 중요한 성분이 하나 빠졌는데 뭔지 알 수가 없었다. 할머니라면 빛의 도시에서 그렇게 대담한 작품을 만들어보겠다는 나의 계획에 찬성했을 것이다.

사랑의 도시지. 동생이 내 귀에 대고 속삭이는 소리가 들리는 듯했다.

열쇠를 찾지 못하면 고민해볼 문제였다. 시간이 째깍째깍 흘러가고 있었기에 나는 모든 물품을 배낭에 다시 집어넣고 리츠 호텔로 출발하며 어떤 식으로 직원들을 설득해야 그 으리으리한 호텔을 누비며 열쇠를 찾으러 다닐 수 있을지 고민했다. 세바스티앙이 열쇠를 거기다 숨기지 않았다면 정신병자 취급당하기 십상이었다. 살금살금 여기저기 들락거리거나 영감을 얻어가며 파리 전역에서 이 내규모 보물찾기를 벌이고 있는 우리의 모습이 그려지자 웃음이 나왔다. 이상한 사람으로 오해받지 않길 바라며 나중에 냄새를 맡아보려고 풍성한 정원의 꽃잎, 로즈메리 아니면 그냥 나뭇가지 아니면 공기조차 병에 담는 우리의 모습에 말이다.

방돔 광장으로 가는 동안 눈앞에 펼쳐진 아름다운 풍경에 가슴이 두근거렸다. 고딕 양식의 건물에서부터 철제 가로등에 이르기까지 이런 장관은 처음이었다. 수천 개의 조그만 세월의 흔적이 건축의 형태로 고스란히 보존돼 있었다.

모퉁이를 도는 순간 엉거주춤하게 허리를 수그리고 달려가는 아나스타샤의 모습이 보였다. 들키지 않으려고 그러는 건지 몰라도 특이한 자세 때문에 더 눈에 띄었다. 나는 숨을 참고 그녀가 리츠 호텔을 그대로 지나가길 바랐지만 그럴 리 없었다. 그녀는 바로 앞에서 걸음을 멈추고 공책을 들여다보더니 실크해트에 턱시도를 갖춰 입은 도어맨을 함박웃음으로 홀려가며 안내를 받고 안으로 들어갔다.

젠장!

나는 잽싸게 다가가 리츠 호텔을 날마다 드나드는 사람이라도 되는 듯 거만한 표정을 짓고 도어맨들에게 고개를 까딱였다. 그들은 깍듯하게 인사하며 안내가 필요하냐고 물었다. 내가 사양하면서 고등학교 수준의 프랑스어로 더듬더듬 연인을 만나러 왔다고 하자 한 도어맨이 미간을 찌푸렸다. 왜일까? 내가 애인도 없게 생겼나? 아니면 요즘은 연인이라는 단어를 쓰지 않나? 나는 로맨스에 관한 한 젬병이었다.

내 부족한 언어 실력을 안타까워할 시간이 없었다. 낮 동안에는 영업을 하지 않는 헤밍웨이 바를 놓고 어떤 남자와 대화를 나누는 아나스타샤가 보였다. 안을 좀 들여다보게 해달라고 그를 구워삶으려는 중이었다. 그녀는 속눈썹을 깜빡이고 그의 팔을 건드려가며 숨소리를 섞어서 얘기했지만 돌아오는 건 차가운 침묵뿐이었다. 나는 터져 나오려는 웃음을 참으며 배낭으로 얼굴을 가리고 그녀에게 들키지 않도록 살금살금 지나갔다. 마르셀 프루스트 살롱과 샤넬 스파가 내 체크리스트에 있었다. 헤밍웨이 바도 가능성이 있었지만 나중에서야 문을 열 테니 그때 가서 둘러보면 될 일이었다. 아나스타샤도 나처럼 파리에서 명성을 쌓은 인물 중에 직업이나 연애 면에서 조향사와 연관이 있는 위인 쪽으로 생각한 모양이었다.

샤넬 스파를 먼저 찾아가자 내가 지금까지 본 중에서 가장 얼굴에서 빛이 나는 프랑스 미녀가 나를 맞았다.

뭐라고 말을 꺼내기도 전에 아나스타샤가 뒤에서 슬금슬금 다가왔다. 나는 불길한 분위기를 감지했지만 대응할 겨를이 없었다.

그녀가 프랑스이로 유창하게 직원에게 말을 하는데, 어찌나 속사포 같은지 한마디도 알아들을 수가 없었다. 예약 어쩌고 하는 것 같았다. 여자는 고개를 끄덕이더니 금색으로 모노그램이 박힌 푹신한 가운을 고리에서 꺼내 옷을 벗고 가운으로 갈아입으라고 나에게 손짓했다. 아나스타샤가 뒤에서 나를 밀치며 얘기했다. "시간 없어, 열쇠가 그 가운 안에 들어 있을 수도 있잖아!"

나는 그녀를 전혀 믿지 않았다. 열쇠가 가운 안에 들어 있다면 그녀가 일찌감치 낚아챘을 것이었다. 나를 궁지에 넣으려는 수작이었는데, 이렇게 으리으리한 스파에 발을 들여놓고 보니 무슨 수로 탈출하면 좋을지 생각이 나지 않았다.

보이지 않는 어딘가에서 끓이고 있는 에센셜 오일 냄새가 풍겼다. 원기 회복에 좋은 오렌지와 파촐리의 조합이라 아나스타샤의 방해공작에도 불구하고 들이마실 때마다 몸의 긴장이 풀렸다.

"오르부아." 아나스타샤는 가시 돋친 목소리로 작별 인사를 했다.

"아나스타샤, 잠깐만! 직원한테……." 하지만 그녀는 사라진 뒤였다.

빗소리 아니면 폭포소리와 경쾌한 심벌즈로 이루어진 편안한 음악이 머리 위에서 나지막이 흘러나왔다. 나는 긴장을 풀려고 하면 할수록 뻣뻣해졌다.

"옷 갈아입으세요." 나는 그녀가 자리를 비켜준 틈을 타서 주변을 얼른 뒤졌다. 열쇠도 힌트도 아무것도 없었다. 서랍에는 리넨과 세안제와 손을 닦는 수건밖에 없었다. 선반에는 각종 크림과 병에 담긴 모발용품과 기초 화장품밖에 없었다. 그 뒤로 손을 넣자 물건들이 볼링핀처럼 좌우로 움직였지만 열쇠는 없었고 나는 그것들을 최대한 바로 세웠다.

발소리가 다가오자 몰래 기웃거렸던 걸 들키지 않게 옷 위로 가운을 걸치고 침대 위로 펄쩍 올라갔다. 얼굴을 찡그리고 두근거리는 심장을 달래려고 애를 쓰며 아주 잠깐 리츠 호텔은 정말이지 매력적인 곳이라는 생각을 했다. 머리끝에서 발끝까지 대접받을 준비를 마친 공주가 된 기분이 들었다. 그러다가 퍼뜩 정신을 차렸다. 여기서 이러고 있을 때가 아니었다! 나는 투숙객이 아니었고 이럴 시간도 없었다.

내가 어떤 행동을 취할 겨를도 없이 좀 전의 그 여자가 샴페인 메뉴를 들고 돌아왔다(샴페인 메뉴라니!). 나는 정중하게 손사래를 쳤다.

"저기요……."

"쉬잇." 그녀는 나지막이 속삭이며 내 어깨를 가볍게 누르고 내 머리를 뒤로 넘길 타월 천으로 된 헤어밴드를 꺼냈다. 망할. 이 빌어먹을 침대에 눕는 게 아니었는데!

내가 뭐라고 할 겨를도 없이 그녀가 내 얼굴을 씻기고 피붓결을 정리하고 민트 향이 나는 보습제를 발랐다. 젠장, 기분이 좋았다!

"이제 호흡에 집중하세요. 금방 다시 올게요." 그녀는 편안하게 누워 있길 바란다는 눈빛으로 나를 쳐다보았지만 그녀가 책상에 두고 간 조그만 폴더가 눈에 들어왔다.

그걸 집었을 때 나지막이 쏘아붙이는 귀에 익은 목소리가 들렸다. "여기서 뭐 하는 거예요, 미스 아메리카?"

렉스였다! "아, 나도 모르겠어요! 여긴 어떻게 들어왔어요?" 여긴 각 방이 호화로운 섬과 같은 프라이빗 스파라서 아무나 드나들 수 없었다.

"경비한테 뇌물을 먹였죠! 그런데 여기서 나가야 해요…… 아나스타샤가 당신의 뒤를 밟는 걸 봤어요!"

나는 앓는 소리를 냈다. "저도 알아요! 열쇠를 찾으러 왔는데 아나스타샤가 뒤따라오더니 여기 직원한테 프랑스어로 속사포처럼 어쩌고저쩌고하지 뭐예요." 나는 그녀가 돌아와서 우리를 발견하면 어쩌나 싶어서 어깨 너머를 미친 듯이 흘끗거렸다. 열쇠가 있을까 싶어서 폴더를 열었지만 눈이 튀어나오는 금액이 적힌 청구서만 있었다. 헐, 관리가 끝나기도 전에 자기가 받을 수수료를 계산하고 있었단 말이지? 맙소사, 이걸 무슨 수로 계산하지? 첫아이를 팔아야 마련할 수 있을 만한 금액인데…… 나한테는 첫째건 둘째건 아이 자체가 없었다!

"열쇠가 왜 여기 있겠어요?"

"샤넬 스파잖아요! 샤넬의 넘버 5로 유명한 코코 샤넬이요! 향수의 대명사!" 나는 나지막이 쏘아붙였다. "그녀가 뱅상 르클레르의 멘토였고……."

그는 혀를 찼다. "미스 아메리카, 여기서 나가요. 지금……" 그는 내 얼굴을 향해 손짓했다. "…… 그러고 있을 시간이 없어요. 얼른!"

"저도 알아요! 저도……." 딸가닥거리는 하이힐 소리가 울려 퍼졌다. 망할!

"일어나서 도망쳐요!" 그는 다시 한번 미친 듯이 얘기하고 사라졌다.

"죄송해서 어쩌죠?" 나는 위풍당당하게 다시 들어온 여자를 향해 말했다. "급한 일이 생겨서 나가봐야겠어요." 나는 가운을 벗으며 그녀를 향해 미안하다는 듯이 미소를 지었지만 청구서 때문에 머릿속이 어지러웠다. 배낭에 든 현금은 물론이고 내 마스터카드에도 그만한 금액의 돈은 없었다. 이게 다 아나스타샤 때문에 벌어진 일이었다!

여자는 눈썹을 한데 모으며 미간을 찌푸렸다. "지금……
가셔야 한다고요?"

"위!"

"하지만 보습제를 발라놔서……."

나는 그녀의 말허리를 잘랐다. "괜찮아요. 보습이 잘되게
그냥 바르고 있으면 돼요. 나중에 다시 올게요." 절대 그럴
일은 없었다.

"하지만……."

그녀는 문손잡이에 손가락을 올려놓은 채 온몸으로 당황
스러운 분위기를 표출했다.

그녀가 눈을 가늘게 뜨며 물었다. "어느 스위트룸에 묵고
계세요?"

스위트룸? 그런 거 없는데! 대참사였다. "어…… 4704호
요."

그녀는 눈살을 찌푸렸다. 잠깐, 여기는 스위트룸에 유명인
의 이름을 따서 붙이지 않았던가? 이미 엎질러진 물이었다!

"오르부아!"

나는 달리지 않는 선에서 최대한 빠르게 발걸음을 옮겼다.
내가 지나가자 사람들이 뒤로 슬금슬금 물러났다. 나를 그렇
게 이방인 취급하는 이유가 궁금해졌다. 내가 외국인이라는

걸 알아차린 걸까? 한가롭게 거니는 관광객들 사이에서 내가 너무 빨리 걷고 있어서 그런 모양이었다.

밖으로 나가서 허리춤에 손을 얹고 숨을 크게 들이마셨다. 정신없는 상황을 겪고 났더니 아드레날린이 분출했다. 나는 제대로 대처하지 못했다! 그런 식으로 대놓고 방해공작을 펼치는 참가자가 있을 줄은 정말 몰랐다.

"오 마이 갓, 왜 이래요?"

고개를 들어보니 워낙 소심해서 아직 대화를 한마디도 나눠보지 못한 릴라가 눈을 동그랗게 뜨고 나를 쳐다보고 있었다. "뭐가요?"

"얼굴이요."

나를 이상하게 쳐다보는 사람들 때문에 안 그래도 기가 살짝 죽었는데 이번에는 이런 소리라니. 다들 남을 깎아내리지 못해 안달이었다. "숨이 좀 차서 그래요. 달리면 얼굴이 빨개지고요."

"초록색인데요?"

"초록색이요? 그럴 리가!" 조심스럽게 내 얼굴을 만져보니 손끝에 보란 듯이 민트색의 무언가가 묻어나왔다.

"헐크 같아요." 그녀가 한마디 거들었다.

그 여자가 마스크 팩을 발라놓은 모양이었다! 보습제를 발라서 어쩌고저쩌고하더니 개뿔.

"휴지 있어요?" 나는 애써 침착한 목소리로 물었다. 이렇게 차원이 다른 굴욕을 목격한 사람이 릴라 말고는 없으냐고 나 자신을 다독였다. 물론 내가 리츠 호텔 안에서 마주친 사람들과 호텔 앞 광장에 있는 사람들도 예외였다. 그리고 지나가는 투어 버스에서 타고내리는 사람들도. 그리고 망원 렌즈를 들고 있는 사람들도. 아아악!

내가 설명할 방법을 찾으려고 하는데 우리 바로 앞에서 차가 멈추어 서더니 세바스티앙이 차에서 내렸다. *저한테 왜 이러십니까, 네??!!* 나는 도망칠까 하고 고민했지만 미소를 간신히 감추고 있는 그의 얼굴을 보면 이미 나를 알아보았다는 것을 알 수 있었다. 젠장!

사람들이 말하길 파리에 가면 세련미가 무엇인지 배울 수 있을 거라고 했다. 프랑스 여자들이 그렇게 우아하고 침착한 이유와 기타 등등을 배울 수 있을 거라고 했다. 하지만 그건 델이 아닌 다른 사람의 얘기였다! 나는 여기 도착한 지 24시간도 되지 않았는데 온갖 엉뚱한 이유로 그의 시선을 끌고 말았다.

"안녕하세요." 나는 얼굴이 누가 봐도 초록색이 아닌 것처럼, 프랑스의 여름을 즐기는 평범한 미국인인 것처럼 그에게 인사를 건넸다.

"봉주르, 델, 릴라. 음, 델, 여기에 좀……." 그는 자기 뺨과

코와 이마와 턱을 손끝으로 두드렸다. 내가 과연 이 사태를 만회할 수 있을까?

나는 주눅이 든 것처럼 보이지 않으려고 팔짱을 꼈다. "자외선차단제를 발랐어요. 여기가 아무리 전 세계 패션의 수도 아니면 지옥 그 자체라는 파리라 해도 살을 태울 생각은 없거든요. 내가 스킨케어를 워낙 중요하게 생각하는 사람이라서요."

"그렇군요." 그는 턱을 꼬집었다. "그런데 평범한 자외선차단제가 낫지 않겠어요? 보이지 않는 그런 거?"

"아뇨, 그건 너무 약해요. 온 사방이 자외선 투성인데." 나는 진지한 목소리로 얘기했다. "이건 엄청나게 비싼 최고급 자외선차단제예요."

릴라가 깔깔대고 웃었지만 나는 지금 내가 얼마나 절박한 상황인지 얘기하는 눈빛으로 그녀를 흘끗 쳐다보았다. 와, 정말이지 파리가 계속 내 신경을 건드려서 도움이 되질 않았다. 시간이 째깍째깍 흘러가는 게 느껴졌다.

"또 무슨 할 얘기 있어요?" 나는 쏘아붙였다.

세바스티앙은 고개를 저었다. "없어요. 약속시각에 늦어서 더는 캐묻지 않을게요."

나는 침을 꿀꺽 삼켰다. "약속이요?" 겁쟁이처럼. "여기서요?"

그는 입꼬리를 들어서 얼핏 미소 비슷한 걸 지었다. "*위, 여기서요.*"

얼굴이 화끈 달아올랐다. 그의 약속 장소가 샤넬 스파일 가능성은 100만 분의 1이었다. 그는 관리를 받는 부류의 남자처럼 보이지 않았지만 내가 남자에 대해서 아는 게 뭐가 있겠는가. 그는 으리으리한 식당에서 친구를 만날 가능성이 컸다. 아니면 사업차 누굴 만나든지. 아니면 라켓볼을 하려나? 그보다는 위스키를 홀짝이며 허풍을 늘어놓을지도 몰랐다.

하지만 어떻게 하면 확실하게 알아낼 수 있을까? "여기 음식이 아주 맛있다고 들었어요."

"당연하죠, 리츠니까요. 하지만 음식을 먹으러 온 게 아니에요. 치료 차원에서 매주 마사지를 받고 있거든요."

"마사지라면…… 샤넬 스파에서요?" 하느님 맙소사.

"*위.* 오래전에 테니스를 치다가 다친 적이 있는데 마사지를 받으면 좋거든요."

나는 전전긍긍하면서 전전긍긍하지 말자고 속으로 중얼거렸다. 계산을 하지 않고 도망쳤는데! 다들 리츠 호텔에서 도망친 초록색 얼굴의 아가씨가 있다며 수군대고 있을까? 세바스티앙이 나를 어떻게 생각할까? 계산도 하지 않고 도망치는 도둑이라고? 초록색 얼굴을 두 손에 묻고 울부짖고 싶었다.

"그럼 마사지 잘 받으세요!" 나는 떨리는 목소리로 말했다. 여기서 도망쳐야 했다. 인간의 능력이 허락하는 한도 내에서 최대한 멀리 도망쳐야 했다. 이번에도 그는 예의 그 멍한 표정으로 허둥지둥 사라지는 나를 바라보았다. 나는 위협적인 분위기를 풍기고 있다는 걸 알았기에 다시 번듯하게 변신할 수 있는 화장실을 찾아 헤맸다. 결국 한 군데 찾긴 했지만 줄이 어마어마해서 기다리는 그 엄청난 시간 동안 나를 욕하며 동생에게 문자로 지금까지 있었던 일을 알렸다.

그녀는 금방 답장을 보냈다. 울다 웃는 이모티콘 밑으로 스크롤을 내려보니 이렇게 적혀 있었다. 오 마이 갓, 넬! 세수하기 전에 사진 보내줘! 데굴데굴 구르면서 웃고 있어. 재미있는 시간을 보내고 있는 것 같군! ♡♡♡

재미있는 시간? 내 문자를 안 봤나? 나는 황급히 도망치느라 센강 근처까지 오게 된 김에 유명한 원스 어폰 어 타임 서점을 다음 행선지로 정했다.

9

나는 깨끗하게 씻은 얼굴로 유명한 서점의 전면을 살폈다.
세바스티앙이 나를 어떻게 생각할지 아무도 모를 일이었지
만 굴욕감은 나중으로 미루고 다시 사냥꾼 모드로 돌아갔다.
산들바람이 불자 비바람에 씻긴 원스 어폰 어 타임 간판이
들어오라고 손짓하는 듯 앞뒤로 삐걱거렸다. 세월과 수많은
사람들의 힘찬 발걸음으로 휜 나무 계단이 그 위로 발자국이
추가될 때마다 한숨을 쉬었다. 센강의 짭짤한 냄새가 허공을
가득 메웠고 분홍색의 향긋한 꽃이 달린 벚나무가 숙녀들처
럼 당당하게 서 있었다.

안으로 들어가자 동화나 다른 세상으로 들어선 듯한 기분
이 들었다. 낡은 책에서 추억을 자극하는, 시간이 흘러도 변
치 않을 퀴퀴한 향기와 더불어 여태껏 책장을 뒤적이며 향긋

한 손자국과 체취와 지워지지 않을 흔적을 남긴 사람들, 한 때 행간에서 위안을 얻었을 그들의 잔상이 묻은 미묘하게 다른 수많은 향기가 풍겼다.

이 어두침침한 서점은 환상의 나라였고 나는 거무스름한 나무 서가를 구석구석 탐험하고 싶었다. 천장까지 이어지는 서가에는 이중으로 책이 꽂혔고 그중 몇 권은 팔을 뻗은 내 품으로 달려들려는 듯 삐죽 튀어나왔다. 묵은 것과 새것이 어우러진 그 향기를 그냥 지나칠 수가 없었다. 말과 말로 이루어진 세상의 냄새가 코끝을 찔렀다. 나는 킁킁거리며 곳곳을 누비고 싶은 마음이 굴뚝같았지만 열쇠부터 찾고, 나중에 다시 와서 향수 책을 정독하자고 다짐했다. 이런 데서는 상상력이 폭발할 수 있었다.

양쪽으로 아슬아슬하게 쌓인 책들을 지나 사람들의 발길이 많이 닿은 통로를 따라가다 보니 소형 그랜드피아노가 있는 방이 나왔다. 조심스럽게 아이보리색 건반을 누르자 잊히지 않을 도 음이 허공을 가득 메웠다.

"멋지죠?" 금발을 짧게 친 여자가 문설주에 기대고 서서 물었다.

"가게가 전체적으로 근사해요. 이런 데서 일하면 정말 좋겠어요." 여기서 나는 냄새에 대해서는 얘기를 꺼내지 않았다. 자칫 잘못했다가는 정신병자로 오인될 수 있었다. 심지어 피아노는 아이보리색과 흑단색 건반에서부터 놋쇠 빛깔의 발판에 이르기까지 향긋한 추억을 머금는 수준을 넘어, 여기 앉아서 모든 갈망을 건반에 쏟아붓고 창공으로 떠오른 음악으로 보상을 받았던 모든 이의 바람과 꿈까지 간직하고 있었다. 향수처럼 피아노의 음도 우리 모두에게 저마다 다른 감정을 불러일으켰다.

이 서점이 내게도 요술을 부려서 소설 속의 인물이 됐건 실제 인물이 됐건 낯선 사람들의 삶을 상상하게 했다.

"위, 관광객들이 많긴 하지만 내가 꿈꿔왔던 직장이에요." 그녀가 웃음을 터뜨리자 도자기처럼 파란 눈이 반짝였다. 그녀는 시크한 프랑스 여자 특유의 매력이 넘쳤다. 여기서는 다들 그렇듯 스타일 브리핑이라도 받은 듯 완벽한 헤어스타일과 메이크업을 자랑했고 자연스럽게 우아했다. 나는 어느 정도 시간이 지난 다음에서야 그녀의 옷 속에 감추어진 볼록한 배를 알아차렸다.

"저는 델이에요." 내가 말했다.

"만나서 반가워요, 델. 나는 오세앙이에요. 그리고 당신이 세 번째로 여길 찾아온 대회 참가자예요."

나는 시무룩해졌다. "내가 참가자인 걸 어떻게 알았어요?"

"다들 이 방으로 오더라고요. 향수 책이 진열된 곳이라 무의식적으로 발길이 향하나 봐요."

메인 홀을 돌아보니 그녀의 말이 맞는다는 걸 알 수 있었다. 나는 금방이라도 무너질 듯한 계단을 비롯해서 다른 통로를 선택할 수도 있었다.

"조향사들이란." 그녀가 씩 웃으며 말했다. "그들 앞에서는 아무것도 숨길 수가 없다니까요?"

나는 미소를 지었다. "그럼 열쇠는 여기 없는 거네요?"

"농. 주 쉬 데졸레. 여기 없어요. 두 번째 참가자가 다녀간 뒤에 세바스티앙한테 연락을 했거든요. 나도 호기심이 동해서요. 그런데 비밀스러운 사람답게 입도 벙긋 않더라고요."

"그를 아세요?"

"그럼요. 르클레르 집안을 모르는 사람은 없어요. 파리 주민들은 세바스티앙이 자기 아버지의 유산을 계속 이어나가고 있다는 데 자부심을 느껴요. 하지만 그는 여러 면에서 속을 알 수 없는 사람이죠. 파리를 떠나서 영영 자취를 감추는 건 아닌가 했더니…… 이렇게 돌아와서 르클레르의 문을 활짝 열었네요."

나는 할머니가 세상을 떠났을 때 할머니 없이 향수를 만드는 것이 공허하고 무의미하게 느껴졌다. 한동안 거기에 흥미를 잃었다. 단언컨대 전 세계를 통틀어 가장 훌륭한 조향사를 아버지로 둔 세바스티앙도 마찬가지였을 것이다. 세계적으로 유명한 가문의 이름과 거기에 따르는 부담감은 말할 나위도 없었을 것이다.

세바스티앙이 베일에 가려진 인물인 건 맞았다. 하지만 샹젤리제 바로 옆의 조그만 매장에서 르클레르 제국을 운영해야 하는 마당에 무슨 수로 도망칠 수 있었을까. 그는 여기서 제국을 책임져야 했다. 나도 이미 목격했다시피 그의 휴대전화가 끊임없이 울리며 세상에서 가장 짜증 나는 소음을 연출했다.

"아버지가 돌아가신 지 1년밖에 안 됐으니까요." 나는 할머니가 돌아가시고 12개월이 지나도 여전히 쓰라리게 느꼈던 옛 기억을 더듬었다. 하지만 바쁜 게 분명 도움이 될 테니 세바스티앙도 바쁜 생활을 통해 상심을 치유할 수 있을지 몰랐다. 아버지의 그늘에서 벗어나 향수업계에서 자신의 입지를 공고하게 다지는 것이……. "어쩌면 거기를 그대로 두고 싶은 거 아닐까요?"

"그는 예전부터 조용한 삶을 갈망했어요. 뱅상이 죽었을 때 파리 주민들 입장에서는 피아프, 코코, 볼테르 같은 위인을 잃은 거나 다름없었지만 세상은 계속 돌아가고 사람들은 계속 결혼을 하고 아이들은 계속 만들어지고……." 그녀는 웃음을 터뜨리고 볼록한 자기 배를 토닥였다. "내가 지금 아이에 미쳐서 그런 걸지 모르겠지만 얼른 시간이 지나서 세바스티앙이 아버지 없는 삶에 적응했으면 좋겠어요. 정말 멋진 남자라 팬들이 많은데…… 사람들하고 잘 만나질 않네요."

나는 관심 없었다. 정말 없었다. 그래도 예의상 이렇게 물었다. "여자친구는 없어요?"

그녀는 깔깔대며 웃었다. "농, 농, 농, 농. 정말 안 어울렸던 그 피도 눈물도 없는 변호사 지젤 이후에는 없어요. 그 둘이 커플이었다니 상상이 돼요? 냉정한 변호사와 향수업자라니. 어차피 오래가지 못할 관계였어요."

나는 한쪽 눈썹을 추켜세웠다. "무슨 일이 있었길래요?"

오세앙은 혀를 찼다. "세바스티앙이 프로방스의 조그만 마을에서 살겠다고 그녀를 데리고 내려갔는데 얼마 후에 지젤만 돌아왔어요. 그녀는 분석적인 타입이고 그는 몽상가에 가까우니 서로 상극이었을 거예요. 그는 그녀와 헤어진 뒤로 싱글 생활을 고집하고 있고요. 너무 아깝지 않아요?"

"그녀 때문에 마음의 상처를 입은 모양이죠?"

오세앙은 고개를 모로 꼬고 고민했다. "남자들 속을 어찌 알겠어요."

나는 맞장구를 치는 듯이 고개를 끄덕였지만 남자들은 실제로 내가 알 수 없는 신기한 종족이었다. 게다가 위스퍼링 레이크스가 총각들로 넘쳐나는 곳이 아니다 보니 내 데이트 횟수가 도시 아가씨들보다 적을 수밖에 없었다. 아무튼 그게 내가 주로 동원하는 변명이었다. 나는 미래와 맞바꿀 수 있을 만큼 심장을 두근거리게 만드는 남자를 만난 적이 없었다. 사랑에 빠지면 그래야 하는 거 아닌가? 그 대가로 뭔가를 포기해야 하는 거 아닌가? 젠이 그 증거였다. 그녀는 사랑 고백을 받자마자 우리의 꿈을 내팽개쳤다.

"세바스티앙은 이제 여기서 사는 거 아니에요?"

그녀는 어깨를 으쓱했다. "왔다 갔다 해요. 영영 숨어 지내고 싶겠지만 그의 마망이 작정하면 상당히 무시무시해지거든요. 그가 없으면 사업이 굴러가지 않을 테니 왈가왈부할 여지가 없죠."

"마음이 다른 데 가 있으면 힘들겠네요." 그는 소도시에서의 삶을 염원하지만 나는 정반대라는 생각이 들었다.

"당신은⋯⋯?" 그녀가 실눈을 떴다.

"제가 뭐요?"

"싱글이에요?"

"다른 참가자들한테도 이렇게 심문을 하셨나요?" 나는 장난스럽게 물었다.

"그들은 당신 같은 분위기를 풍기지 않았거든요. 그러니까 농."

"그게 어떤 분위기인데요?"

"외로움이요."

그렇게 티가 났나? "쌍둥이 동생이 보고 싶어서 그래요. 우

114

리 둘은 워낙 가깝게 지냈던 아니…… 가깝게 지내는 사이거든요." 나는 말을 더듬었다. "동생이랑 떨어져 지내는 게 이번이 처음이고요."

"동생도 그렇게 우울한 얼굴을 하고 있나요?"

제임스 어쩌고 하는 재미있고 알콩달콩한 문자를 보면 아닌 듯했다. "아뇨, 아마 아닐 거예요. 동생은 남자가 생겨서 모든 게 달콤하고 온 세상이 아름다워 보일 거예요."

"아, 새로운 사랑. 그보다 더 확실한 약은 없죠. 물론 새 책은 예외지만."

"그러게요." 나는 말했다. 시간 가는 줄 모르고 그녀와 좋아하는 소설에 대해서 얘기하다가(서로 취향이 비슷했는데, 우리는 이국적인 배경의 엉뚱한 로맨스 소설을 좋아했다) 퍼뜩 정신을 차렸다.

"이제 시간 그만 뺏을게요." 내가 이렇게 얘기했을 때 문에 달린 종이 울리면서 한 무리의 관광객들이 나니아(C.S. 루이스가 소설 『나니아 연대기』 시리즈에서 창조한 가상의 나라─편집자)라도 발견한 듯 얼굴을 환히 빛내며 들어왔다.

"나중에 또 놀러 와요."

"고마워요." 나는 프랑스식으로 그녀의 양쪽 뺨에 입을 맞추었다. "그럴게요."

나는 오세앙에게 손을 흔들고 센강 좌안의 이 조그맣고 사랑스러운 서점을 빠져나와 다시 열쇠를 찾으러 나서면서 세바스티앙에 대해 들은 얘기를 곱씹었다. 그는 확실히 모순덩어리였다. 하지만 사실 내가 아는 게 뭐가 있을까? 그는 나를 진실하게 대하지도 않았다.

나는 지도를 높이 치켜들고 탐색을 계속했다.

살바도르 달리의 해시계를 찾아갔을 무렵에는 발이 욱신거렸지만 여전히 열쇠는 찾지 못했다. 장소를 옮기기 전에 시계와, 시멘트벽 위에서 춤추는 그림자를 얼른 사진으로 찍으며 젠이 봤더라면 좋아서 죽으려고 했을 거라는 생각을 했다. 그녀는 달리의 초현실주의 작품을 사랑했다. 내가 여길 후보로 꼽은 이유는 뱅상도 달리처럼 자기만의 방식으로 세상에 족적을 남긴 상상력이 풍부한 기인이었기 때문이었다. 백리향 가지가 보이길래 나중에 보면서 영감을 얻을 수 있게 배낭에 챙겼다.

그다음 행선지는 생트 샤펠이었다. 13세기에 지어진 이 성당은 햇빛을 만화경처럼 물들이는 아름다운 스테인드글라스로 유명했다. 마치 천국 같아서 비신자도 하느님의 존재를 믿게 될 정도였다. 나는 쓸데없이 이목을 끌지 않도록 기침을 하며 바닥에 꿇어앉아서 열쇠가 담긴 봉투를 열심히 찾았지만 사람들이 미간을 찌푸리고 지나갈 때마다 바보가 된 기분이 들었다. 벤치 아래에도 경비원 뒤편에도 열쇠는 없었다. 경비원이 뭐하는 거냐고 묻자 나는 "귀걸이 한 짝을 잃어버려서요."라고 중얼거리고 자리를 떴다.

바로 근처이기도 한 데다 내가 거트루드 스타인과 앨리스 토클라스의 엄청난 팬이기도 했기 때문에 그들 커플이 1946년까지 살았던 플뢰뤼스 거리 27번지로 뛰어갔지만 실망스럽게도 봉투는 없었다. 나는 꽃밭에서 이날을 기념할 수 있게 꽃을 몇 송이 슬쩍하는 걸로 만족했다.

그래도 잠깐 발길을 멈추고 피카소에서부터 제임스 조이스, 시인 이즈라 파운드, F. 스콧 피츠제럴드에 이르기까지 토요일 밤에 살롱을 찾았던 수많은 손님들을 그려보았다. 그들도 예전에 이 거리에 서 있던 적이 있었을 텐데, 작품으로 어떨 때는 명성을, 또 어떨 때는 악명을 떨쳤던 위대한 화가와 문인의 창의적인 정신을 어떤 식으로 향수에 담을 수 있을지 고민했다.

허송세월할 겨를이 없었기에 명판과 아파트를 사진에 담고 뤽상부르 공원으로 향했다. 그늘진 길모퉁이에서 벌을 치는 사람이 나를 손짓으로 불렀다. 내가 무슨 일로 왔는지 얘기하자 그는 니코틴으로 누레진 이를 드러내고 웃으며 벌집을 건넸고 피우던 담배를 아랫입술에 매단 채 벌집의 효능에 대해 일장 연설을 늘어놓았다. 이것 역시 파리의 모순적인 일면이었다. 우리는 벌집과 역사를 주제로 잡담을 나누었고 나는 이렇게 으리으리한 공원을 아무나 이용할 수 있다는 데 입을 다물지 못했다.

몇 시간이 지나도 열쇠는 찾지 못했지만 영감이 필요할 때 후각적인 자극을 받을 수 있는 이런저런 기념품들로 배낭이 가득 찼다. 지나가는 길에 파리의 여러 명소를 얼른 훑어보았다. 그중에서도 파고드 극장은 1800년대 후반에 일본풍으로 지은 사찰을 나중에 영화관으로 개조한 곳이었다. 동서양 스타일이 공존하는 구시대적 매력이 있었다.

나는 로베르 두아노의 키스 사진 촬영지로 유명한 오텔 드 빌로 점점 느려져가는 발걸음을 재촉했다. 파리에서 손꼽히는 명소라 여기에 열쇠가 있을지 모른다는 생각이 들었다. 총천연색으로 둘러싸인 이곳에서 흑백 사진 속의 그 상징적인 커플을 상상하기가 쉽지 않았지만 그래도 그들을 떠올리자 살짝 흥분이 됐다. 파리는 역사에 잠긴 도시였고 수많은 사람들이 남긴 발자취를 따라간다는 것이 마음을 들뜨게 했다. 나는 의심스러워하는 눈빛으로 흘끗거리는 행인들의 시선에도 불구하고 무릎을 꿇어가며 위아래를 살폈지만 아무 소득이 없었다. 거짓말로 둘러댈 시도조차 하지 않았고 다시 만났을 때 그들이 내 얼굴을 기억하지 못하길 바라며 그냥 웃어넘겼다.

남들이 일주일 동안 구경한 것보다 내가 그날 하루 동안 구경한 게 더 많았다. 마치 납덩이 같은 다리를 끌고 조르주 퐁피두 센터 도서관 겸 미술관을 지났다. 하이테크 포스트모던 양식이라지만 노출 파이프와 희한한 골조 때문에 내 눈에는 아직 공사 중인 건물처럼 보였다. 파리의 아름다운 풍경과 어울리지 않는 듯했다. 하지만 에펠탑도 처음에는 흉물스럽기 짝이 없다는 평가를 받았고 만국박람회를 기념해서 설치된 지 20년 만에 하마터면 철거될 뻔했다는 글을 읽은 적이 있었다. 20에서 30년이 지나면 나도 퐁피두의 이 희한한 건축양식을 좋아하게 될지 몰랐다.

조그만 식당이 보이자 나는 비명을 지르는 발을 달래며 털썩 주저앉았다. 커피 한잔하며 기운을 충전하고 싶은 마음이 굴뚝같았다. 이 첫 번째 도전 과제에 목숨을 거는 것도 지긋지긋했다. 하루가 끝이 없었다. 그런데도 불구하고 아직 명확한 계획이 없었다. 어떤 향을 만들어내고 싶은지 어렴풋한 아이디어만 몇 개 있을 뿐 구체적인 건 아무것도 없었다.

내가 막 블랙커피를 주문했을 때 캐스린이 눈을 동그랗게 뜨고 들이닥쳤다.

10

　"델." 그녀가 웨이터를 향해 한 손을 드는 것과 동시에 숨
을 헐떡이며 내게 말했다. "소식 들었어?"

　"못 들었지만 무슨 소식인지 알 것 같다."

　그녀는 가쁜 숨을 몰아쉬며 말했다. "아나스타샤가 열쇠가
든 봉투를 찾았대."

　아나스타샤! 내가 리츠 호텔을 제대로 찾아갔던 걸까? 그
녀와 나중에는 세바스티앙 때문에 정신을 못 차렸던 나 자신
을 속으로 조용히 질책했다. 초록색 얼굴을 하고서 도망치는
데 넋이 팔려 완벽한 기회를 놓친 거라면 어쩔 건가. 그녀가
샤넬 스파에서 나를 골탕 먹이고 열쇠를 찾았다니 조금 기분
이 나쁘기도 했다.

　"어디서?"

캐스린은 길고 숱이 많은 빨간 머리를 뒤로 휙 넘기고 한숨을 쉬었다. "포인트 제로에서."

"포인트 제로? 그게 뭐야?"

그녀가 나를 마주 볼 수 있도록 체크무늬 등나무 의자를 돌리자 눈 깜짝할 새 웨이터가 등장해 길거리를 마주 보는 원래 방향으로 돌려놓으라고 무뚝뚝하게 얘기했다. 캐스린은 요란하게 눈을 굴리며 순순히 응했고 완벽한 프랑스어로 카페오레를 주문했다.

왜 우리 둘이 길거리를 마주 보고 앉아야 할까? 모든 의자가 일행이 아니라 길거리를 마주 보도록 되어 있는 것도 프랑스의 황당한 풍습 가운데 하나였다. 우리가 아무 생각 없이 질서를 어지럽히기라도 한 것처럼 웨이터가 하도 씩씩대는 바람에 그에게 감히 이유를 물어볼 수가 없다. 이유를 모르면 상당히 우스꽝스러운 풍습이었다.

"팔꿈치를 안으로 넣어주세요, 마드무아젤." 그는 이렇게 중얼거리며 저쪽으로 사라졌다. 다른 손님들이 우리를 곁눈질했고 나는 웃음을 참느라 애를 먹었다. 덕분에 당면한 문제를 잠깐 잊을 수 있었다.

"다리 접어." 캐스린이 웃으며 주의를 주었다.

"응?"

"파리의 테라스 에티켓이야. 불문율. 테라스에서 길거리를

121

마주 보고 앉을 때는 팔꿈치를 안으로 넣고 다리를 접어야 해. 커틀러리가 놓인 테이블에서 커피만 주문하는 것도 절대 안 될 일이고."

"그런 줄 몰랐어." 내가 모르고 어긴 원칙이 또 뭐가 있을까? "그런데 왜 전부 길거리를 마주 보고 앉아야 하는 거야?"

"왜? 세상 구경을 하는 게 더 좋지 않겠어?"

"그렇긴 하지만."

"프랑스 문화야." 그녀는 한숨을 쉬고 담배에 불을 붙여서 깊게 한 모금 빨았다. 그러고는 연기로 도넛을 만들었다. 몇 년 전에 파리를 떠나면서 나쁜 버릇을 전부 버리지는 않은 모양이었다. 여기서는 두 명당 한 명 꼴로 담배를 피웠다. 식사하는 손님이 있어도 아랑곳하지 않고 천천히 빨아들였다가 온 사방으로 연기를 내뿜었다. 나는 상관없었다. 그것도 파리에서 풍기는 향기의 일부분이었다.

초조하게 설명을 기다리는 동안 캐스린의 체취가 오후의 산들바람 속에서 진동했다. 그녀는 풀 냄새를 풍기는 대담한 향수를 뿌렸다. 잘 어울렸다.

그녀는 담배를 비벼서 끄고 입술을 오므렸다. "담배 피우면 안 되는데. 나 담배 못 피우게 해줘. 이렇게 구역질나는 맛인데 왜 그렇게 담배가 당기는지 모르겠어. 아무래도 스트레스 때문인가 봐."

"후추, 향나무, 파촐리를 섞어서 맥이 뛰는 곳에 발라봐. 그러면 니코틴 금단현상이 사라질 거야." 내 덕분에 담배를 끊은 사람이 여럿이었다. 알맞은 재료를 제대로 배합하기만 하면 간단하게 해결할 수 있었다.

그녀는 고개를 모로 꼬았다. "진짜야?"

"진짜야. 이제 열쇠 얘기하자. 포인트 제로라니?"

"아, 응, 포인트 제로는 사방의 거리를 측정한 결과를 바탕으로 설정된 파리의 정중앙이야. 노트르담 앞에 팔각형 모양의 조그만 놋쇠판이 인도에 박혀 있거든. 너도 그 앞을 지나가면서 밟았을걸?"

나는 손으로 이마를 쳤다. 아깝게 놓치다니! 모퉁이만 돌면 바로 있었는데 앞으로는 정신 바짝 차리고 좀 더 제대로 게임에 임해야겠다. 다른 참가자들도 얼마나 우승에 목을 매는지 알게 됐으니 적극적으로 작전을 세우지 않으면 또다시 이런 식으로 패배할 가능성이 있었다. 젠장, 이렇게 아깝게 놓치다니.

"거길 선택할 줄은 몰랐네." 나는 커피를 홀짝이면서 다리가 욱신거리지 않길 빌었다. 그래야 커피를 다 마신 뒤에 다시 강행군을 소화할 수 있었다.

"너는 거기에 담긴 의미를 잘 모르는구나?"

"응." 나는 측량에 별로 관심이 없었다.

"어떤 사람들에게는 거리 측정 결과를 알리는 표지판일지 몰라도 다른 사람들에게는 그보다 훨씬 의미가 있는 곳이야. 소원을 비는 곳이거든."

"무슨 소원을?"

"진실한 사랑을 만나게 해달라고! 한쪽 발로 원을 돌고 소원을 빌면 짜잔, 바라던 상대가 등장할 거야. 훤칠하고 까무잡잡하고 잘생긴 완벽한 남자가. 만약 네 관심사가 남자라면 말이지."

세바스티앙의 초록색 눈이 떠오르자 나는 어색하게 웃음을 터뜨리며 나를 다시 한번 책망했다. 방금 전에 대회에 집중하자고 마음을 다잡지 않았던가. 동생이 내 몸속으로 들어와서 조종하고 있는 게 분명하다고 장담할 수 있었다. 향수 말고 다른 생각을 하다니 나답지 않았지만 사랑이라는 단어가 계속 머릿속에 맴도는 이유가 뭔지 알 수가 없었다. 나에게는 명확한 5개년 계획이 있었고(젠의 폭탄선언 때문에 살짝 수정이 필요하기는 했지만) 남자는 거기에 낄 자리가 없었다. 특히 자기 정체를 숨기는 프랑스 남자라면……

나는 복잡한 머릿속을 정리하는 뜻에서 헛기침을 했다. "나는 사실 남자에 관심이 없어."

그녀는 입술을 내밀었다. "그럼 앙증맞은 금발의 미녀가 등장하겠네."

"응······?" 아! 나는 내 얼굴을 때렸다. "아니, 아니, 그게 아니라 지금 당장은 남자에 관심이 없다고. 미래가 더 큰 걱정이거든. 조만간 서른 살이고 뭐 그러니까 말이야."

그녀는 미심쩍어하는 눈빛으로 나를 쳐다보았다. "나한테 해명할 필요 없어."

이런, 그녀는 나를 믿지 못했다. 또다시 본론에서 벗어나 긴장감이 감도는 분위기로 돌변하자 나는 다시 당면한 문제로 애써 화제를 돌렸다.

"포인트 제로라니 엉뚱하기는 해도 낭만적인 선택이네. 어떤 도전 과제가 기다리고 있을지 전혀 알 수 없다는 증거이기도 하고. 긴장을 늦추지 말아야 한다는 것만큼은 분명해."

"특히 이런 식으로······." 그녀는 팔짱을 꼈다. "······무작위적으로 나온다면 말이지. 거기가 향수랑 무슨 상관일까?"

나도 연관성을 생각해보았다. 포인트 제로를 선택한 이유를 알면 좋을 텐데. 분명 아무 생각 없이 고른 건 아니었다. 어떤 의미가 담겨 있을 수밖에 없었다. "알겠다!" 나는 손가락을 들며 외쳤다. "상징적인 의미야. 파리의 정중앙에서 우리의 여정을 시작한다는. 거기에 연인들이 키스를 하는 곳 또는 사람들이 소원을 비는 곳을 선택함으로써 낭만을 추가한 거지. 완벽해. 어쨌거나 향수가 곧 낭만이잖아." 사랑의 언어를 운운했던 할머니의 주문이 퍼뜩 생각났다. 향수가 사랑

125

이고 사랑이 향수였고 중요한 건 그걸 해석하는 방법이었다.

"그래, 네 말이 맞네." 그녀는 한숨을 쉬었다. "내가 왜 그 생각을 못 했을까? 이제 보니까 알겠지만 나는 향수박물관으로 직행했거든. 열쇠는 없었어. 너무 빤하잖아, 그치? 세바스티앙이 향수의 경계선을 뛰어넘는 발상이 필요하다고 하더니 그게 이런 뜻이었네. 아무것도 단정 지으면 안 되겠어! 엄청난 여정이 되겠다."

나는 고개를 끄덕였다. 정신없는 하루를 보내고 난 뒤에 잡담을 나눌 상대가 있어서 고마웠다.

그녀는 말을 이었다. "머리를 좀 더 빨리 굴려야겠다. 경쟁이라는 측면에서 보면 오늘은 완벽하게 허탕이었어. 꼼짝할 기운도 없지만 그래도 움직여야겠지?" 그녀의 얼굴이 일그러졌고 불안의 시큼한 냄새가 허공을 물들였다.

이번에는 내가 한숨을 쉴 차례였다. 나도 기운이 없었고 열쇠를 찾지 못해서 우울했다. 해가 지자 바깥 기온이 내려갔다. "날이 저문다." 캐스린이 침울한 목소리로 힘없이 중얼거렸다.

클레망틴과 함께 모든 참가자의 소셜 미디어를 미친 듯이 연구해서 자질구레한 것까지 모든 정보를 파악했던 그녀가 하루 만에 자신감을 잃었다.

나는 계산서를 달라는 뜻에서 손을 들었고 사소한 우정의 표현이지만 캐스린이 알아주길 바라며 그녀의 커피 값까지 계산했다.

"왜 이래, 캐스린, 세상이 끝난 것도 아닌데. 진정하고 정신 차려. 네가 만든 향수로 그들을 깜짝 놀라게 할 생각만 하고 열쇠는 잊어버려. 이미 끝난 일이고 앞으로 더 많은 일이 남았잖아." 걱정해야 할 사람이 있다면 와일드카드인 나였다.

"그래, 맞아. 기운 나는 생각을 해야겠어. 아니면 커피 정맥 주사를 맞든지." 그녀는 눈을 반쯤 감고서 얘기했다.

나는 머리를 감싸 쥔 그녀를 그 자리에 내버려둔 채 소지품을 챙겨 들고 부드럽게 저물어가는 땅거미 속으로 나섰다.

몇 시간 뒤, 얇고 투명한 달빛이 샹젤리제를 물들일 때 나는 골목길로 접어들어서 우리 아파트로 터벅터벅 계단을 올라갔다. 피곤해서 멍했다. 온몸이 욱신거렸고 당장 침대에 눕고 싶었다. 부츠를 벗어서 물집이 잡히고 멍이 든 가엾은 내 발을 해방시키겠다는 생각뿐이었다.

침대가 깨끗하게 정돈되어 있었다. 이불 속으로 들어가서 잠깐 눈을 붙이려는 찰나, 클레망틴이 요란하게 복도를 걸어오는 소리가 들렸고 평화의 가능성은 당장 사라졌다.

"왔구나, 델! 진짜 흥미진진한 하루였지, 응?" 무슨 조화를 부렸는지 화장이 아침처럼 완벽했고(몇 겹의 시간이 지난 것 같은데 그게 오늘 아침의 일이었다니 믿기지 않았다) 얼굴 가득 열띤 미소를 짓고 있었다. 어떻게 저렇게 쌩쌩할 수 있을까? 파리지앵이라 그런 것일 수도 있었다. 그녀는 이미 다 알고 있었을 테니 주요 관광지나 지하철 지도를 연구할 필요가 없었다. 그래도 열쇠를 찾지 못한 건 마찬가지였지만.

"응, 흥미진진했지." 나는 피곤이 묻어나는 목소리로 대답했다. 이제 보니 클레망틴은 눈 깜빡할 새 적에서 친구로 돌변할 수 있는 사람이었다.

"올랄라, 피곤하구나. 바람에 산발한 머리가 볼만하다." 그녀는 허리를 숙이고 나를 뜯어보았다. "수영하고 왔니?"

"수영? 아니. 파리에서 수영할 데가 어디 있다고." 센강은 분명 아니었다.

"바지선 위에서 수영할 수 있는데. 못 봤어?"

"응."

"조세핀 베이커 수영장. 센강의 바지선 위에 수영장을 만들어놨거든. 거기 가서 수영하고 온 거 아니야?"

"바지선 위에 수영장을 만들어놨다고?" 파리에는 정말이지 없는 게 없었다. 20개의 구가 달팽이 껍데기처럼 서로를 휘감고 있는 이 거대한 도시 안에 숨겨져 있는 보석을 모두 찾아내려면 시간이 얼마나 필요할까?

"위. 우리는 거기서 몇 바퀴씩 돌아. 마망이 수영을 강요하는 이유는 체리 클라푸트 때문이지만 나는 사실 남자들 보러 가는 게 더 크지. 다들 손바닥만 한 사각팬티를 입고 오거든……."

나는 그녀가 앞으로 한 시간 동안 남자의 은밀한 부분을 주제로 웅변을 늘어놓기 전에 말허리를 잘랐다. "그렇구나. 수영장이라니 근사하긴 하지만 수영하고 온 거 아니야, 클렘. 온 도시를 미친 듯이 달리다가 왔어."

그녀는 콧잔등을 찡그렸다. "네가, 그걸 뭐라고 그러지? 세수한 얼굴이라. 화장기도 없이. 그래서 솔직히 좀 처량해 보인다."

"아." 그녀가 왜 그렇게 물었는지 알 것 같았다. "그거! 아나스타샤가 방해공작을 펼치는 바람에 리츠 호텔에서 관리를 받다가 얼굴에 초록색 마스크를 바른 채로 돈도 안 내고 도망쳤거든. 그렇게 헐크에 빙의했을 때 세바스티앙을 우연히 만났고. 그런데 그녀가 열쇠를 찾았다고 하니 저주 인형이 있으면……."

"어디 가면 그런 인형 구할 수 있는지 알아." 그녀가 비밀이라는 듯 한 손가락을 입술에 갖다 대며 말했다. "필요하면 말만 해, 알았지?"

"어, 고마워, 클렘. 기억하고 있을게."

그녀는 한쪽 눈썹을 활처럼 구부렸다. "농담인 줄 아는 모양이네? 아니야, 극단적인 조치를 취하지 않으면 그녀한테 계속 괴롭힘을 당할 거야. 오이처럼 약아빠졌거든."

"여우처럼이겠지?" 나는 어깨를 으쓱했다. "사실 전원이 그렇게 약아빠지지 않았을까, 클레망틴? 나는 아무도 믿지 않아." 그들이 원하는 게 뭔지 어느 누가 알 수 있을까. 캐스린이 카페로 들이닥친 것도 꿍꿍이가 있었을지 모른다. 심지어 세바스티앙도 기회가 여러 번 있었는데도 자기 정체를 숨기지 않았던가. 하나같이 의심스러웠다.

"위, 네 말이 맞아." 그녀는 귀걸이를 빼면서 말했다. "그래도 너는 게임의 법칙을 제대로 모르고 있어. 온 얼굴에 착한 여자라고 써놓고 다니는 거나 다름없거든. 향수 만드는 실력은 환상적일지 몰라도 너무 착해. 착한 사람은 절대 이기지 못하는 법이야. 너도 남들처럼 생각해야 해. 안 그러면 남들이 수단과 방법을 가리지 않고 이겨버릴 테니까 그렇게 내버려두지 말라고."

나는 침대 위로 쓰러졌다. "그래, 말이야 쉽지."

"그렇지도 않아. 먼저 선수를 쳐. 아니면 남들이랑 멀찌감치 거리를 두든지."

"그래도 좀 맥 빠지지 않니, 클렘? 나는 다들 친구처럼 지낼 수 있을 줄 알았거든. 부상이 걸려 있긴 하지만 이번 대회를 통해 삶에 보탬이 되는 경험을 하고 영원히 변치 않을 우정을 쌓고 누군가의 고향에 들를 일이 생기면 같이 점심을 먹고. 방해공작은 상상도 못 했어." 그리고 솔직히 미심쩍기로 따지면 클레망틴도 아나스타샤 못지않았다.

클레망틴은 헛기침을 했다. "농, 내 생각은 달라. 그런 동화 같은 얘기는 텔레비전에서나 가능한 거지." 그녀는 어깨를 으쓱했다. "어떻게 될지 아무도 모르긴 하지만. 향수에나 집중해. 우리가 친구를 사귀려고 여기 온 게 아니잖아."

"언제는 우리가 친구라며?" 나도 모르게 그녀를 놀리는 투가 되고 말았다. 클레밍틴은 그때그때 기분에 따라 친구를 선택하는 성격이라는 생각이 들었다.

그녀의 표정이 부드러워졌다. "위, 당연히 우리는 친구지! 착한 아이가 나한테 무슨 해코지를 하겠어? 아무 짓도 못 하지. 그러기에는 너무 착하거든!"

나는 베개를 집어서 힘껏 던졌다. 그녀가 고개를 수그리자 베개가 그녀의 머리 위로 날아가 버렸다. "그래, 그거야, 델!" 그녀가 뿌듯하다는 듯이 외쳤다. 나는 고개를 저었다. 그녀는 나의 본모습을 전혀 모르고 호구로 낙인을 찍었는데 어쩌면 다행스러운 일일 수도 있었다. 그녀에게 위협적인 존재로 비치지 않는 편이 좋았다.

그녀는 하이힐을 벗고(어떻게 하이힐을 신고 온종일 버틸 수 있었을까!?) 내 침대 끝에 걸터앉았다. "있잖아, 내가 릴라한테 길을 가르쳐줬거든. 바보같이 내 말을 잘못 알아 듣고 엉뚱한 열차를 타는 바람에 베르사유에 다녀왔다지 뭐 야…….” 그녀는 장난꾸러기처럼 눈을 반짝였다. “어쩔.”

내 입이 떡 벌어졌다. 릴라는 방돔 광장을 나섰다가 우연 히 클레망틴을 만난 모양이었다. “설마!”

“진짜야. 경쟁자가 한 명 제거된 셈이지. 하지만 아나스타 샤가 특권을 누리게 됐지 뭐야.”

가엾은 릴라! 그녀는 무리에 끼지 못하고 뒤처져서 불안한 듯 좌우로 흘끗거리기만 했다. 그런 짓을 저지르다니 못됐다 고 할 수밖에 없었다. “클렘, 너무했다. 릴라는 나이도 어리고 집을 떠나는 게 이번이 처음일 텐데…….” (나도 마찬가지지 만!) “어떻게 그럴 수가 있어?”

그녀는 어깨를 으쓱하고 태평스럽게 발코니로 걸어가서 문을 활짝 열고 따뜻한 바람을 안으로 들였다. “하! 그것도 게임의 일부야! 너도 나한테 배우는 게 좋을걸?”

나는 치밀어오르는 비웃음을 참느라 기를 써야 했다.

그녀는 태연하게 하던 얘기를 계속했다. “아나스타샤가 열 쇠를 찾아서 뱅상의 개인 작업실을 이용하는 특권을 누리게 됐지만 나는 걱정하지 않아. 왜냐하면 그녀는 가장 실력이 좋은 조향사가 아니거든.”

“왜 그렇게 생각하는데?” 아나스타샤가 참가자로 선발됐다면 그 자체만으로도 내게는 위협적인 존재였다. 모두들 우리처럼 철저한 선발 과정을 거쳤을 것 아닌가.

클레망틴은 화려한 스카프를 풀고 거울 속에 비친 자기 모습을 보며 입술을 오므리고 속눈썹을 깜빡이더니 나를 돌아보았다. "내가 아나스타샤에 대해서 조사를 좀 해봤는데 스타일이 간소하더라. 미니멀하달까. 걔는 향을 복잡하게 섞을 필요가 없다고 생각해. 쓰는 향료가 몇 가지 안 되고 층을 나누지도 않아. 게으르지, 농?"

나는 다시 몸을 일으켜서 부츠를 벗고 발가락을 꼬물거리며 해방감을 만끽했다. 듣자 하니 클레망틴은 자기 스타일의 완성도를 높여도 모자랄 시간에 인터넷으로 참가자들의 뒷조사를 어마어마하게 한 모양이었다. 그녀의 향수는 '말로 표현할 수 없는 무언가'가 살짝 부족하지 않을까 싶었다.

"아나스타샤의 스타일이 게으른지 천재적인지 나는 잘 모르겠다, 클렘. 그녀도 생각이 있겠지. 쓸데없는 재료를 추가하면 향만 탁해질 수도 있어. 해보지 않고서는 모르는 일이잖아."

작가나 화가처럼 조향사도 고유의 스타일과 목소리가 있었고 그것이 향수에 반영됐다. 아나스타샤의 절제된 스타일이 어떤 식으로 표출될지 궁금했다. 과유불급의 철학이 마음에 들었다. 나도 몇 개 안 되는 재료를 가지고 허브 팅크를 종종 만드는데 결과물이 괜찮았다. 향수는 그보다 복잡하지만 향의 균형만 완벽하게 잡을 수 있으면 효과 만점이었다. 아나스타샤의 스타일이 내 호기심을 자극했고, 배우기 위해 이 대회에 참가한 만큼 기회가 생길 때마다 최대한 많은 걸 흡수해야 한다는 사실을 상기했다.

"하!" 클레망타인이 다시 외쳤다. 반론을 용납하지 않겠다는 뜻이 그 한 단어에 담겨 있었다. "그럼 로즈마리 가지를 내 손목에다 문지르고 그걸로 끝이라고 해도 되겠네! 그리고 너 지금 걔 편을 드는 거니? 오늘 걔한테 한 방 먹었다고 하지 않았어? 그렇게 사슴 같은 눈을 하고 있을 게 아니라 복수할 계획을 세워야지!"

나는 웃음을 터뜨렸다. "클레망틴, 누가 들으면 내가 무슨 겁에 질린 작은 새인 줄 알겠다! 몇 시간 전에 파리를 뛰어다녔을 때만 해도 복수의 의지를 불태웠는데 그거 알아? 그랬더니 거기에 정신이 팔려서 향수랑 이번 주의 도전 과제는 뒷전이 되더라고. 남들은 방해공작을 펼치거나 말거나 나는 그냥 어떤 향을 만들지, 우승하면 뭘 할지 상상할래."

클레망틴의 향수에서는 바람과 비와 당찬 서풍의 냄새가 풍겼다. 내가 보기에는 어느 누구에게도 기가 죽지 않는 성격이 그녀의 약점이 될 수도 있었다. 하지만 내가 뭘 장담할 수 있을까. 파리가 무지개와 나비로만 이루어지지는 않았고 참가자들도 마찬가지라는 것만 알 수 있을 따름이었다.

"샤워해야겠다." 그녀가 말했다. "씻고 저녁 먹으러 가야지."

저녁 얘기에 뱃속에서 천둥소리가 났지만 긴 하루를 보낸 다음인데다 간밤에 그들이 삼삼오오 모여서 어떤 식으로 숙덕거렸는지 생각이 나자 식욕이 떨어졌다. 5번가의 저렴한 식당에서 간단하게 해결하는 게 낫겠다. 게다가 솔직히 저녁 내내 세바스티앙을 보고 싶지도 않았다. "나는 생략할래." 내가 말했다. "너무 피곤해서 대충 때우고 자고 싶어."

그녀는 혀를 찼다. "미국 사람들은 좀 더 재미있을 줄 알았더니!"

"발이 떨어져 나가기 직전이야."

"하!" 그녀가 말했다.

11

　다음 날은 연구실에서 아수라장이 벌어졌다. 참가자들 간에 불꽃이 튀었다. 저마다 얼굴에서 심리적인 압박과 단호하고 굳은 결의가 드러났다. 우리는 순수하게 패기와, 철저하게 시간 제약이 따르는 새로운 환경에 대처하는 능력에 따라 평가를 받을 예정이었다.

　하루가 저물어가자 팽팽하게 곤두섰던 신경이 너덜너덜해졌고 소음이 커졌다. 누가 누구 옆을 지나가면 외국어로 욕이 터져 나왔다. 내가 모르는 언어라도 신기하게 욕은 알아들을 수 있었다.

　웬일로 아나스타샤가 계속 들락거리며 뱅상의 작업실에서 혼자 작업하려니 심심하다고 징징거렸다. 내가 그 자리를 차지할 수 있었다면 뭐든 아깝지 않았을 텐데! 이런 아수라장

136

속에서 일하려니 타격이 컸다. 너무 시끄러워서 생각을 제대로 할 수가 없었다. 클레망틴이 외설적이고 통속적인 음악을 들으며 오페라 배우처럼 노래를 불러서 비명을 지르고 싶은 걸 꾹 참아야 했다.

아나스타샤가 클레망틴을 들볶았지만 내가 보기에 클레망틴은 그녀와의 신경전을 즐기는 눈치였다. 둘이 세 번째로 설전을 벌이자 나는 클레망틴의 휴대전화를 집어서 음악을 껐다. "일부러 아나스타샤의 신경을 건드리는 거지?"

그녀는 손으로 입을 가리고 키득거렸다. "위! 재미있지 않아? 쟤 좀 봐, 저러다 코로 불을 뿜겠어!"

위험을 무릅쓰고 아나스타샤를 흘끗 쳐다보자 그녀가 어찌나 무시무시한 눈빛으로 나를 노려보는지 다리가 후들거릴 정도였다. "지금 불장난을 하고 있는 사람은 너야." 나는 클레망틴을 나무라고 아나스타샤가 있는 쪽은 쳐다보지 않으려고 했다.

"하!" 그녀가 말했다. "나한테 신경 쓰고 있다면 집중하고 있지 않다는 뜻이잖아! 뱅상의 작업실에서 일이나 할 것이지!"

"집중하지 않는 건 너도 마찬가지잖아!"

그녀는 나를 둔녀 취급하며 고개를 늘어뜨리고 혀를 찼다. "나는 남들만큼 시간이 많이 필요하지 않아. 프랑스 사람이

137

잖아!" 그거면 설명이 끝이라는 식이었다.

"어째서?" 나로서는 그게 무슨 논리인지 알 수가 없었다.

"우리가 향수를 발명했으니까!"

역사가 기억하는 바로는 그렇지 않았지만 30분 동안 그녀의 독백이 이어지는 사태를 방지하기 위해서 그냥 넘어가기로 했다. "아, 그렇구나. 클렘, 나는 집중을 해야 하거든. 아무튼 조심해." 둘이서 끝장 볼 때까지 싸우거나 말거나 나는 신경 끄기로 했다.

캐스린이 윤기가 흐르는 빨간색 고수머리를 흔들며 고개를 젓고 입 모양으로 벙긋거렸다. "무섭다, 무서워." 클레망틴과 아나스타샤, 둘 중에서 누가 그렇다는 건지 알 수 없었지만 내가 보기에는 파리지앵 친구를 두고 하는 얘기인 것 같았다.

세바스티앙이 들어오자 모든 잡담이 끊겼다. 나는 계속 작업을 하며 곁눈으로 그를 관찰했다. 그는 얼른 나가고 싶어서 안달이 난 사람처럼 참가자들의 질문마다 황급히 답변했다. 클레망틴의 자리에 다다랐을 때는 그녀의 자존심을 건드리지 않는 선에서 추파 섞인 농담을 요리조리 피했다. 내 자리에서도 그녀의 노골적인 시도가 느껴질 정도라 나는 속으로 눈을 부라렸다. 그녀에게는 금기사항이 없었다. 뭐든 진지하게 받아들이지 않고 꼼수를 써서 남을 앞지르려고 하다가 결국에는 큰코다치게 되지 않을까?

향기가 연구실 안에서 소용돌이치며 춤을 추었고 그가 참가자를 한 명씩 만날 때마다 점점 더 진해졌다. 그들이 그의 자석 같은 매력에 끌렸는지 아니면 그가 르클레르 집안사람이라 그런지 몰라도 추파를 던지고 갈팡질팡하고 웅얼거리는 그들의 모습이 재미있게 느껴졌다. 그가 내 자리로 가까이 다가오자 연구실이 웅성거렸다.

세바스티앙이 묻는 듯한 눈빛으로 나를 향해 다가왔다. 나는 시선을 피하고 그를 빙 돌아서 움직이려다 그의 손을 스쳤고 지난번처럼 온몸에 전류가 흘렀다.

"죄송해요." 나는 불에 데기라도 한 듯 얼른 손을 뒤로 뺐다. *바보처럼 굴지 마, 델!* "저를 구원하러 오셨나요?" 막을 겨를도 없이 내 입에서 이런 말이 쏟아져나왔다. 구원이라고?

"구원이 필요한가요?" 미소가 그의 입가를 장식했다. 맙소사, 입술을 좋아하는 사람이 보면 정신을 못 차릴 만큼 사랑스러운 입술이었다.

"아뇨, 그렇지는 않아요." 나는 당혹스러워했다. "하지만 오늘 저녁에 뱅 블랑을 당신처럼 큰 잔으로 마시려고 해요."

그는 고개를 모로 꼬았다. "왜요?"

연구실 안에 정적이 흘렀고 다른 참가자들의 숨소리마저

139

들을 수 있을 듯했다. 다들 우리의 대화를 한마디도 놓치지 않으려고 귀를 쫑긋 세우고 있었다. 괜한 트집을 잡아서 그들의 신경을 건드리면 안 되었다! "그날 밤에 당신이 누군지 모르고 내 속을 털어놓았으니 이유를 아실 거라고 보는데요." 순진한 척할 필요 없었다. 배신감으로 내가 아직 짜증이 났다는 걸 그도 알아야했다.

"정말 미안해요, 델. 그날 하도 많은 일을 처리하느라 내 등으로 점프해서 업히기 전에는 당신이 누군지 몰랐어요."

나는 그를 똑바로 노려보았다. "바게트에 발이 걸렸다니까요."

"당신이 그렇게 주장한다면야."

나는 코웃음을 쳤다. "알면서 왜 그래요."

그는 어깨를 으쓱했지만 나를 상대로 장난을 치고 있다는 걸 알 수 있었다.

"나중에 시간 괜찮으면 커피 한잔할래요?"

"글쎄요. 너무 바빠서 확답을 못 드리겠네요."

"빨간 덧문이 달린 카페에서 6시에 만나요."

나는 입술을 오므렸고 그는 웃으며 연구실을 나섰다.

그가 사라지자마자 클레망틴이 득달같이 달려들었다. "네가 이달의 주인공이었어?"

"그만해." 나는 그녀를 노려보며 말했다. 그녀가 향수를 만

들 수 있기는 한 걸까? 남을 짓밟고 위협하는 데에만 혈안이
되어 있는 듯했다. 뭐, 나도 가만히 앉아서 당할 생각은 없었
다! "그는 내 멘토야, 까먹었어?" 그뿐이었다. 자기 임무를 다
했다고 선언하고 저녁노을 속으로 사라지기 위해 멘토링 시
간을 잡은 것일 뿐이다.

그녀는 고개를 저었고 쿵쾅거리며 저쪽으로 걸어갔다. 다
음번에는 그녀가 나에게 방해공작을 펼치게 생겼다. 나는 진
정하고 초록색 눈의 프랑스 남자에 대해 생각했다. 그는 우두
커니 서서 질문에 답변하느라 괴로워하는 것 같아 보였다. 나
는 그가 아버지처럼 향기에 대해서 얘기하는 걸 좋아하는 몽
상가이자 대화에 몰입하고 모든 숨구멍으로 열정을 뿜어내
는 타입일 줄 알았는데 전혀 그렇지가 않았다. 이유가 뭘까?

주머니에 손을 넣고 바람에 머리칼을 날리며 온 세상을 짊
어진 듯 고개를 숙이고 샹젤리제를 걸어가는 세바스티앙의
모습이 창문 너머로 보였다. 그는 보는 사람이 아무도 없다
고 생각할 때에는 정말이지 쓸쓸한 분위기를 풍겼다. 길을
잃은 듯했고 심리 상태가 밀물과 썰물처럼 수시로 바뀌었다.

바람을 맞으며 걸어가는 그의 모습이 너무 아름다워서 잠
깐 쳐다보다 그쪽으로 끌려가는 듯한 기분을 느꼈다. 그의
심정을 알 것 같은 느낌이었다.

나는 빨간 덧문이 달린 카페의 전면 야외석에 앉았다. 하루 종일 실내에서 수많은 향기를 맡고 난 뒤라 상쾌한 공기가 진정제 비슷한 역할을 했다. 참고 있었던 긴장감을 여름 바람에 날려버리며 의자에 털썩 앉아서 세바스티앙을 기다렸다. 약속시각이 지났는데 오지 않았다, 젠장.

몇 분 뒤에 그가 구구절절 사과를 늘어놓으며 도착했다. 웨이터가 법석을 떨며 다가가더니 내 쪽을 가리켰다. 나는 너무 대놓고 쳐다보다 들킨 것 같아서 얼굴이 화끈거렸다. 나는 아주 중요한 일이 있는 생긴 것처럼 휴대전화를 들여다보는 척했고 그동안 세바스티앙도 전화를 받았다.

할아버지는 어떻게 지내고 계셔? 보고 싶다. 내가 젠에게 문자를 보냈을 때 그가 통화를 마치고 자리에 앉았다.

"주문했어요?"

"아뇨, 아직. 나는 당신처럼 열렬한 환영을 받지 못했거든요." 나는 웃으며 말했다.

그는 어깨를 살짝 으쓱했다. "보상을 해야겠네요."

세바스티앙의 테이블을 맡고 싶어서 안달이 난 웨이터가 작은 잔에 담긴 블랙커피와 아이싱이 뿌려진 마들렌 접시를 들고 왔다.

그가 커피를 한 모금 마시고 말했다. "아까 보니까 연구실 분위기가 불꽃 튀기던데. 무슨 수로 극복했어요?"

나는 숨을 크게 들이마시고 뭐라고 대답할지 고민했다. "익숙한 환경이랑 다르긴 해요. 하지만 이번 대회의 목적이 그런 거잖아요. 안전지대에서 벗어나 압박감을 느껴보는 거."

그는 한숨을 쉬었다. "맞아요, 상업적으로 경쟁력이 있는 조향사라면 그런 연구실에서 작업할 테니까요. 그래서 운영진이 똑같은 환경에서 시험해보자고 생각한 거예요. 우리 회사보다는 참가자들을 위한 조치죠. 대규모 향수업체에 취업할 때 좋은 경험이 될 테니까요. 그쪽에서 어떤 전문적인 역량을 기대하는지 알 수 있고 하니까."

"어째 당신은 못마땅하게 여기는 거 같네요?"

그의 초록색 눈이 반짝였다. "맞아요. 수습생으로 교육을 시키는 게 아니라 조향사들이 자기 목소리와 스타일을 찾을 수 있도록 돕는 게 취지라야 하는데……. 우리 아버님은 절대 연구실에서 작업을 하지 않으셨어요, 항상 혼자 하셨지. 나도 마찬가지고요."

"하지만 당신이 책임자잖아요. 왜 반대의견을 내놓지 않았어요?"

그는 잠깐 머뭇거렸다. "얘기하자면 복잡해요. 아무튼 나는 약속한 게 있으니까 동의하지 않는 부분이 많더라도 지킬 작정이에요."

"아버지한테 약속한 거예요?"

그가 대답하려는 기미를 보이지 않자 나는 말을 이었다. "놀랐어요, 르클레르가 그렇게 금세 외부인들한테 문을 열다 니……." 나는 말끝을 흐렸다.

"아버지의 유지였어요." 그의 목소리가 잠겼다. "돌아가시 기 직전에 저한테 이거 하나만큼은 반드시 실행하겠다고 약 속하라고 하셨죠."

"왜요? 왜 갑자기 당신이 모르는 사람들을 돕길 바라셨을 까요?"

그는 숨을 뱉었다. "이유는 모르겠지만 단호하셨어요. 그 리고 나는 임종을 앞둔 아버지의 유언에 귀를 기울이는 게 최소한의 도리가 아닐까 생각했고요."

그의 애달픈 목소리에 몸서리가 쳐졌고 늙고 수척한 얼굴 로 아들에게 애원하는 뱅상의 모습이 그려졌다. 그래도 해결 되지 않은 궁금증이 있었다. 그는 세상을 호령하게 되었을 때 왜 도망치려고 했을까?

"하지만……."

그가 더 이상의 논의를 분명하게 차단하며 내 말허리를 잘 랐다. "파리는 어때요?"

"최고예요." 내가 말했다. "예전부터 대도시에서 살아보고 싶었거든요. 이제 어떤 곳인지 맛보았으니 앞으로 이런 데서

144

살 거예요."

그는 살짝 고개를 끄덕였고 나는 하던 얘기를 계속했다.
"특히 소음이요. 이른 아침에 트럭이 짐을 부리는 소리, 차
지나가는 소리, 경적 소리, 또 하루가 시작됐다는 신호, 북적
거리는 빵집, 케이크가게, 치즈가게, 포크가 덜거덕거리고 대
화를 나누고……."

그러자 이번에는 그가 고개를 저으며 웃음을 터뜨렸다.
"내가 싫어하는 게 전부 나왔네요." 그가 말했다. "파리는 사
람을 통째로 집어삼킬 수도 있는 곳이에요."

어떻게 파리를 사랑하지 않을 수 있을까?

12

며칠 뒤에 렉스가 어기적어기적 내 자리로 찾아와 팔짱을 꼈다. "어떻게 돼가고 있어, 미스 아메리카?" 그는 온몸으로 평온한 분위기를 풍기며 삐딱한 이를 드러내고 함박웃음을 지었다. 향수를 완성했고 결과물에 만족한다는 걸 알 수 있었다. 그는 일주일 내내 헤드폰을 썼고 분위기에 휩쓸리지 않았다. 방랑족 렉스는 어디에서든 적응을 잘할 것 같은 예감이 들었다.

나는 머리칼을 쓸어 넘겼다. 그와 달리 내 머릿속은 복잡했지만 그가 잘돼서 기뻤다. "잘 안되고 있어요, 렉스. 사실 지금 좀 골치가 아파요."

"어렵죠?"

"이런 식으로 향수를 만드는 거요?"

그는 고개를 끄덕였다. "나는 원래 아무도 없는 데서 음악도 들어가며 느긋하게 혼자서 조물거리는 스타일이거든요. 이런 식으로 《파리 대왕》을 재연하는 분위기가 아니라."

나는 웃음을 터뜨렸다. "그래도 소란스러운 와중에 잘 적응하고 있으니 훌륭한 조향사라는 증거네요."

"아직 손봐야 할 데가 몇 군데 남았어요." 그는 별로 대단한 향수가 못 된다는 듯이 입을 옆으로 삐죽거렸지만 나는 진실을 알았다. "하지만 오늘은 이쯤에서 접고 내일 꺼내도 지금처럼 마음에 드는지 한번 보려고요."

"마음에 들 거예요. 다행이에요, 렉스. 정말 다행이에요." 나는 내일 다시 꺼냈을 때 그의 향수가 기대 이상이길 진심으로 바랐다. 예전에 가끔 전날 만들어놓은 작품 앞으로 다시 달려가 보면 실망스럽게도 밤새 성분들이 서로 싸워서 갈라서기로 작정이라도 한 듯 씁쓸하고 이상한 향을 풍길 때가 있었다. 하지만 별 기대 없이 다시 돌아가 보면 희망을 담고 아름답게 반짝이는 불빛처럼 달콤한 향기를 풍기는 성공작이 나를 맞이할 때도 있었다.

그가 내 쪽으로 몸을 기울이고 속삭였다. "그들 때문에 계속 신경이 곤두서겠지만 무너지면 안 돼요."

어떻게 알았을까? 이 연구실에서 좌절 중인 사람이 나 혼자만은 아니었다. 렉스는 다른 참가자들보다 자기 자신을 파악하는 능력이 뛰어난 것 같았다. "알아요. 그냥 하도 여러 가지 향이 섞여서 공기가 탁하다 보니 내가 무슨 냄새를 맡고 있는지 알아내기도 쉽지 않네요."

"후각을 계속 쉬어주고 까다로운 작업은 다른 사람들이 없을 때 해요."

"네, 그럴게요. 그들이 얼른 퇴근해주길 바라야겠죠."

"나가서 뭐 하나 마시면서 숨 좀 돌립시다."

조향사들은 후각이 피곤해지는 걸 막기 위해 감각 휴식시간을 갖는다. 옛날식으로 커피 원두를 킁킁거리거나 팔꿈치 안쪽의 살 냄새를 맡는 사람들도 있지만 내가 보기에 그건 신빙성 없는 민간요법에 가까웠고 하던 일에서 잠시 벗어나 바람을 쐬는 게 가장 좋은 방법이었다.

"좋아요." 나는 작업대를 치우면서 말했다. "지금 필요한 건 휴식일 수도 있겠어요."

우리는 작은 카페를 찾아갔다. 나는 길가를 마주 보도록 의자를 고정하고 팔꿈치를 집어넣고 다리를 접었다. 반면에 렉스는 깍지 낀 손으로 뒤통수를 받쳐서 팔꿈치를 내밀고 다리를 쩍 벌리고 앉았다. 반항아 같으니라고.

우리는 카페오레를 두 잔 주문했다. 웨이터가 입술을 오므리고 경고하는 의미에서 눈살을 찌푸렸지만 렉스는 일부러 무시했다.

"그 소식 들었어요?" 렉스가 느긋하게 물었다.

"무슨 소식이요?"

"참가자 한 명이 중도 하차를 생각 중인가 보던데. 부담감이 너무 큰 거죠."

나는 헉 소리를 냈다. "누가요?"

그는 한쪽 어깨를 으쓱했다. "몰라요. 하지만 아나스타샤하고 클레망틴이 책임져야 하는 부분이 많을 거예요."

릴라일까? 그녀일 수밖에 없었다. 유일한 파리지앵인 클레망틴에게 길을 물었다가 엉뚱하게 베르사유로 가게 됐으니.

커피가 나왔을 때 렉스가 고맙다고 인사하자 웨이터가 살짝 미소를 지었다. "이런 기회를 포기하다니 안타까워요. 그런데 이유가 궁금하단 말이죠. 다른 참가자한테 괴롭힘을 당했는지 아니면 그냥 심리적인 압박감이 심했는지 아니면 그냥 중도 탈락인지."

"그러게요, 전부 다 조금씩 해당하겠죠."

"당신은 아니죠, 미스 아메리카?" 그의 목소리에서 걱정하는 기미가 느껴지자 나는 살짝 기분이 좋아졌다. 집이라는 아늑한 곳에서 벗어나 자아도취자들이 득시글거리고 무대 뒤에서는 방해공작이 벌어지는 압박감이 심한 환경에서 지내려니 벅차기는 했다. 렉스가 내가 아니길 바랄 만큼 나를 챙기고 있었다니 가슴이 뭉클했다. 가뜩이나 참가자 한 명이 없어진다면 그를 비롯한 다른 사람들 입장에서는 우승에 한 발 더 다가가는 것인데 말이다.

"나 아니에요." 커피를 한 모금 마시고 얘기했다. "하지만 물어봐줘서 고마워요."

그는 태연한 척했지만 표정에서 다 드러났다.

"마음이 여린 성격인가 봐요, 렉스?"

"무슨 그런 말도 안 되는 소릴!" 그는 이렇게 얘기했지만 웃고 있었다. "내 명성에 금이 간다고요."

"아무한테도 얘기하지 않을게요."

둘이서 오붓한 시간을 보내다 보니 오렐리가 도망치겠다는 참가자를 붙잡아놓는 데 성공했을지 궁금해졌다. 나중에 릴라를 찾아가서 아무 일 없는지 알아봐야겠다.

다시 연구실로 돌아가 보니 여전히 다들 작업에 매진하고 있었고 감정적인 충돌이 나지막이 욕을 내뱉던 수준에서 허리춤에 손을 얹고 날을 세우는 수준으로 발전했다. 세바스티앙이 성격도 제각각인 사람들을 뽑아놔서 누구는 소심한가 하면 누구는 다혈질이었다. 연구실에서 벌어지는 싸움의 절반이 말다툼이었다.

그래도 제출 시한까지 2, 3일이 남았다. 그들을 깜짝 놀라게 할 향수를 그 전에 완성할 수 있을까? 그래야 했다. 다음 날 아침에 향수 매장을 견학하기로 되어 있었기 때문에 시간이 부족했다. 모든 게 계획대로 되어주길 바라며 최대한 서두르는 수밖에 없었다. 멘토링 시간을 손꼽아 기다렸다. 세바스티앙이 혼자 작업을 하고 싶어 하는 내 심정을 이해하는 눈치라 우리 둘이 다른 작업실로 자리를 옮길 수도 있었다. 하지만 그러면 그와 단둘이 있어야 할 테니 그 자체가 집중을 방해하는 요소였다.

나는 피곤해서 나가떨어질 때까지 몇 시간 더 열심히 작업했다. 젠에게 전화하기에는 너무 늦은 시각이었고 그럴 만한 기운도 없어서 장문의 문자로 그동안 있었던 일을 전부 알렸다. 나는 자정이 거의 다 됐을 때 살금살금 방으로 돌아갔다. 걱정은 됐지만 향수를 완성하려면 아직 멀었다.

견학의 날이 다가왔고 우리의 첫 행선지는 르클레르 파르 퓌메리였다. 매장문을 닫아두어서 여유롭게 구석구석 둘러보고 질문하고 진열된 모든 향수를 시향할 수 있었다!

매장 안으로 들어서자 정적이 우리를 삼켰다. 청록색의 두툼한 벨벳 커튼이 햇빛을 차단한 그곳은 어두침침했고 딴 세상 같았다. 그 자체로 예술 작품인 아름다운 향수병들이 부드러운 스포트라이트를 받고 도드라져 보였다. 모든 구멍에서 뿜어져 나오는 신비로운 기운으로 사방이 웅웅거렸다.

오렐리가 주목해달라는 말과 함께 우리를 맞았다. "르클레르 파르퓌메리는 40년 전에 문을 열었어요. 몇몇 유명한 향수업체와 비교하면 역사가 그리 길지 않지만 고급 향수로 명성을 쌓기에는 부족함이 없죠. 뱅상은 향수는 물론이고 수공예로 생산하는 병과 종이 라벨에 이르기까지 자신이 만드는 제품을 사랑하면 고객들에게도 사랑받을 수 있다고 믿었어요." 그녀는 자부심 어린 목소리로 얘기하며 추억이 떠오르는 듯 애정이 담긴 미소를 지었다.

나는 그 유명한 오렐리 향수가 있는 진열대로 다가갔다. 내 손에 들린 두툼한 유리병은 묵직했고 보랏빛이 돌았고 레이스 같은 격자무늬의 섬세한 황금빛으로 둘러싸여 있었다. 마지막 한 방울까지 다 쓰고 난 뒤에도 한참 동안 간직하고 싶은 그런 향수병이었다. 손으로 적은 종이 라벨이 매달려 있는데, 시원시원한 캘리그래피로 어떤 종류의 향수이고 어떤 노트로 이루어져 있는지 적혀 있었다. "이 라벨의 문구는 누가 쓰나요?" 내가 물었다. 인쇄한 글씨가 아니었다.

"우리 직원들이요." 그녀가 말했다. "캘리그래피 교육을 받아서 모든 라벨을 직접 작성해요."

이렇게 사소한 디테일마저 꼼꼼하게 챙기니 르클레르가 명성을 떨칠 수밖에 없었을 것이다.

"향수는요?" 릴라가 물었다. "그건 대량 생산이겠죠?"

"남프랑스에 향수를 제조하는 연구실이 있어요. 거기서 대량으로 제조하지만 생산라인을 거치는 게 아니라 모두 수작업이에요. 포뮬러의 비밀이 새어나가지 않도록 뱅상의 남동생이 관리하고 있고요."

나는 모든 향수병의 냄새를 맡고 말린 방향제가 담긴 모든 병을 열어보고 싶었다. 크림이나 오일과 섞어서 자기만의 보습제나 각질 제거제나 마스크 팩을 만들 수 있는 말린 방향제가 가득 든 유리병이 죽 진열돼 있었다. 포도씨, 산딸기, 선인장 열매로 만든 향유도 있었다. 상상의 세계가 아닌 현실 속에서 이런 곳은 처음이라 정신을 차릴 수가 없었다.

내 꿈은 고객 한 사람, 한 사람만을 위해 맞춤 향수를 특별 제작하는 것이었다. 대량 생산된 향수가 아니라 믿음, 사랑, 기쁨 등 그들이 가장 필요로 하는 것을 연상시키는 개별적인 향수를 만드는 것이었다. 우리는 날마다 오감을 동원하며 살아가는데, 우울한 기분을 그 무엇보다 빠르게 환희로 바꾸어놓는 것이 좋은 추억을 불러일으키는 냄새였고 그것이 향수의 마법이었다.

나는 파리에서 디자인부터 패키지와 같은 소소한 부분에 이르기까지 내 브랜드를 차별화할 수 있는 새로운 아이디어에 눈을 떴다. 내가 만드는 향수에는 손으로 쓴 쪽지를 곁들일까? 포인트 제로처럼 소원을 비는 장소는 아니지만 필요할 때마다 몇 번이고 들여다볼 수 있도록 힘이 되는 문구를 적는 것이다. 일종의 향긋한 포춘 쿠키라고 할까…….

"보면 아시겠지만." 그녀가 말을 이었다. "향수뿐만 아니라 고급스러운 분위기와 오랜 시간을 통해 터득하고 완벽하게 발전시킨 기술력도 중요한 부분이랍니다. 우리가 만드는 제품은 온라인이나 다른 어떤 곳에서는 볼 수 없기 때문에 특별하죠."

등줄기를 타고 소름이 돋았다. 사람들은 내게 맞춤 향수를 만들 생각을 하다니 판단 착오라고 했다. 시장이 너무 좁다고 했다. 그걸로는 생활비도 벌지 못할 테고 무명인이 만든 향수에 아무도 관심을 보이지 않을 거라고 했다(솔직히 향수업계에서 내가 무명이긴 했다). 하지만 뱅상도 맨바닥에서 시작했다는데 나라고 못할 것도 없지 않을까? 그도 나처럼 으리으리한 배경이 없었다. 그도 그렇고 나도 그렇고 무언가를 기점으로 삼아서 남다른 향수를 만든다는 평판을 쌓아야 했다. 그가 열정 하나만으로 성공했다면 나도 그럴 수 있지 않을까? 와일드카드 향수…… 나는 이런 상상을 하며 씩 웃었다.

오렐리 향수 뚜껑을 열자 순간 장미꽃밭으로 이동한 듯했다. 강렬하고 상큼하며 풍부하고 관능적이며 톱 노트로 사랑을 연상시키는 묵직한 터키 레드 로즈가 쓰였다.

"마음대로 구경하시고 궁금한 게 있으면 언제든 물어보세요." 그녀가 말했다.

나는 손을 들었다. "이 향수들은 가격이 어떻게 되나요?" 어느 제품에도 가격표가 없기에 질문한 거였는데, 고개를 들어보니 세바스티앙의 불길한 두 눈이 나를 맞았다. 심장이 내 뜻과는 상관없이 펄떡거리며 춤을 추는 바람에 말을 한다는 것 자체가 불가능했다.

그는 내 질문에 충격을 받은 표정을 감추느라 애를 쓰고 있었다. 프랑스 사람들은 돈 얘기를 유난히 혐오하는데 내가 바보 같은 질문을 했다. 내 안의 미국인 기질이 불쑥 얘기를 꺼내고 말았다. 그는 내 쪽으로 몸을 숙여서 귀에 대고 가격을 속삭였다. 우와. 리퀴드 골드보다 더 비쌌다.

그가 미소를 짓자 표정이 부드러워졌다. "어디에 발이 걸려서 넘어지면 안 되겠죠?"

나는 눈을 휘둥그레 떴다. "그럴 일은 없었으면 좋겠어요. 뭐라도 깨뜨리면 변상할 여력이 안 되거든요."

그는 웃음을 터뜨렸다. "당신은 상큼한 바람 같아요, 델."

나는 어색하게 살짝 웃음을 터뜨리며 과거의 칠칠찮았던 모습을 무마하려고 했다. 그는 이런 뜻에서 한 얘기이지 않았을까? 델, 이 그룹의 웃음 담당. 나는 그 이글거리는 초록색 눈을 피해서 쪼르르 달아났다. 하지만 딱 1초 동안이나마 그가 다른 뜻에서 한 얘기였을지 모른다는 생각을 했다. 어쩌면 내가 만병통치약 아니면 그의 외로움을 치유할 강장제라는 뜻은 아니었을지…….

허공을 맴도는 향수 냄새에, 그 가벼운 발삼 향으로 이루어진 하트 노트에 내가 이성을 잃었던 건지 모른다.

13

데드라인이 눈앞으로 닥치자 내 신경이 낡은 밧줄 끝자락처럼 너덜너덜해졌다. 각 도전 과제를 치를 때마다 점수가 합산되기 때문에 뒤처지지 말아야 했다. 뒤처졌다가는 따라잡지 못할 테고 그랬다가는 우승의 희망이 영영 멀어질 것이었다.

향에 집착할수록 작품이 점점 더 산으로 갔다. 기껏해야 나쁘지 않다고 할 만한 수준이라 이렇게 중요한 시기에 어쩌다 이렇게 속수무책으로 길을 잃었는지 알다가도 모를 노릇이었다.

갈아엎고 처음부터 다시 시작할까 고민스러웠지만 시간이 없었다.

나는 작업대 가장자리를 손으로 짚고 조그만 향수병을 바라보며 해결책이 떠오르길 바랐다. 어디에서 어긋난 걸까? 판정단이 나중에도 기억할 만큼 인상적인 작품이 아니었고 모험을 감행하지도 않았으니 요구 조건에 부합하지도 않았다.

내가 미적거리는 동안 다른 참가들은 완성작을 제출하고 하나둘씩 사라졌다. 덕분에 작업 공간이 넓어졌고 그들이 없으니 분위기가 가벼워졌지만 내 상황에는 변함이 없었다. 버둥버둥 클럽의 유일한 멤버.

작업실에 남은 사람은 나와 릴라뿐이었다.

시간이 지날수록 그녀의 앓는 소리가 점점 커지고 표정이 점점 우울해져서 더는 모르는 체할 수가 없는 지경에 이르렀다. 버둥버둥 클럽에 멤버가 하나 추가됐다.

"잘 안돼?" 그녀가 수첩을 집어 던지자 내가 물었다.

그녀는 머리칼을 쓸어 넘기며 대답했다. "응." 그녀의 어깨가 땅속으로 꺼질 듯했다. "르클레르에서 날 선택한 이유조차 모르겠어! 이런 작품을 제출해야 한다니 굴욕적이야." 릴라는 해초를 닮은 초록색 액체가 담긴 병을 가리켰는데 필터링을 제대로 하지 않아서 찌꺼기가 보이고 얼룩덜룩했다.

나는 해결책을 찾으려고 고민하는 동안 대회를 포기하겠다고 한 참가자가 정말 릴라였을까 하는 생각이 들었다. 그럴 수밖에 없었다. 클렘이나 캐스린이나 아나스타샤가 그랬을 것 같지는 않았고 나나 렉스도 아니었다. 그러면 소심한 릴라만 남았다. 그녀는 꼼수와 방해공작에 소질이 없었고 우리 둘 다 그런 작전을 거부했는데도 불구하고 고전을 면치 못하고 있다는 생각이 들었다.

"너도 잘 안 풀려?" 그녀가 미간을 찌푸리며 물었다.

"응." 내가 말했다. "영 별로야."

"왜?"

"잘 모르는 사람한테 선물하려고 살 만한 향수야. 별 의미 없는 것들을 섞은…… 안전빵 조합이라고 할까." 내 향수병은 맑고 옅은 파란색이었다. 내 고향 위스퍼링 레이크스를 구현하려고 한 결과였다. 울퉁불퉁한 흙산, 쨍한 가을의 대기, 안전하고 편안한 곳이라는 느낌. 그리고 정확히 그런 작품이 만들어졌다. 그저 익숙한 향수! 익숙한 공간에서 탈출하지는 못할망정 그 안으로 들어가서 그걸 병에 담았다. 뜨헉.

새로 시작할 시간은 없고 공포가 점점 커지는 가운데 릴라의 눈빛에서도 나와 똑같은 심정을 읽을 수 있었다. 젠장.

"너는 집으로 쫓겨나기엔 재능이 아깝지." 그녀는 나나 내 향수를 제대로 알지 못하면서 이렇게 얘기했다. "내가 탈락할 거야." 그녀는 손을 이마에 얹었다. "여기 참가하려고 포기한 게 한둘이 아닌데. 우리 부모님이 반대하셨거든." 상처가 그녀의 목소리를 우울하게 물들였다. 이 딱한 아이에게 진부한 위로를 자제하는 것도 쉬운 일이 아니었다. 부모님의 반대를 무릅쓰고 여기까지 왔는데 일주일 만에 쫓겨나면 얼마나 눈앞이 캄캄할까?

심지어 내가 봐도 그녀의 향수가 미적인 측면이라는 한 가지 항목에서조차 기대에 못 미친다는 걸 알 수 있었다. 그녀는 포기하려는 찰나였지만 그래도 바로잡을 수 있는 시간이 몇 시간 남아 있었다. 도와줄 수도 있었지만 그러다 내가 탈락하면 어쩔 것인가? 어쩌면 좋을지 망설이는데 할머니의 목소리가 들렸다. *너더러 네 생각만 하라고 가르친 적은 없는데, 델. 그 아이를 당장 도와줘야지.*

나는 할머니가 어디에선가 지켜보고 있을지 모른다는 생각에 미소를 지으며 얘기했다. "릴라, 다른 방법으로 필터링을 다시 해봐." 나는 그녀의 자리로 가서 마개를 열고 코 밑에 대고 병을 흔들었다. 녹차, 오렌지 껍질, 베르가모트가 들었고 탁한 것만 빼면 좋은 추억을 떠올리게 만드는 향수였다. 나는 이른 아침, 처음 마신 차 한 모금, 아름다운 첫새벽, 부드러운 햇살과 약속이 생각났다. 두어 개 균형을 맞추어야 하겠지만 시간 안에 고칠 수 있었다.

내 얼굴을 빤히 쳐다보는 그녀의 눈빛 가득 희망의 빛이 조심스럽게 번졌다. "녹차 향이 너무 강하지?"

나는 고개를 끄덕였다. "응, 그걸 죽이지 않으면 해초 향수 같겠어. 그것만 빼면 톱 노트는 환상적이야. 아침의 잔잔한

160

즐거움을 완벽하게 재현했어."

좋아서 그녀의 얼굴이 상기됐다. "필터링하고 배합을 바꿔봐야겠다. 네가 보기에는 고칠 수 있을 것 같아?"

"응." 나는 미소를 지으며 말했다. 릴라의 유일한 걸림돌은 자기 불신이었다. 섣부른 결론을 내리느라 길을 잃었던 것이다. 스트레스가 많은 상황에서 실패에 대한 두려움 때문에 궁지에 빠진 건데, 내가 겪고 있는 문제점도 바로 그거였다.

하지만 내가 보기에 릴라에게는 천부적인 재능이 있었다. 향수를 통해 어떤 장면과 추억을 불러일으키는 능력이 있었다. 르클레르에서 원하는 능력이자 나도 그런 능력을 간절히 갖고 싶었는데, 마음대로 되지가 않았다.

그녀는 심미적인 부분만 잘 관리하면 훌륭한 성적을 거둘 수 있을 것이다. "네 실력만 믿으면 되겠는데? 부럽다. 나중에 부모님이 너를 자랑스럽게 여기는 날이 올 거야. 두고 봐." 첫새벽처럼 환한 희망의 불꽃이 반짝였다.

"고마워, 델. 글쎄." 그녀는 서글픈 미소를 지었다. "부모님이 나를 자랑스럽게 여긴다고? 돈을 들여서 화학과 공부를 시켜놨더니 약이나 뭔가 고귀한 걸 개발할 생각은 하지 않고 향수를 만들겠다는 것 자체를 이해하지 못하시는데? 그래도 내가 하고 싶은 일을 해야 하는 거 맞지? 꼬리를 내리고 집으로 돌아가서 '그러게 내가 뭐랬냐'고 얘기하는 듯한 눈빛을 대하기는 정말 싫어."

부모님의 응원을 받지 못하다니 얼마나 속상할까. 그래서 이번 대회가 더 힘들 텐데, 그녀가 끝까지 선전해서 조향사도 괜찮은 직업이라는 걸 그들에게 보여줄 수 있었으면 좋겠다고 생각했다. 획기적인 신약 개발이 고귀한 일일지 몰라도 천직이 아니라면 열심히 매진할 수 없는 법이다.

사랑이 그렇듯 조향사라는 직업도 하고 싶다고 할 수 있는 게 아니라 선택받아야 할 수 있는 일이었다. 거기에 걸맞은 후각적인 능력은 100만 명 중의 한 명에게 주어지는 재능인데 그걸 무슨 수로 거부할 수 있을까? 우리 부모님이 엉뚱하기는 했어도 항상 내 변덕을 응원해주셨는데 릴라의 부모님은 그렇지가 않다니 안타까웠다.

그녀는 눈물을 글썽였다. 나는 그녀의 팔을 토닥였다.

"고마워, 델. 다른 참가자한테 도움받을 줄은 절대 몰랐어. 정말 고마워."

나는 어깨를 으쓱하고 그녀를 보며 활짝 웃었다. "내가 없었어도 너는 제대로 고쳤을 거야, 릴라. 잠깐 한 발짝 멀리 떨어져 있을 시간이 필요했던 건지 몰라."

릴라는 내 자리로 와서 내가 만든 향수 마개를 열더니 시향용 종이에 몇 방울 떨어뜨렸다. 잠시 후에 그녀가 말했다. "네가 어떤 향수를 만들려고 했는지 알겠다." 그녀가 말했다.

"집으로 돌아가는 길처럼 따뜻한 느낌이야!"

"그래도 세기의 도전은 아니지?"

그녀는 뭐라고 대답하면 좋을지 고민하는 눈치였다. "음, 기가 막힌 정도는 아닐지 몰라도 상당히 훌륭한데."

"하지만 이 정도로는 부족해. 너무 얌전해. 여행 간 동안 개를 맡아준 한동네에 사는 아주머니한테 선물하고 싶은 그런 향수야."

그녀가 웃음을 터뜨리자 차임벨 비슷한 소리가 났다. "나라면 그런 식으로 표현하지 않겠지만 그래, 무슨 말인지 알겠다. 계속 고민해봐, 델. 여기서 포기하지 않을 거지?"

나는 고개를 끄덕였다. 내가 포기할 일은 없었다. "좀 더 만져보면서 활기를 불어넣을 수 있길 바라야지."

그녀는 시선과 목소리를 낮추며 다시 소심한 예전 모습으로 돌아갔다. "이번 챌린지가 끝나면 나중에 나랑 같이 저녁 먹을래? 원래는 다른 참가자들이랑 같이 먹었는데 잠깐이라도 탈출하면 좋을 것 같아서."

"저녁 좋지." 마음속이 훈훈해지는 걸 느낄 수 있었다. 나도 그 시끄러운 그룹에서 탈출하고 싶을 때가 한두 번이 아니었다. 저녁은 5구나 조금 더 먼 6구에 숨겨져 있는 조그만 식당에서 저렴하게 해결하는 식으로 피하고 있었지만 그나마 그들이 좀 잠잠한 아침식사 시간에는 맞닥뜨려야 했다. 나도 릴라처럼 대치상황과 고압적인 성격과 아무 이유 없이 퍼붓는 심문으로 진땀을 흘리게 만드는 데 여념이 없어 보이는 운영진의 질문 공세를 좋아하지 않았다. "중도 하차하고 싶다고 한 사람이 너였어?" 내가 물었다.

그녀의 뺨이 빨개졌다. "그냥 반사적인 반응이었어. 오렐리가 붙잡아준 걸 다행스럽게 생각해."

"나도 고맙네. 너는 엄청난 재능을 타고났어, 릴라. 겁먹지 마. 약삭빠른 참가자들도 있지만 실력 하나로 네가 그들을 이길 수 있어."

"고마워, 델. 그냥 클레망틴을 두 번 다시 믿지 않겠다고만 할게……."

우리 둘 다 그래야겠지.

14

  다음 날 용기를 내서 심사를 받으려는 향수를 들고 르클레르 사무실로 향했다. 시간이 모자라서 만들던 향수를 제출해야 했기에 나보다 못한 참가자가 있길 두 손 모아 기원하는 수밖에 없었다. 하지만 릴라나 렉스는 아니었다. 그들은 남길 바랐는데, 만든 향을 맡아보니 탈락하지 않을 듯했다. 다른 참가자들의 작품이 그보다 뛰어나다면 내가 위기에 봉착하겠지만, 렉스와 릴라는 그들과 다른 부류였고 나는 인간적인 측면과 조향사적인 측면에서 두 사람을 벌써부터 좋아하고 있었다.

  결과는 다음 주 월요일 오전에나 알 수 있기 때문에 앞으로 며칠 기다려야 했다. 만에 하나, 만에 하나, 만에 하나……

불안감이 어깨를 무겁게 짓눌렀다. 그래도 최대한 자신 있는 모습을 보여야 했다. 버틸 수 있을 때까지 그래야 했다.

숨을 고르며 문을 두드리고 안으로 들어가 보니 세바스티앙이 있었다. "봉주르, 델." 그가 인사를 건네며 맞은편에 앉으라고 손짓했다. 단둘이 있는 환한 공간에서 그에게 향수를 건네려니 나의 치부를 모두 드러내는 듯한 기분이 들었다. 향수는 워낙 개인적인 작품이고 각각의 노트가 숨겨진 깊이와 차곡차곡 쌓인 비밀을 상징했다. 누군가에게로 넘어가서 그들의 해석 아래에 놓이기 전까지는 그랬다. "심사를 받으려는 향수를 당신한테 맡기면 되나요?"

"위." 그가 말했다. 잠을 설쳤는지 오늘따라 머리칼이 살짝 헝클어졌다. 하지만 선명하게 반짝이는 초록색 눈은 나를 똑바로 쳐다보며 뭐라고 말을 하길 기다렸다. 젠장. 나는 원래 말을 잘 못하는 성격이 아니었다. 다른 나라에서 긴 하루와 외로운 밤을 보내다 보니 깨어 있을 때도 프랑스어로 꿈을 꾸게 돼서 그런 거였다.

나는 등받이가 높은 의자에 앉아서 불편을 느낄 만큼의 시간 동안 세바스티앙을 쳐다보았지만 그는 내 마음을 읽기라도 한 듯 예의 그 우수에 젖은 미소를 입가에 머금고 있었다. 그의 옆에 있으면 심장이 내 속도 모르고 펄떡거리는 바람에 불안했다. 나는 그의 옆에 있으면 다들 조금 바보 같아지지 않았느냐고 기억을 환기했다. 프랑스인의 효과였다. 속내를 드러내지 않기 때문에 안에 뭐가 있는지 궁금해서 그를 조금씩 벗겨보고 싶어졌다.

그는 얼굴을 구석구석 이해하려는 듯이, 입술은 어떻게 생겼고 손은 어떤 식으로 살짝 떨리는지 기억에 담으려는 듯이 나에게 온전히 집중했다. 나를 오래전부터 기다리다가 드디어 만났다는 듯이 그랬다.

수면 부족이 원흉이었다. 그는 한낱 남자에 불과했다! 그냥 근사한 프랑스 남자였다. 시간이 멈추고, 느껴지는 것이라고는 심장의 두근거림과 비눗방울 속으로 빨려 들어가는 느낌뿐일지라도 그 사실에는 변함이 없었다.

세바스티앙은 사람을 취하게 만드는 서늘한 매력을 발산했다. 그는 길을 건너려는 할머니를 돕고 길 잃은 강아지를 거두는 등 말없이 선행을 베풀 타입이었다. 배려심이 많고 자제심이 강한 남자를 좋아하는 사람의 기준에서는 조금 귀여웠다. 그와 가까워지면 더 깊은 속내를 발견할 수 있을 듯한 예감이 들었다.

"설명은요?" 그는 나를 대할 때 종종 그렇듯이 재미있다는 듯이 싱글싱글 웃고 있었다. 악!

나는 어깨를 펴고 얘기했다. "판정단을 만족시킬 수 있는 향수였으면 좋겠어요." 전화벨이 울리는 바람에 나는 화들짝 놀랐지만 그는 받지 않았다.

"얘기 계속해요." 그가 특유의 관능적인 프랑스 억양으로 얘기했다. 그런 말투는 법으로 금지해야 하는 거 아닌가?

"저는 사랑을 나누려고……." 나는 말끝을 흐렸다. 당황스러워서 얼굴이 화끈 달아올랐다. '사랑을 나누려고'라니.

그의 눈이 웃음기로 반짝였고 나는 정신을 차리려고 큰소리로 얘기했다. "사랑을 주제로 향수를 만들었어요." 쥐구멍이 있으면 들어가고 싶었다. "고향에 대한 사랑을 주제로. 저기, 이제 그만 나가봐야겠어요. 제가, 음, 두고 온 게 있어서—" *미국에 정신을 두고 왔지!* "— 그러니까 전기담요를 켜두고 왔거든요. 전력 낭비이기도 하지만 불이 날 수도 있잖아요. 게다가 여름이고 해서……."

그가 한쪽 손을 들자 손이 얼마나 고운지 모르려야 모를 수가 없었다. 길고 가는 손가락, 보기 좋게 그을린 올리브색 피부, 깔끔하게 정리한 손톱. "잠깐만요, 델."

나는 얼른 도망치고 싶은 마음에 허리를 구부리고 엉거주춤 일어났다가 그 자세가 예뻐 보이는 각도는 아니었기에 다시 털썩 주저앉아서 그를 쳐다보았다. *사랑을 나누려고 했다고?*

"네?" 나는 그가 랩을 좋아하느냐고 물었더라도 한시라도 빨리 빠져나가고 싶어서 좋아한다고 대답했을 것이다.

그가 고개를 모로 꼬자 까만 머리가 햇빛을 받고 은색으로 바뀌었다. "다른 참가자들이랑 저녁을 먹지 않던데 이유가 궁금해서요."

그가 알아차렸단 말인가? "날마다 저녁 늦게까지 연구실에서 일했거든요. 나는 향수를 만드는 공간에 있어야 행복해요. 예전부터 그랬어요." 솔직히 얘기하자면 나는 할머니 없이 향수를 만드느라 고군분투하고 있었고 혼자서는 못 만드는 게 아닐지 전전긍긍했다. 하지만 그걸 그에게 무슨 수로 고백할 수 있을까? 나는 누구에게도 동정받고 싶지 않았다. 한 걸음 더 나아가서는 와일드카드가 끙끙대고 있지 않나 하는 의구심을 불러일으키고 싶지 않았다.

"아." 그는 말했다. "그렇군요. 누구랑 문제가 있는 건 아니죠?"

"네, 아니에요." 게다가 문제가 생기면 내가 해결할 수 있었다. 상대가 클레망틴이라도 마찬가지였다.

"이제 이렇게 '사랑을 나누고 싶은 마음'을 주제로 향수를 만들었으니······." 그는 일부러 말문을 맺지 않았다.

"그냥 사랑이에요, 고향을 사랑하는 마음이요." 나는 이를 앙다물고 으르렁거렸다. 어떤 남자에게 살짝 반하는 것과 홀딱 넘어가는 것은 차원이 다른 문제였다. 그러니까 그의 옆에 있을 때 정신이 가끔 가출하더라도 내 잘못은 아니었다.

"알았어요, 이제 고향을 사랑하는 마음을 주제로 향수도 완성했으니 우리랑 같이 저녁을 먹을 수 있는 건가요?" 우리라고? 그도 저녁을 같이 먹는다니 뜻밖이었다.

"아마도요." 그럴 일은 없었다.

"예스는 아니네요."

"이번 한 주 동안 힘들었는데 더 이상 시간을 같이 보내고 싶지 않은 참가자들이 있어서요. 개인적으로 감정이 있는 게 아니라 자기 보호 차원에서요."

"이해해요." 그가 얘기했다. "일요일에 다 같이 당 르 누아르에 가려고 하는데. 8시 괜찮아요?"

"하지만 내가 월요일에 짐을 싸게 되면요?" 짐을 싸게 될 거라면 만나서 일 얘기를 할 이유가 없었다. 내가 어떤 기회를 놓쳤는지 알고 나면 속만 더 쓰릴 것이다.

"안 싸게 되면요?"

전화벨이 다시 울렸고 그는 이번에는 전화를 받았다. "일요일에 봐요, 델. 아파트로 모시러 갈게요." 그가 작별의 뜻에서 고개를 끄덕이고 수화기에 대고 얘기를 하기 시작하자 나는 일어나서 나오는 수밖에 없었다.

살금살금 나오는 내 등 뒤로 복도까지 그의 말소리가 들렸다. "……경영진은 준비가 됐고 삼촌이 인계를 받을 텐데……." 상대방이 말허리를 끊었는지 잠깐 정적이 흘렀다.

"……대회가 끝날 때까지는 있을게요, 그러겠다고 약속했으니까. 하지만 그 이후로는 내가 하고 싶은 대로 할 거예요. 진심이에요. 혼자 있고 싶어요."

충격이 나를 강타했다. 르클레르 파르퓌메리를 영영 떠난다고? 아니 왜? 이렇게 잘나가는 회사를 버리겠다니 도대체 이유가 뭘까? 아버지의 유산을 잇고 싶지 않은 건가?

첫 번째 향수 만들기 마스터클래스가 막 시작되려는 찰나였기 때문에 나는 복잡한 머릿속을 달래며 서둘러 연구실로 향했다. 뱅상과 그의 아들이 없으면 르클레르 파르퓌메리가 어떻게 될까? 오렐리는 조향사가 아니었고…… 그의 가족 가운데 조향사는 삼촌밖에 없었다. 세바스티앙이 떠나면 회사가 빛을 잃지 않을까? 정신 차리라고 그를 흔들어서 깨우고 싶었다.

나는 가방에서 수첩과 연필을 꺼내 들고 연구실로 달려갔고 감정이 표정으로 드러날 게 분명하다는 생각을 하며 들어가 보니 내가 맨 꼴찌였다. 모든 사람들의 시선이 레이저 광선처럼 나에게로 꽂혔다. 허둥지둥 억지로 미소를 지었다. "안녕하세요." 나는 누구에게랄 것도 없이 인사를 건네고 수첩에 뭔가를 끼적이는 척했다.

그가 떠나고 싶어 한다고?

부담감과 주변의 기대에 괴로웠을지 모른다. 떠나겠다니,

향수업계를 내팽개치겠다니 잘못 생각한 거라고 나는 장담할 수 있었다. 상실의 슬픔에 휩싸이면 인간은 이해가 안 되는 짓을 저지를 때도 있지만 나중에 후회할 게 뻔했다. 하지만 내가 뭘 어쩔 수 있을까? 그의 큰 그림에서 내가 차지하는 위치가 뭘까? 아무것도 아니었다. 그래도 어떻게든 도우려고 노력하지 않으면 절대 나 자신을 용서하지 못할 거라는 생각이 들었다.

클레망틴이 옆걸음으로 다가왔다. "드디어 프랑스 애인을 찾은 모양이네?"

나는 핏기가 가신 얼굴로 너무 잽싸게 대답했다. "아니야!"

"울랄라, 안타까워라. 나는 어젯밤에 어떤 남자를 만났는데, 그걸 뭐라고 하더라? 좀 작은 축에 속한다고 하던가?"

내 눈썹이 하늘로 솟구쳤다. "클레망틴!"

"왜? 나는 나보다 마른 남자는 싫단 말이야."

"아." 나는 고개를 저었다. "난 또—"

그녀는 엉덩이로 나를 살짝 밀쳤다. "음흉한 것 같으니라고. 네가 보기보다 순진하지 않을 줄 알았다."

이때 등장한 향수의 대가가 나를 구했다. 모든 사람들의 시선이 자크 몽펠리에게로 향했다. 그는 여자와 스포츠카를 좋아하기로 악명이 높지만 그만큼 명성이 자자한 프랑스의 스타 조향사였다. 그의 향수는 화려하고 대담했고 나는 그에게 노하우를 전수받고 싶은 마음이 굴뚝같았다.

　모두 잠잠해졌지만 클레망틴만 예외였다.

　"오늘 저녁에 물랭루주에 예약해놨어. 같이 갈 거지?"

　"응, 수업 들을 수 있게 좀 조용히 해주면 갈게." 나는 한 손을 들어서 필연적으로 이어지려는 하! 소리를 막았고 그녀는 입을 다물었다. 그녀가 순수한 마음에서 초대를 했을 리 없고 정보를 원한다는 걸 나도 알았다. 나도 그녀만큼 게임을 잘할 수 있었다.

15

나는 외투 속으로 더 깊숙이 파고들며 앞에 등장한 물랭루주의 그 유명한 빨간색 풍차를 눈에 담았다. 밤이 되자 빨간색 네온등이 전면을 밝혔고 벌떼처럼 지나가던 사람들이 걸음을 멈추고 사진을 찍었다. 홍등가를 꼭 구경해야 한다고 클레망틴이 얘기했는데, 압박감과 불안감을 내려놓고 아파트에서 벗어날 수 있어서 행복했다. 함께 온 캐스린이 학교에서 클레망틴과 함께 향수를 배우던 시절을 추억했다.

"우리가 얼마나 말썽을 많이 일으켰는지 알아?" 클레망틴이 웃음을 터뜨렸다. "하지만 성적은 항상 좋았어."

"너는 선생님이랑 잤잖아!" 캐스린이 나무랐다. "그래서 성적을 잘 받았지."

그녀는 웃음을 터뜨렸다. "내가 침실에서 타고난 재주가 있는 걸 어쩌라고?"

 농담인지 진담인지 알 수 없었지만 선생님이랑 동침을 하다니 그건 상당히 부적절하게 느껴졌다. 내숭을 떤다고 해도할 말 없지만 나는 침대 위에서의 매력이 아니라 실질적인능력으로 평가받고 싶었다. 왠지 모르게 세바스티앙이 내 머릿속에 떠올랐다. 그에게 관심이 생기더라도 마찬가지일 것이다. 지금 상황에서는 적절치 못한 처신이기도 했다. 내 멘토를 맡고 있으니 이해관계가 상충했고 떠나려고 하고 있지만 이 회사의 사장이니……. 복잡하다, 복잡해! 그가 상실의아픔 때문에 잘못된 길을 선택하려 한다니 생각만 해도 싫었지만 그를 잘 알지도 못하는 상황에서 왈가왈부할 수는 없었다. 할머니가 세상을 떠난 지 몇 년이 지났지만 나는 여전히향수를 만들 때 고전했고 할머니를 몹시 그리워했고 어떨 때는 불시에 떠오른 추억 때문에 손에 얼굴을 묻고 엉엉 울음을 터뜨려야 했다.

 "그런데." 나는 머릿속에 드리워진 먹구름을 떨치고 그녀들과 보내는 시간에 집중하기로 했다. "공연 주제는 뭐야?"

 "예술." 클레망틴이 말했다. "보면 알아. 너희 미국인들은레 테통에 집착하더라." 그녀는 한숨을 쉬며 자기 가슴을 손으로 받쳤다. "그게 중요한 게 아닌데!"

 클레망트의 몸짓을 보니 레 테통이 어딜 뜻하는지 알 것 같았다. "공연 재밌겠다."

"패션, 댄스, 예술 그리고 주체적인 여자들이 주제야."

"알았어, 나를 설득하려고 애쓸 필요 없어, 클레망틴. 이렇게 따라왔잖아." 나는 이러거나 저러거나 상관없었다. 향수와 그와 관련된 모든 일에서 벗어날 기회가 생겨서 마냥 기뻤다.

캐스린은 한숨을 쉬고 엉덩이로 나를 살짝 쳤다. "나도 그냥 대회를 잠깐 잊고 싶어서 따라 나온 거야. 정말 미치도록 피곤하더라."

"*위.*" 클레망틴이 말했다. "그리고 나는 남자들 구경하러 온 거야. 여기 오면 잘생긴 인간들이 항상 많더라고." 그녀는 도발적으로 눈썹을 꿈틀거렸다. "그리고 샴페인도 그렇고."

"샴페인, 마음에 든다!" 나는 말하고 웃음을 터뜨렸다. 그 둘은 전혀 다른 성격이었지만 캐스린도 함께해줘서 고마웠다. 클레망틴이 누구랑 눈이 맞더라도 저녁 내내 나 혼자 앉아 있을 일은 없게 생겼다. 그리고 캐스린이 대회에서는 계산적일지 몰라도 인간성은 괜찮은 듯했다. 그녀는 향수를 대하는 자세가 진지했다. 반면에 클렘은 다른 수단에 의지해가며 그럭저럭 때웠고 향수는 2순위였다.

안으로 들어가 보니 위쪽에서 관능적인 음악이 흘러나왔다. 우리는 어떤 테이블로 안내를 받았고 샴페인이 한 병 나왔으며 웨이트리스가 속사포 같은 프랑스어로 클레망틴에게 뭐라고 얘기를 했다. 캐스린과 나는 서로 흘긋 쳐다보며 그녀에게 모든 걸 일임했고 샴페인을 넉넉히 따르고 공연이 시작되길 기다렸다. 마침내 조명이 어두워졌고 우리는 느긋하게 앉아서 공연을 감상했다. 이내 클레망틴이 온 데 간 데 없이 사라졌고…….

몇 시간 뒤에 우리는 요란하게 번쩍이는 조명을 뒤로 한 채 물랭루주를 나섰고 키득거리며 파리의 길거리를 지그재그로 누볐다. 모든 게 전보다 다채롭고 시끄럽고 환했다. 공연은 두 눈이 번쩍 뜨일 만한 경험이었다. 내 평생 그렇게 많은 깃털은 본 적이 없었다! 그리고 스팽글도! 다들 환상적인 댄서였고 공연은 외설스럽기보다 예술적이었다.

클레망틴의 말이 맞았다. 5분이 지나자 레 테통과 그들의 반라는 잊히고 춤과 의상과 공연의 매력만 남았다. 클레망틴처럼 화려하고 익살맞았다.

조금 알딸딸하게 취해서 비틀거리며 집으로 걸어가는 동안 우리는 이런저런 얘기를 나누었다.

"누가 우승할 것 같아, 델?" 캐스린이 물었다.

"렉스 아니면 릴라." 샴페인은 진실의 묘약이라고 불려 마땅했다. 이미 내뱉은 말을 주워 담기에는 너무 늦어버렸고 나는 이 둘 앞에서 다른 참가자들 얘기를 할 때는 조심해야 한다고 다시 한번 상기했다. 그들에게는 어떤 비밀도 털어놓을 수가 없었고 릴라가 위협적인 존재라는 생각이 들면 클렘이 그녀에게 달려들지는 않을지 걱정스러웠다. *주의, 다시는 샴페인을 물처럼 들이키지 말 것.*

"아니 그런데." 나는 명랑한 목소리로 말했다. "오늘 밤만큼은 향수를 잊기로 한 거 아니었어?"

그 둘은 서로 흘끗 쳐다보더니 함박웃음을 지으며 나를 돌아보았다. "그렇지, 그렇지, 네 말이 맞아. 리츠 호텔에서 칵테일 마실 사람?"

"어, 시간이 벌써 이렇게 됐어!" 내가 말했다. 돈도 내지 않고 도망친 마당에 내 얼굴을 리츠 호텔에 보일 일은 없었다. "조금 있으면 통금시간이야. 돌아가야 해."

"어, 이 범생이 좀 봐!" 클레망틴이 노래를 부르듯이 외쳤다.

나는 눈을 부라렸다. "쫓겨날지 모르는 일을 저지르고 싶지는 않거든?"

나는 외투 속으로 더 깊숙이 파고들었다. 갑자기 그 둘에게서 도망치고 싶었다. 앞쪽으로 주머니에 손을 넣고 고개를 숙인 채 특유의 걸음걸이로 걸어가고 있는 낯익은 사람이 보였다. 클레망틴과 캐스린은 그를 보지 못했기에 나는 집에 전화를 해야 한다며 꽁무니를 뺐다. 클레망틴이 계속 놀려댔지만 나는 들은 체 만 체하고 골목길로 들어간 세바스티앙을 따라잡을 수 있길 바라며 앞으로 달려갔다.

나는 그들이 알아차리지 못하길 바라며 허둥지둥 그를 찾아 나섰다. 거의 자정이 다 된 시각에 멘토와 노닥거리다 의혹을 불러일으키는 사태만큼은 피하고 싶었다. 하지만 뭔가가 나를 세바스티앙 쪽으로 끌어당겼다. 아마도 남들과 다르게 나는 그의 비밀을 알고 있기 때문일 것이다.

"안녕하세요." 그는 휴대전화를 손에 들고 밤늦게까지 하는 어느 술집에 앉아 있었다.

"델, 이 늦은 시각에 여기서 뭐하는 거예요?"

"죄송해요, 아빠." 빌어먹을 통금시간 같으니라고!

그가 미소를 짓자 내 기분이 좋아졌다. "규정이라니." 그는 웃음을 터뜨렸다. "말도 안 되지 않아요? 낮에 외출하든 밤에 외출하든 그게 무슨 상관이라고."

"밤낮으로 바쁘게 폐인처럼 지내지 말고 맑은 정신으로 대회에 임해주길 바라는 거겠죠."

그는 어깨를 으쓱했다.

"당신은 이 늦은 시각에 여기서 뭐하는 거예요?" 나는 똑같이 되물었다.

"잠이 안 와서요. 파리에서는 스위치를 끄기가 훨씬 힘드네요. 도시가 번잡할수록 머릿속도 번잡해져서."

"그래서 프로방스를 그렇게 좋아하는 거로군요?"

그는 고개를 끄덕였다. "상쾌한 공기, 라벤더 꽃밭, 올리브 숲. 이것들은 절대 질리지 않아요."

"하지만 운영해야 하는 회사가 있잖아요. 프로방스는 기다려야겠네요?" 나는 숨을 참았다.

"당분간은요." 그의 표정에는 빈틈이 없었고 나는 그에게 진실을 들을 일이 없음을 알았다. 그가 무슨 이유로 내게 속을 털어놓겠는가.

"당신도 향수업계에 당신만의 발자취를 남기지 그래요? 원칙 따위는 없애고 당신만의 방식으로."

그는 한참 동안 침묵을 지키다 마침내 멀건 눈빛으로 나를 쳐다보았다. "아버지가 없으면 절대 예전과 같지 않을 거예요. 마법이 사라져버렸으니까요⋯⋯."

나는 내 억장이 무너지는 소리가 들렸다고 장담할 수 있었다. 도망치고 싶어 하는 마음이 그의 모든 세포를 통해 뿜어져 나오고 있었다.

"변명은 금지. 몸에 좋을 거예요." 렉스는 이렇게 얘기하며 아침 이 시각에 올라가기에는 너무 많은 계단 입구로 나를 떠밀었다. 우리는 여건이 허락하거나 틈이 생기면 한두 시간 동안 파리의 이곳저곳을 돌아다니고 있었다. 하지만 거기에 운동이나 지금 렉스가 보여주는 것처럼 뱅글뱅글 천국으로

까지 연결된 계단은 들어 있지 않았다.

"하지만 완벽하게 멀쩡한 케이블카가 있잖아요!"

"미스 아메리카, 전부 합해서 300개밖에 안 돼요."

"300개! 렉스, 이러고 나면 나는 며칠 동안 걷지도 못할 거예요!"

그는 웃음을 터뜨렸고 나를 살짝 찔렀다. "걸으면서 얘기해요, 미스 아메리카."

렉스는 생각보다 날렵해서 무슨 운동선수처럼 가볍게 계단을 올라갔다. 나는 후유증이 심각할 걸 알았기에 훨씬 천천히 걸었다. 사람들이 거의 숨도 헐떡이지 않고 달려 올라가며 비켜달라는 듯이 나를 노려보았다.

"왜 우리가 이러고 있는지 다시 한번 얘기해줄래요?" 나는 조깅하러 나온 사람들에게 거치적거리지 않도록 난간에 딱 붙어서 헉헉대고 따라가며 물었다.

"거기서 보는 파리의 풍경이 최고거든요. 이 복잡한 도시가 얼마나 거대한지 알 수 있어요. 그리고 사크레쾨르 대성당도 있고. 테르트르 광장도. 사랑의 벽도. 너무 커서 신발 속으로 파고드는 자갈도. 구불구불 뻗은 파리가 내려다보이는 그곳만의 조그만 세상 같아요."

"케이블카를 타고 갔으면 도시의 풍경을 볼 수 있었잖아요, 렉스. 이렇게 내 발만 보는 게 아니라."

"아, 미스 아메리카, 그러면 재미가 없잖아요. 이렇게 걸어 올라가야 살아 있음을 느낄 수 있고 피가 뜨거워지고 보람이 있죠."

"그렇군요." 이제는 한 걸음 내디딜 때마다 숨이 가빠져서 제대로 말을 할 수가 없었다.

그는 웃음을 터뜨렸다. "그래, 어떻게 돼가고 있어요?" 그는 내가 따라올 수 있도록 걸음을 멈추었다.

"뭐가요?" 나는 헉헉거리며 물었다.

"대회요. 당신은 심지어 그럴 필요가 없는 클레망틴한테까지 친절하게 대하면서 대회 운영진은 냉랭하게 대하는 눈치던데."

나는 그를 따라잡았을 때 가슴을 들썩이며 난간에 기댔다. 1, 2분 동안 숨을 골랐다. "운영진이 계속 귀찮게 굴잖아요." 나는 웃음을 터뜨렸지만 내 속마음이 그 정도로 드러났다는 데 조금 충격을 받았다. "엉뚱하고 매력적이고, 이렇게 낭만적인 일을 하면서 다들 너무…… 근엄해요. 나도 이게 일이라서 늘 재미있고 즐거울 수만은 없다는 건 알지만 그들은 뱅상의 의도와 엇박자로 가고 있는 것 같거든요. 그리고 뭐, 내가 단지 와일드카드로 참가 중이라는 뤼크의 말을 듣고 아직 화가 안 풀린 것도 있고요."

렉스는 콧잔등을 찡그렸다. "향수를 전문으로 배우지 않아서 와일드카드인 거잖아요."

"우리 할머니는 전문가가 아니라고 누가 그래요?"

그는 혀를 찼다. "미스 아메리카, 그들 기준에서는 정규 대학이나 학교에서 배워야 전문 교육이에요. 당신도 알잖아요. 당신이 이 대회에 참가한 이유는 그럼에도 불구하고 실력이 좋기 때문에, 실력이 엄청 좋기 때문이고 향수에 대해서 제대로 알고만 있으면 당신이 어디에서 배웠든 아무도 신경 쓰지 않아요."

그런 식으로 생각해본 적은 없었다. "그럴지도요."

"그들은 당신이 약점을 잡은 게 있어서 일부러 쌀쌀맞게 구는 거라고 생각해요." 그는 요란하게 낄낄거렸다.

"맙소사, 렉스, 다들 그렇게 느꼈을까요?"

"나라면 걱정하지 않겠어요, 미스 아메리카. 그들은 결국 세바스티앙의 부하 직원이고…… 결정을 내리는 사람은 그들이 아니라 세바스티앙이니까요."

나는 입술을 깨물었다. 그것도 얼마 남지 않은 얘기였다. 내가 아무리 렉스를 믿는다고 해도 어떤 얘기를 엿들었는지 털어놓을 수는 없었다. 왠지 그러면 안 될 것 같았다. 렉스는 몸을 돌려서 다음 층계참까지 달려 올라가기 시작했다.

나는 뒤에서 터벅터벅 걸음을 옮겼다. 와일드카드라는 단어에 너무 예민해지는 바람에 다른 걸 보지 못했다. 지금까지 내가 위축되는 바람에 다른 바보 같은 판단을 내린 적은 없었을까? 젠과 우리 둘 사이의 문제가 있었다. 그녀와 떨어져 있는 시간이 길어질수록 대화가 점점 줄었지만 살다 보면 바빠서 그렇게 되는 거 아닌가? 나는 처음부터 끝까지 그녀를 탓했지만 사실은 나에게도 절반의 책임이 있었다. 사람들은 변하기 마련이고 쌍둥이라고 해서 그녀의 1순위가 항상 내가 되어야 하는 건 아니었다. 그럴 이유가 없었다. 하지만 내게는 제임스가 위스퍼링 레이크스로 돌아오지 않았다면 어떻게 됐을지 언제까지고 궁금해하는 마음이 남아 있을 것이다. 그리고 그래도 괜찮았다.

"렉스." 나는 숨을 헐떡이며 말했다. "얼마나 남았어요?"

"알고 싶지 않을 텐데."

허파가 화끈거리고 근육이 욱신거리는 느낌에는 묘하게 치유 효과가 있었고 덕분에 머릿속이 좀 더 맑아졌다. 물론 내가 완벽하게 멀쩡한 케이블카를 바로 옆에 두고 계단으로 몽마르트르에 오르는 일은 두 번 다시 없겠지만 말이다.

"렉스-스-스!" 나는 오로지 그의 짜증을 돋우기 위해 이름을 불렀다.

"미스 아메리카, 콜롬비아 굼벵이가 당신보다 더 빠르겠어요. 얼른 움직여요!"

나는 웃음을 터뜨렸다. "꼭대기에서 큼지막하고 맛있는 애플 타르트 타탱이 나를 기다리고 있어야 할 텐데!" 이따 저녁 때 세바스티앙과의 엄청난 데이트 아니, 엄청난 만남을 앞두고 운동을 하면 도움이 될지 몰랐다. 그가 옆에 있을 때마다 생기는 긴장감이 어느 정도 해소될지 몰랐다.

나중에 나는 젠에게 전화를 했다. 렉스와 함께 몽마르트르를 걸었을 때부터 그녀 생각이 났다. 정말이지 진심으로 그녀가 보고 싶었고 그녀도 나만큼 내 생각을 하고 있을지 궁금했다.

"어디 갔었어? 하마터면 찾아오라고 사람을 보낼 뻔했잖아." 나는 어렸을 때 귀에 못이 박이게 들었던 할머니 특유의 농담을 흉내 냈다.

"아아, 미안해, 델. 너무 정신이 없었어! 문자는 받았는데 시차가 있으니까 연락하기가 어렵더라고. 너무 바빠서 날짜 가는 줄도 몰랐고."

사랑에 빠진 바보는 먹지도 못하고 자지도 못했다. 나는 그녀가 얼른 원래대로 돌아오기를 남몰래 빌었다.

"왜 그렇게 바빴어? 우드파이어드에서 일하는 시간이 늘었어?" 제니퍼는 동네 피자가게에서 일주일에 몇 번 야간 근무를 하고 낮에는 건축회사에서 일했다. 피자가게에서 구멍 난 자리를 메우려고 그녀에게 전화하면 뉴욕에 쓸 자금을 마련할 거라면서 항상 일하러 나갔는데…… 이제는 돈을 모으는 목적이 뭔지 알 수 없었다.

"응, 일도 그렇고 사는 게 전체적으로 그러네. 네가 떠난 지 100만 년은 된 것 같은데 아직도 한참 남았으니……."

"나한테 운이 따라주면 그렇겠지." 나는 쌍둥이 동생을 무척 보고 싶어 했지만 그녀는 딴 데 정신이 팔려 있었고 그것이 요즘 우리의 평소 상태였다.

"운이 뭐가 필요해! 너한테는 재능이 있는데."

나는 첫 번째 도전 과제에서 어떤 어려움을 겪었고 내 작품이 어떤 식으로 기대에 못 미쳤고 몇몇 참가자들이 얼마나 승부욕이 어마어마한지 설명했다.

"정말 기대에 못 미쳤던 거 맞아? 스트레스 때문에 그렇게 느껴지는 거 아니고? 익숙한 공간에서 벗어나 어디로 향해야 할지 알아보는 게 이번 모험의 목적이잖아. 너 자신을 좀 더 믿어봐, 델."

"나는 익숙한 공간에서 좀 더 성큼 벗어날 수 있길 바랐는데. 지금은 꼭 아등바등하는—"

그녀가 말허리를 잘랐다. "응, 뭔지 알겠어." 뒤에서 저음의 목소리가 들렸고 그녀가 수화기를 손으로 가렸고 지직거리는 소음이 들린 뒤에 그녀가 다시 돌아왔다. "뭐라고?"

다른 나라에 있으니 그녀가 어떤 기분인지 파악하기가 쉽지 않다. "네가 얘기를 하고 있었잖아." 나는 애써 밝은 목소리를 냈다. "할아버지는 어떻게 지내셔?"

또다시 뒤에서 그 목소리가 들렸다. 남자친구 제임스가 옆에서 얼쩡거리고 있어서 그녀가 내 얘기를 건성으로 듣는 걸까? "할아버지는 너 보고 싶어 하시지. 우리 모두 그래. 하지만 지금은 네가 빛을 발할 때야." 그녀가 말했다. "이제 그만 끊어야겠다. 사랑해. 그리고 믿음을 잃지 마, 알았지?"

"알았어, 그리고 한 가지 더 있는데……." 하지만 그녀는 이미 전화를 끊은 뒤였다. 이게 뭐지? 눈에서 멀어지면 마음에서도 멀어진다는 건가? 아니면 집에 무슨 일이 생겼는데 나한테 비밀로 하고 있는 걸까?

16

일요일 밤이 금세 찾아왔다. 너무 금세 찾아왔다. 지구상에서 가장 섹시한 남자와 파리의 근사한 음식점에 가고 싶지 않은 사람이 어디 있겠느냐고? 그게 바로 나였다! 덕분에 상황이 복잡해졌고 다른 참가자들이 딱 2분 지나면 이러쿵저러쿵하기 시작할 게 분명했다. 하지만 내가 안심해도 된다는 뜻이 될 수도 있었다. 내가 그다음 날에 짐을 싸야 한다면 그가 뭐하러 나에 대해서 알고 싶어 하겠는가. 그게 아니라 판정단이 아직 고민 중이라 결정을 내리지 않았다면 오늘밤이 내가 파리에서 보내는 마지막 밤이 될 수도 있었다.

시계를 보니 아직 55분을 기다려야 했다.

뭐, 솔직히 화장에 조금 더 공을 들이긴 했다. 그리고 옷차림도 센 강변의 앤티크 시장에서 릴라가 사야 한다고 했던 타이트한 루비색 원피스와 아찔하리만치 높은 까만색 하이힐을 선택했다. 제대로 걸을라치면 발에서 비명을 지르겠지만 그래도 기분은 끝내줬다. 이곳 여자들이 워낙 우아한 분위기를 자랑했고 나는 릴라의 응원에 힘입어 우아한 프랑스 여자를 좀 더 스타일리시하게 해석해나가고 있었다. 마레 북쪽의 조그만 가게에서 자기 발에 맞는데 반값인 하이힐을 발견했을 때 보통 여자라면 어떻게 하겠는가?

나는 곱슬곱슬한 머리를 폈다가 묶었다가 내렸다가 결국에는 포기했다. 마지막 몇 분 동안 거울 앞에서 입을 삐죽 내밀고 있다가 정신 차리고 이에 묻은 립스틱을 닦았다. 솔직히 이게 뭐하는 짓인가 싶었다. 기다리느라 살짝 넋이 나갔다.

마침내 문 두드리는 소리가 들렸다. 문을 열자 주니퍼베리, 오렌지, 베이스 노트로 쓰인 페퍼우드가 한데 어우러진 그의 향수 냄새가 맨 먼저 나를 강타했다. 고요한 밤, 진 토닉, 숲속의 통나무집과 장작불을 지피는 남자, 팔걸이에 펼쳐놓은 프랑스 시집이 떠올랐다.

우리는 서로 눈을 쳐다보았고 순간 세상이 멈추었다.

그가 누군지 모르는데, 잘 알지도 못하는 남자인데 심장이 세 배로 빠르게 뛰는 이유가 뭘까? 황당한 일이었다. 나는 손을 흔들고 몸을 꼼지락거리며 두근거리는 심장을 감추려고 애를 썼다. 향수 하나만으로 누군가와 사랑에 빠질 수 있다고 하면 어떤 여자로 보일까! 그런 향수가 모든 조향사의 꿈이지만 내가 후각의 덫에 걸려들 줄은 몰랐다. 향기의 조합일 뿐인데! 울랄라, 파리에 와서 내가 미쳐가고 있었다!

"오셨네요!" 나는 오랜 정적 후에 분위기를 수습하기 위해 오늘 밤이 아무 밤인 것처럼(사실 아무 밤이었다), 그가 오랜 친구, 그러니까 정신적으로 교감을 나누는 오랜 친구라도 되는 것처럼 명랑하게 인사를 건넸다. 파리에서 손을 잡고 대로를 거니는 연인들과 에펠탑 옆에서 까치발을 하고 얼굴이 상기된 애인에게 입을 맞추는 여자들을 보고 다녀서 이런 걸까? 서로 팔짱을 끼고 센 강변을 걸어가는 커플. 어디에서나 사랑이 꽃피는 낭만의 수도라 마음이 닫혀 있던 사람들도 꿈을 꾸게 되는 걸지 몰랐다.

"봉수아."

"들어오세요, 가서 핸드백 들고 올게요."

나는 그를 돌아가서 고리에 걸어놓은 핸드백을 집으려 하고 그는 한 걸음 앞으로 다가와서 양쪽 뺨에 입을 맞추려고 하는 바람에 우리 둘의 머리가 상당히 큰 소리를 내며 부딪쳤다. "아야." 나는 이마를 감싸며 말했다.

"데졸레, 델. 어디 봐요." 그는 내 얼굴을 손으로 감싸고 얼마나 다쳤는지 살폈다. 나는 아파서 눈물이 났다. 과연 이 남자 앞에서 사고를 치지 않고 그냥 지나가는 날이 오긴 할까?

"괜찮아요." 나는 가까스로 얘기했다. 그와의 간격 말고는 아무것도 생각나는 게 없었다. 나는 깊은 바다처럼 푸른 그의 눈을 들여다보는 실수를 저지르는 바람에 그대로 멈추었다. 그는 조그만 고향 마을에 사는 남자들과 전혀 달랐고 지금까지 내 가슴을 떨리게 만든 그 어떤 남자와도 180도 달랐다. 그는 향수 하나만으로 내 마음을 사로잡았고 미래를 상상하게 했다. 이건 미친 짓이었다. 뇌진탕에 걸려서 그런 걸 수도 있었다. 이런 기세라면 헬멧을 사야 할 판국이었다.

얼마나 다쳤는지 살피느라 그가 좀 더 바짝 다가왔고 그의 입술이 내 입술 바로 앞에 있었지만 전혀 아무 상관없었다. 그냥 두 입술이 서로 가까이 있을 뿐이었다. 전보다 더 가까워졌을 뿐이었다. 하지만 입술에 집착하는 사람이라면 그냥 지나칠 수 없는 입술이었다. 남자치고 상당히 도톰했고 지금처럼 진지한 순간에도 살짝 꼬리가 들려 있어서 잘 웃는 사람 같아 보였다. 소나무와 비슷하고 진 토닉을 연상시키는 주니퍼베리의 향이 그 부드러운 입술 위에 배어 있을까? 그의 혀에서 그 풀로 담근 술맛이 풍길까? 잠시 후에 나는 그의 아랫입술 바로 앞으로 다가가 있는 내 집게손가락을 발견하고 소스라치게 놀랐다. 어쩌려고 그랬을까? 그 손가락으로 그를 잡아당겨서 입이라도 맞추려고 그랬을까?

나는 눈을 동그랗게 뜨고 손을 얼른 거두었다. 그는 진 토닉을 마시지 않았다. 그건 그의 향기가 만들어낸 환상이었기 때문에 그 맛이 느껴질 리 없었다. 그의 향기 때문에 내가 상상의 나라로 후각 여행을 다녀온 거였다. 다른 사람도 아니고 내가 그런 것에 속아 넘어가다니!

그는 계속 강렬한 눈빛으로 쳐다보고 있었고 나는 다리가 풀릴 것 같았다. 나는 그런 눈빛을 감당할 수 있는 성격이 못 됐다.

"저기……."

"델……."

바로 그때 문이 벌컥 열리면서 클레망틴이 볼륨을 최대한 키운 목소리로 조잘거리며 들어왔다.

우리는 한 대 맞기라도 한 듯이 서로에게서 펄쩍 떨어졌다.

"울랄라, 깜빡하고―" 그녀는 말을 하다 멈추고 한 손으로 입을 가리더니 정신을 차리고 히죽거렸다. "이런 거였구나." 그녀는 팔짱을 끼고 설명을 기다렸고 나는 뭐라고 하면 좋을지 끙끙거렸다. 어쩌다 보니 그렇게 된 거였는데, 젠장!

세바스티앙은 내 허리에 손을 얹고 당황한 기색이나 추가 설명의 기미 없이 "봉수아, 클레망틴."이라고 했다. "우리 저녁 먹으러 가요. 클레망틴도 즐거운 저녁 시간 보내요."

"같이 저녁 먹는다고요? 판타스티크." 그녀가 눈을 번뜩이자 내 팔의 솜털이 쭈뼛 섰다.

"추가 멘토링 시간이에요."

내 심장이 쿵 내려앉았다. 이런 바보 같으니라고! 내 뺨이
화끈거렸다. 이건 데이트가 아니었고 주제는 항상 향수였다.
하지만 나도 그런 줄 알고 있지 않았던가?

17

　밖으로 나가 보니 칠흑 같은 밤하늘에 별들이 반짝이고 있
었다. 우리는 매시 정각에 불을 밝히는 에펠탑의 장관을 감
상하며 8구를 지나서 7구로 향했다.

　리넨 블레이저를 입은 세바스티앙은 어디로 보나 세련된
프랑스 남자였고 지나가던 여자들 몇몇이 다시 한번 홀끗 쳐
다보았다. 한 20분쯤 걸었을 때부터 나는 하이힐을 신고 절
뚝거리기 시작했고 아픔을 참느라 열심히 숨을 쉬었다. 파리
에서는 모두들 걸어 다녔다. 어쩌면 그들이 갓 구운 바게트
와 프로피테롤(속에 크림을 넣고 위에는 보통 초콜릿을 얹은 작은 슈크
림—옮긴이)을 산더미처럼 먹고도 날씬한 이유가 그 때문인지
몰랐다. 나도 고향에서 제법 걸어 다녔지만 대개 편안한 옷
에 등산화를 신고 호숫가를 돌았다. 여자들이 무슨 수로 하

이힐을 신고 걸어 다니거나 자전거를 타고 대도시를 가로지르는지 나로서는 알 수 없을 따름이었다.

관찰력이 뛰어난 세바스티앙은 내 불안정한 걸음걸이를 보고 말했다. "택시를 타야겠네요."

"택시 좋아요." 프랑스 여자 흉내 내기는 이쯤에서 접기로 했다. 그들은 치맛자락을 걷어 올리고 하이힐을 신고 마라톤을 뛸 수도 있겠지만 나는 20분도 버틸 수가 없었다.

택시 안에서 우리는 아무 말도 하지 않았다. 그와 단둘이 있다 보니 잡담을 나누는 것마저 쉽지 않아서 나는 차창에 기대어 아름다운 도시의 밤 풍경을 만끽했다. 그의 전화벨이 끊임없이 울렸다. 그는 들릴락 말락 하게 욕을 하며 휴대전화를 꺼버렸다.

식당 안으로 들어섰을 때 나는 세바스티앙의 손을 붙잡았다. 완벽한 어둠이 나를 맞았다. "앞이 안 보여요!"

"맞아요." 그가 내 손을 꼭 쥐며 말했다. "그게 당 르 누아르의 콘셉트예요. 칠흑 같은 어둠 속에서는 감각이 길잡이 역할을 하는데 시각 대신 미각과 후각을 믿어야 하죠. 향수를 만드는 것하고 닮은 부분이 많지 않나요?" 그가 나를 멘토링하는 데 공을 들이기로 마음을 먹은 걸까? 어째 향수 만들기 수업 냄새를 물씬 풍기는 상황이었다.

어떤 프랑스 사람의 목소리가 들리자 세바스티앙이 대답

했고 내 허리에 얹힌 손바닥이 나를 테이블로 안내했다. 그가 의자를 꺼내서 나를 거기에 앉혔다. 모든 게 수동으로 이루어졌고 나는 앞으로 고꾸라지거나 엉뚱한 남자와 합석을 할 가능성도 충분히 있었기 때문에 불평할 생각이 전혀 없었다.

"여기 직원들은 시각장애인이에요." 그가 나지막이 말했다. "그들의 세계를 이해하는 계기도 되죠."

와우. "다들 잘 걸어 다니는데요?" 그들이 돌아다니는 소리, 와인을 따르는 소리, 접시끼리 부딪치는 소리, 그들이 완벽한 어둠 속에서 음식을 서빙하며 프랑스어로 나지막이 중얼거리는 소리가 들렸다.

"다들 아주 능숙해요."

앞을 보지 못하니 세상이 축소됐지만 다른 감각, 특히 후각이 놀랍도록 예민해졌다. 가장 가까운 테이블에서 레드와인을 마시고 있는지 체리와 정향 냄새가 우리 사이의 공기를 물들였다.

기분이 묘한 동시에 해방감이 느껴졌다. "어떤 음식을 먹는지 무슨 수로 알아요?" 나는 허공에 대고 물었다. 어둠 속에서 먹고 마시려고 애를 쓰다 보면 내가 음식에 대해 가졌던 모든 선입견이 근본적으로 뒤집힐 것 같았다.

"예상하지 못했던 경험이 될 거예요." 그는 웃음을 터뜨렸다.

그 말과 함께 웨이터가 다가왔다. 발소리가 들렸고 그가 우리 테이블 앞에서 걸음을 멈추자 쉭 하는 바람소리가 났다. "안 드시는 음식이 뭔지 주방장님께서 알려달라고 하십니다."

세바스티앙이 테이블 너머로 내 손을 건드렸다. "이래서 예상하지 못했던 경험이 될 거라는 거예요." 그가 따뜻하기 그지없는 목소리로 말했다. "어떤 음식이 나올지 모르지만 좋아하지 않는 재료는 쓰지 않아요."

흥미로운 콘셉트라 뭐든 시도해보고 싶었다. 위스퍼링 레이크스에는 이런 음식점이 없었다. "주방장님이 추천하시는 음식이라면 뭐든 먹을게요."

"알겠습니다. 그럼 와인은요?"

"메뉴랑 어울리는 걸로 줘요." 세바스티앙이 말했다. 웨이터는 알겠다고 하고 바람소리를 내며 사라졌다.

나는 갑자기 앞이 다시 보이기라도 하는 듯이 계속 눈을 깜빡이다가 멈추었다. 주변에 사람들이 있다는 건 알았지만 그들이 보이지는 않으니 기분이 너무 이상했다.

"델, 앞으로 향수업계에서 어떤 일을 하고 싶어요?"

가볍게, 거의 천진하게 던진 질문이었지만 그 안에 실린 무게를 느낄 수 있었다.

"내 오디션 영상 안 봤어요?" 우리는 모두 자신의 일상을 소개하고 향수업계에서의 포부를 밝히는 영상을 보냈다. 인상적이고 아는 게 많고 영감이 풍부한 사람처럼 보이려고 애를 쓰며 계속 조잘대는 모습을 젠이 촬영한 그때가 내 평생 가장 고통스러운 10분이었다. 할머니 없이도 잘 대처해나가고 있는 듯이 연극을 한 그때가 말이다. 대회에 참가할 수 있을지 영상을 제출해보자고 한 것도 원래는 젠의 아이디어였다.

세바스티앙이 미소를 짓고 있는 것 같았지만 확실하지는 않았다. "위, 당연히 봤죠. 당신 영상이 가장 재미있게 본 것 중에 하나이기도 했고요. 파르퓌메리가 워낙 혼자 하는 일인데 당신의 작업 공간과 향수 오르간을 구경하고 할머니 얘기와 함께 당신은 어떤 식으로 향을 만드는지 들을 수 있어서 좋았어요. 저마다 걸어가는 길이 워낙 다르니까요."

그는 손을 거기 놓고 있었다는 걸 깜빡하기라도 한 듯 얼른 사과하며 손을 치웠다. 그의 손길이 거두어지자 내 살갗이 차갑게 식었다.

내가 어색한 침묵을 뭘로 채우면 좋을지 고민하는 동안 그가 말했다. "내 질문에 대답하지 않았는데요."

유감스러운 소식을 조심스럽게 전하려고 이러는 걸까? 내가 떠날 사람이라면 내 미래에 지대한 관심을 보이는 이유가 뭘까? 내일 짐을 싸야 할지 모른다는 생각이 들자 심장이 쿵쾅거렸다.

"내 계획들은 아직 희망사항이에요, 세바스티앙. 하지만 손을 내밀면 닿을 만한 거리에 있어요."

"왜 갑자기 소심해졌어요?"

상금이 없으면 꿈을 이루기 힘들어진다고 무슨 수로 얘기할 수 있을까? 동생과 함께 세운 원대한 목표가 물거품이 되었다고, 내가 몇 년 동안 모은 돈으로는 절반밖에 충당하지 못해서 젠의 도움 없이는 여력이 되지 않는다고, 가장 중요하게는 혼자 저지를 자신이 없다고 무슨 수로 얘기할 수 있을까?

"소심해진 거 아니에요. 그냥 신중하게 얘기하는 거지. 왜요? 제가 짐을 싸야 하나요?" 어둠 속이라 대담해졌고 금세 이런 분위기에 익숙해졌다.

"농, 농, 솔직히 나는 몰라요. 안다 한들 알려줄 수도 없고. 판정단의 점수를 아직 보지 않았어요. 내일 아침에 *마망*이 결과를 발표하기 직전에 확인하려고요."

"누군가를 집으로 돌려보내려면 얼마나 힘들지 상상이 안 돼요. 금세 떠날 생각만 해도 먹먹해서 숨이 쉬어지질 않거든요. 나는 집으로 돌아갈 수 없어요. 거긴 아무것도 없어요."

"그렇게 얘기하다니 뜻밖이네요. 나는 당신의 영상에 담긴 고향의 모습이 정말 좋았는데. 그 깨끗한 호수하며 인기척

하나 없는 것하며."

"바로 그게 문제예요, 아무것도 없다는 거. 너무 조용하다는 거."

"평화롭잖아요."

"지루하죠." 나는 고개를 저었다. 우리는 서로 전혀 달랐다. 내가 고향에서 탈출하려는 이유가 그런 식의 평화로움 때문이었다. 야생동물에게 향수를 팔 수는 없지 않은가. 나에게는 사람들과 바쁘게 북적거리는 대도시가 필요했다.

"대회를 열기로 한 이유가 뭐였어요? 아버지에게 약속했다는 건 알지만 지금 연 이유가 뭐예요?"

또다시 무거운 침묵이 흘렀고 한참 만에 그가 말문을 열었다. "올해 안에 여는 게 협상의 조건이었거든요. 아버지의 유지대로 대회를 열고 떠나는 걸로. 경영진에서 르클레르를 인수하면 나는 모든 권리를 넘기고 홀가분하게 떠날 수 있어요."

그가 솔직하게 털어놓을 줄은 몰랐다. 나는 몰랐던 일인 척해야 하는 걸 잊지 않았고 알고 있었다 한들 충격적이기는 마찬가지였다. "하지만 왜……? 상심한 마음을 달래느라 얼마나 힘든지 알지만 향수가 당신을 구원할 수도 있잖아요. 정신없이 빠져들고 싶을 때, 머릿속에서 포퓰러 말고는 모든 생각을 지워버리고 싶을 때 찾는 게 향수 아닌가요? 왜 그걸 모두 내동댕이치려고 해요?"

"그렇게 단순한 문제가 아니에요, 델. 그리고 날마다 여기서 추억을 마주하는 걸 감당하지 못하겠어요. 의미가 없잖아요. 아버지가 없으면 르클레르 파르퓌메리도 없는 거예요. 그 흔적만 남아 있을 뿐."

나는 뱅상이라는 수수께끼 같은 인물을 직접 만나지 못한 것이 아쉬웠다. 어느 면으로 보나 독특했던 그는 단순히 향기를 만드는 수준을 넘어 거기에서 연상되는 감정까지 소환하려고 했다. 예를 들면 바닷가에 놀러 간 순간을 포착하듯 모래성, 웃음소리, 눈부신 햇살, 굽이치는 파도의 짭짤하고 산뜻한 냄새, 그리고 무엇보다 모래사장에서 햇볕을 쐬며 흘러가는 삶을 감상할 때 느낄 수 있는 희열을 담으려고 했다.

어떻게 냄새로 웃음소리를 재현할 수 있을까? 첫사랑의 알딸딸한 느낌은 또 어떤가. 그게 과연 가능한 얘기일까?

뱅상은 '일을 하면 주변 세상이 어두컴컴해지고 오로지 후각에만 의존하게 된다'고 얘기한 적이 있었다. 재료를 혼합하며 상상의 나래를 펼치는 향기 여행이었다. 나도 그런 습성이 있었다. 향수를 만들면 날이 저무는 줄도 몰랐고 배가 고파서 참을 수 없을 지경에 이르러서야 바람을 쐬러 나왔다. 중요한 건 향기가 아니라 그 향기가 나를 어디로 데리고 가는지, 나를 어떤 식으로 바꾸어놓는지였다. 세바스티앙도 연구를 계속할 수 있었다. 어느 누구도 가능할 거라고 생각하지 못했던 작품을 만들 수 있을지 몰랐다.

"르클레르를 두 번 다시 사랑하지 못할 거라고 무슨 수로 장담해요? 새로운 아이디어와 테크닉을 갖춘 조향사들을 보면 영감이 떠오르지 않아요?" 나는 생각을 바꾸도록 설득하고 싶었지만 그는 마음의 문을 꽁꽁 닫고 자신은 이런 생활에 어울리지 않는다고 절대 확신하고 있었다.

"다른 사람들이 작업하는 걸 보고 있으면 흥미진진하긴 해요." 그가 말했다. "그리고 모든 참가자들에게 감동을 받았고. 하지만 대회가 끝나면 나는 모든 권리를 넘기고 자유로워질 거예요. 이기적으로 들릴지 몰라도 지금 내가 생각할 수 있는 건 그게 전부예요."

이해가 되지 않았다. 여기저기서 그를 찾는다는 거야 나도 아는 바지만 원하면 회사는 다른 사람에게 맡기고 혼자 골방에 틀어박혀서 향수를 만들 수 있지 않을까? 심지어 프로방스의 조그만 마을에서 그럴 수도 있는데! 그런데 모든 권리를 넘기겠다는 이유가 뭘까? 말도 되지 않았다.

"아버지가 평생 일군 업적을 내동댕이치겠다고 하면 그분이 뭐라고 하실까요?" 내 말이 너무 직설적이었을지 몰라도 이 남자는 원하면 뭐든 할 수 있는 잘나가는 회사를 박차고 나가려고 하고 있었다. 나도 할머니가 돌아가신 뒤로 한참 동안 절망의 늪에서 헤맸기에 도망치고 싶은 그의 심정을 이해했지만 나중에 후회할 거라는 것도 알았다.

웨이터가 다시 와서 와인을 따랐고 나는 어떤 와인인지 가늠해보았다. 풀 냄새와 허브 냄새가 나는 구스베리였다. "가슴 아파하시겠죠." 세바스티앙이 흔들림 없는 목소리로 말했다. "그리고 이해하지 못하실 테고요."

"왜요? 어떤 분이셨는데요?" 그도 세바스티앙과 비슷했을까? 마음을 먹으면 단호해졌을까? 그렇게 사생활을 보호받고 싶어 했을까?

"아버지는 젊은 조향사 시절에 '향수 제조의 원칙'을 따르지 않았기 때문에 놀림을 당했고 절대 성공하지 못할 거라고, 재능이 없다는 얘기를 들었죠. 하지만 불굴의 투지가 있었기에 절대 포기하지 않았어요."

나는 르 사방 푸와 자신의 재능을 공유하려는 엄청난 능력의 소유자를 말리려는 사람들을 상상하며 미소를 지었다.

"그럼에도 불구하고 전 세계를 통틀어 가장 유명한 조향사가 되셨잖아요." 나는 동경하는 목소리로 말했다. 어떤 점에서 보면 뱅상도 쉽지 않았지만 해냈다는 걸 알게 돼서 좋았다. 그는 누구든 열심히 노력하면 이 업계에서 성공할 수 있다는 걸 입증한 증인이었다.

"인내." 세바스티앙이 말했다. "그리고 열정. 아버지에게는 그게 있었고 아버지가 고집을 부리면 부릴수록 더 많은 사람들이 등을 돌렸죠. 하지만 대가가 따랐어요. 향수에 너무 몰두하는 바람에 결혼생활이 파경을 맞았거든요. 나는 가슴 아파하는 *마망*을 보며 사랑이 얼마나 깨지기 쉬운지 깨달았어요. 조향사들은 누구나 향수의 세계에서 길을 잃긴 하지만 아버지는 절대 돌아오지 못할 곳으로 건너갔죠. 나는 거기서 하지 말아야 하는 게 뭔지 배웠어요."

후추와 오렌지 껍질과 짙은 발삼이 섞인 세바스티앙의 오드 파르펭이 허공에서 너울거리는 가운데 나는 생각에 잠겼다. 그는 내가 짐작했던 것과 다르게 아버지와 그렇게 가까운 사이가 아니었을까? "향수를 만들다 보면 토끼굴 속으로 떨어지기 십상이죠. 며칠이 지났는지, 몇 주가 지났는지 잊어버리고……." 나는 달리 할 말을 찾지 못하고 명랑하게 얘기했다.

"몇 년이 지났는지도요." 그가 쓸쓸함이 느껴지는 목소리로 말했다.

내가 상상한 뱅상의 모습은 세바스티앙이 그린 그림과 달랐다. "그래도 꿈을 좇는 다정한 분 아니었어요?" 내 상상 속의 뱅상은 숱이 없는 백발에 눈에서는 매력이 반짝이고 수세기 동안 사랑받을 수 있는 향수를 만들었다는 사실을 아는 사람 특유의 비밀스러운 미소를 머금고 있었다.

"*위*." 그가 말했다. "아버지의 시간을 아주 잠깐이나마 훔칠 수 있으면 그 궤도의 별이 된 듯한 기분을 느낄 수 있었죠. 하지만 아버지의 방문은 항상 닫혀 있었어요." 한 음절, 한 음절에서 외로움이 묻어났다.

듣자 하니 뱅상은 아들의 가슴에 지울 수 없는 상처를 남긴 모양이었다. 아버지의 부재가 그의 인생 항로를 바꾸어놓았다. 우리 둘 다 과거의 깨진 조각들이 심장 속에서 덜그럭거리고 있다는 생각이 들었다.

"그래서 떠나고 싶은 거로군요……." 르클레르가 어떤 사람들에게는 유명한 일류 향수업체일지 몰라도 세바스티앙에게는 가슴 아픈 추억이 담긴 곳이었다.

"사람들은 모르지만 파리에서 일하는 동안 내 눈에 보인 거라고는 그 닫힌 문과 그 앞에 서서 왜 들어가지 못하는지 궁금해하는 어린아이뿐이에요. 잔인한 아버지였나 하고 생각하지는 말아줘요, 그건 아니었으니까. 다른 모든 건 빛을 잃을 정도로 일에 몰두하셨을 뿐이에요."

방문 틈새로 빛이 새어 나오는 곳에 서서 아버지가 관심을 기울여주길 기다리는 어린 세바스티앙의 모습은 너무 가슴이 아파서 상상하고 싶지 않았다. 그의 아버지는 정말로 아들을 위해 시간을 낼 수 없을 만큼 바빴을까? 그가 남긴 유산이라고는 외로움이 전부라는 걸 알았을까? 세바스티앙이 아버지의 사업을 잇지 않고 도망치고 싶어 하다니 안타까웠지만 이제는 조금 이해가 됐다.

"하지만 나중에는 같이 일을 하지 않았어요?" 나는 해피엔딩을, 반전을 기대했다.

"아뇨, 그렇지는 않았어요. 나는 내 작업실에서, 아버지는 아버지의 작업실에서 일했거든요. 내 작업실은 프로방스에 있어요. 내가 필요한 경우에만 파리에 왔고요." 이 사람들은 왜 그렇게 의사소통을 잘 못할까? 왜 문을 두드리며 관심을 보여 달라고 하지 못했을까? 하지만 나는 그렇게 간단한 문제가 아니라는 걸 알았다. 그 무렵에는 벽이 너무 높아졌고 자존심도 허락하지 않았을 것이다.

나는 서늘한 식당 안에서 몸을 부르르 떨었다. "부모님은 어쩌다 그렇게 되셨어요?" 나는 그들이 한참 전에 이혼했고 오렐리는 뱅상이 세상을 떠난 이후에서야 파리로 돌아왔다는 것까지만 알고 있었다.

"어머니가 다른 남자를 사랑하게 됐어요." 그가 흔들림 없는 목소리로 말했다. "아버지는 충격을 받았지만 평소 모습처럼 조용히 어머니를 보내드렸죠. 나는 어머니가 바란 것은 아버지가 당신을 위해 싸워주는 게 아니었을지, 당신을 봐주길 바란 게 아닐지 궁금해요. 어쩌면 어머니는 아버지의 관심을 얻으려고 그랬을지 몰라요."

"그건 아니겠죠. 그랬다면 아버님에게 얘기하지 않았을까요?" 어쩌면 모든 가족마다 감추고 싶은 비밀이 있고 무분별하게 행동하는 것이 우리 부모님만의 문제가 아닐 수 있었다. 우리 부모님은 온 세상 사람들이 볼 수 있도록, 모든 사고를 아주 투명하게 저지를 따름이었다.

"마망은 자존심이 셌거든요. 지금도 마찬가지라 그때 어떤 말이 오갔는지 얘기하지 않아요. 아마 파르퓌메리에 2순위로 밀려난 데 신물이 나서 다른 남자와 재혼하고 거처를 옮겼을 거예요. 그래도 아버지는 끝까지 어머니를 사랑했어요. 내게 남긴 마지막 말씀이 이거였거든요. *네 마망한테 나를 사랑한 순간이 단 1분이었다 해도 그걸로 충분했다고 전해주렴.*"

"가슴 아파요." 어떻게 그녀를 보낼 수 있었을까? 왜 그녀는 자기를 위해 싸워달라고 얘기하지 않았을까? 진정한 사랑을 놓치다니 비극적이었다.

"아버지는 회한이 많았어요. 그리고 가장 슬픈 건 뭔가 하면 아버지한테 내 감정을 얘기하지 않은 게 후회스럽다는 거, 이제는 너무 늦었다는 거예요. 아버지는 아버지의 부재가 우리한테 얼마나 심각한 영향을 미쳤는지 몰랐을 거예요. 우리는 아버지를 필요로 했는데 아버지는 그럴 수 있는 사람이 못 됐던 거죠. 아무튼······." 그는 당황스러워하며 웃음을 터뜨렸다. "내가 왜 이런 식으로 속을 털어놓는지 모르겠네요. 어두운 데 있으면 비밀을 공개하게 되나 봐요…… 미안해요."

"미안해할 것 없어요."

우리는 침묵 속으로 빠져들었다. 나는 우리 부모님과 관련해서 늘 유감스럽게 생각했던 부분들을 떠올렸다. 그들이 책임감이 없는 부모라는 것, 부모의 일반적인 기준에 부합하지 않는다는 것. 하지만 우리 부모님은 모험을 떠나지 않는 이상 늘 우리 곁을 지켰고 그들만의 방식으로 관심을 표현했다. 그리고 자신의 본모습을 감추지 않았고 나는 그들의 치부에도 불구하고 그들을 사랑했다. 물론 위스퍼링 레이크스라는 우물에서 벗어난 뒤에야 더 쉽게 사랑한다고 얘기할 수 있었지만 말이다.

"그럼 이제 본론으로 들어가는 게 좋겠네요." 그가 말했다. "당신은 놀라운 재능을 소유하고 있고 당신이 만드는 향수는 특별해요. 하지만 머뭇거리고 있어요. 이유가 뭐죠?"

나는 앓는 소리가 나오려는 걸 참았다. 그는 내 멘토였고 우리가 여길 찾은 이유는 그 때문이었다. 그는 내가 제출한 작품을 시향한 모양이었다. 당황스러움에 얼굴이 화끈 달아올랐고 어두운 곳이라 다행이었다. "너무 안전주의를 추구했고 실수를 깨달았을 때는 너무 늦어서 수정할 수가 없었어

208

요. 할머니를 떠나보낸 뒤로 감을 좀 잃었는데, 아무리 애를 써도 되찾지를 못하겠어요."

"안타깝네요, 델. 그래도 할머님께 워낙 잘 배웠으니 할머님의 가르침을 당신 자신의 것으로 만들어보면 어떨까요? 모험을 저질러봐요. 실험도 하고. 이 식당에서처럼 당신의 본능을 믿어야 해요. 무슨 음식을 먹는지 볼 수 없지만 향수를 만들 때처럼 감각이 당신을 인도할 거예요."

나는 대회에서 다시 한번 기회가 주어진 것에 대해 향수의 신들에게 속으로 감사기도를 드렸다. 나는 모험을 저지르고 좀 더 체계적으로 접근할 것이다. 감을 되찾을 것이다. 그래야만 한다면 간청이라도 할 것이다.

"그럴게요. 모험도 저지르고 틀에 박힌 사고방식에서 탈피할게요. 이제 막 시작했는데 집에 가긴 싫어요."

"알아요. 나도 당신이 떠나는 건 원치 않아요." 그가 이렇게 얘기했을 때 앙트레가 등장했다. 맛과 식감으로 어떤 음식인지 알아맞히는 것은 놀라운 경험이었다. 짭쌀한 포말이 묻은 관자와 신선한 허브인 듯했다. 이런 식으로 음식을 먹다니 짜릿했다. 나는 천천히 음미했다. 한 입, 두 입 먹을 때마다 심연 속으로 한 걸음씩 다가갈 수 있었다.

메인 요리가 나왔다. 오리 콩피를 넣은 진한 캐서롤이었다. 입 안에 넣자마자 녹았고 나는 행복에 겨운 한숨을 참는 게 고작이었다. 부드러운 흰강낭콩과 짭짤한 판체타와 바삭한 오리와 걸쭉하고 진한 소스를 음미했다.

"아 해봐요." 세바스티앙이 말했다. 나는 칠흑 같은 어둠 속에서 그가 시키는 대로 했다. 그가 한 손으로 내 턱을 감싸고, 내 것과 다른 자기 음식을 포크로 찍어서 천천히 조심스럽게 먹여주었다. 나는 무슨 요리인지 알아맞혀 보려고 했지만 그 순간의 관능적인 느낌에 정신이 팔려버렸다. 이렇게 짜릿한 경험은 처음이었다. 오늘 저녁은 여러 면에서 깨달은 게 많았고 나는 그 모든 것에 넋을 잃었다. 하지만 이게 프랑스인들의 또 다른 황당한 풍습일 수 있었다. 그들은 모두 음식을 나누어 먹기 때문에 거기에 특별한 의미가 담겨 있지 않을 수 있었다.

"뭐인 것 같아요?" 그가 물었다.

"천천히 익힌 쇠고기에, 아, 갈색이 되도록 볶은 양파, 허브……." 이것도 일종의 멘토링 테스트였을까?

"위." 그가 말했고 그의 말투에서 웃음기가 느껴졌다. "프랑스를 대표하는 음식이라 할 수 있는 비프 포토푀예요."

천천히 익힌 음식에서 여러 겹의 풍미가 느껴졌고 그 맛이 내 혀에 남았다. 그가 한 입 더 먹여주었고 나는 시간을 들여서 재료를 파악했다. 이번에는 베이스로 쓰인 육수와 감칠맛이 나는 골수와 젤리 같은 고기의 풍성한 맛을 느낄 수 있었다. 풍미가 폭발했고 이렇게 맛있는 음식은 두 번 다시 먹어 보지 못할 것 같다는 생각이 들었다.

"특별한 맛이에요." 나는 음식이 주는 편안함과 세바스티앙과 이 순간을 함께하고 있다는 데 마음이 따뜻해졌다. 그는 나에게 예상하지 못했던 경험을 선물하는 데 성공했고 그의 옆에 있으면 나는 다른 사람이 된 듯한 기분이 들었다. 조그만 시골의 아가씨에서 세상 경험이 많은 여행가로 서서히 변모하는 듯했다.

18

저녁식사를 마친 뒤에는 7구의 대로를 지나서 센 강변까지 걸어갔다. 나는 중간에 걸음을 멈추고 프랑스 에티켓이건 뭐건 간에 하이힐을 벗었다. 세바스티앙은 나를 곁눈질하고 함박웃음을 감추려고 했지만 나에게 들켰다. 쳇, 내가 아닌 다른 사람인 척할 필요 없었다.

밤이 깊어져 이리저리 바쁘게 오가는 사람들의 숫자가 줄자 파리에서 풍기는 특유의 자연친화적이고 축축한 흙냄새가 더 진해졌다.

우리는 자갈길을 지나서 밤새 도로 공사가 중단된 탓에 돌멩이가 드러난 지점에 다다랐다. 맨발로 거길 어떻게 돌아갈까 하고 고민하는데 세바스티앙이 놀라우리만치 가뿐하게 나를 안는 바람에 내 입에서 헉 소리가 났다.

"놀라게 해서 미안해요." 그가 말했다. "돌멩이 때문에 당신이 다치는 게 싫었어요."

나는 정수리까지 시뻘게졌다. 그의 입술이 내 입술 바로 앞에 있었고 가까이서 보니 그가 전보다 더 매력적이었다. 어떻게 그럴 수 있을까? 나는 그의 어깨에 머리를 기대고 싶은 충동을 참으며 그를 올려다보았다. 올려다보았다고? 이게 다 와인 때문이었다.

"고마워요, 이제 괜찮을 거예요." 그의 품에 안겨 있으려니 몸이 떨리고 뜨겁고 따끔거리는 아주 이상한 증상이 나타났다. 내가 뭘 몰랐다면 사랑의 첫 단계라고 생각했을지 모르지만 그건 불가능한 얘기였다. 그는 다름 아닌 내 멘토였다. 그것으로 끝이었다. 그가 부드럽게 나를 바닥에 내려놓자 땅이 살짝 흔들렸고 아주 잠깐 동안 주변이 뱅글뱅글 돌았다. 내가 마신 와인에 뭐가 들었길래 이럴까? *정신 차려, 멜!*

나는 눈을 감고 자는 것처럼 셔터를 내린 어두컴컴한 가게들을 멍하니 바라보며 앞으로 걸어갔다. 서점에서 만난 오세앙의 말이 맞았다. 파리에는 살갗 속으로 파고들어 이 도시와 말로 설명할 수 없는 사랑에 천천히 빠져들게 만드는 매력이 있었다. 이곳에는 옅은 분홍색 꽃이나 비단결 같은 햇살만 있는 게 아니라 북적거리는 여느 도시처럼 상처가 있었고 쓰레기통은 넘쳐났고 공원과 잔디밭에서는 악취가 풍겼지만 그래서 더 현실감이 있었고 밤하늘을 배경으로 이 세련된 도회지의 아름다움을 발견하는 묘미가 있었다.

"거의 자정이 다 됐네요." 세바스티앙이 손목시계를 보고 말했다.

통금! "설마요!" 초반의 어색했던 순간이 지나자 시간이 쏜살같이 흘러갔다. 우리는 쉴 새 없이 대화를 나누었고 나는 대회 주최자나 가업 후계자의 측면뿐 아니라 인간적인 측면에서도 그를 알게 된 듯한 기분이 들었다.

"이제 호박으로 변하나요?"

나는 웃음을 터뜨렸다. "그럴지도 모르죠!" 그와 함께 새벽까지 걷고 싶었지만 현실 감각과 이성이 승리를 거두었다. "이제 숙소로 돌아가야겠어요. 경험상 하는 얘기지만 내일 탈락하면 모를까, 그렇지 않은 이상 다음 일주일에 대비해서 정신을 바짝 차리고 있어야 하겠더라고요."

"얼굴 마사지도 마저 받아야 하고요, 응?" 그의 눈이 웃음기로 반짝거렸다. 젠장! 그 여자가 세바스티앙한테 얘기한 모양이었다!

"그건 방해공작이었어요!"

그는 장난스럽게 입술을 오므렸다. "방해공작?"

망할! 일부 참가자들이 얼마나 비열하게 구는지 그에게 장

황하게 설명하고 싶은 마음은 없었다. 그랬다가는 내가 역풍을 맞을 수도 있었다. 고자질하는 건 옳지 않은 선택이었기에 나는 얼른 말을 바꾸었다. "나를 다른 손님이랑 착각했는데 제때 거기서 빠져나오지 못했어요. 그런 서비스를 제공하고 청구서를 내미는 건 옳지 않다고 생각하기 때문에 호텔 측에 그렇게 얘기할 작정이에요." 나는 팔짱을 끼고 턱을 내밀었다.

그는 웃음을 터뜨렸다. "당신 같은 사람은 처음이에요, 델. 당신이 탈락하지 않았으면 좋겠네요. 요즘 들어 웃을 일이 별로 없었는데 당신이 등장했거든요."

내 가슴에서 경련이 일었다. 뭐라고?

"당신이랑 당신이 벌이는 참사가 없으면 전과 같지 않을 거예요."

맙소사. 참사를 부르는 여자, 그게 바로 나였다.

"실망시키지 않을게요."

"농담인 줄 아는 모양이네요." 그는 침울하게 고개를 저었다.

우리는 파리와 향수와 그 사이의 모든 것에 대해 조잘거리며 아파트로 돌아갔다. 우리의 걸음걸이는 더뎠다. 나는 옆구리에서 하이힐을 대롱거리며, 프랑스 여자들의 그 자연스러운 스타일을 포기하는 한이 있더라도 다시는 그런 구두를 신지 않겠노라고 다짐했다.

입구에서 우리는 서로 마주 보았다.

"저녁 고마웠어요. 정말 잊지 못할 경험이었어요."

"그랬다니 영광이네요." 그가 말하며 시선을 뗄 수 없는 그 강렬한 눈빛으로 나를 쳐다보았다.

"자, 그럼." 나는 그 자리에서 꼼짝할 수가 없었다.

비밀을 공유하고 났더니 그와 좀 더 가까워진 듯한 기분이 들었다. 아무것도 보이지 않는 곳에서 저녁을 먹으면서 왠지 모르게 유대감이 생겼다. 나는 아주 진지하게 포장하지 않았을 뿐 그게 멘토와의 시간이라는 걸 알았지만 그래도 상상했던 것보다 훨씬 훌륭했다.

"내일 만나요." 그가 말했다.

"네, 내일 만나요." 향수의 신이시여, 저를 집으로 돌려보내지 마소서!

"잘 자요."

"당신도요."

그가 뺨에 입을 맞추려고 다가왔지만 내가 얼굴을 돌리는 바람에 입술끼리 서로 부딪쳤다. 몇 초 동안 우리는 그렇게 입술을 맞대고 있었다. 그의 체온과 내 입술에 닿은 그의 부드러운 입술과 얼마 되지 않는 거리 때문에 내 온몸이 그를 원하는 마음으로 따끔거렸다. 의도한 일은 아니었고 우리 둘 다 충격을 받은 표정을 지었다.

"미안해요!" 내가 말했다.

"파르동!"

"내 실수였어요, 미안해요. 나는 그냥……." 내가 오른쪽, 왼쪽 둘 중 어느 쪽에 뽀뽀를 하려다 그렇게 됐는지 모르겠다!

"미안해할 것 없어요." 그가 말했다. 그는 내가 자기한테 키스하려고 했다고 생각할까? 단순한 착각이었다. 양쪽 뺨에 입을 맞추는 프랑스식 인사가 계속 헷갈려서…….

위에서 클레망틴이 갑자기 불을 켜는 바람에 나는 깜짝 놀랐다.

"12시하고 10분이 지났는데……." 그녀는 혀를 차고 다시 불을 껐다.

그녀의 잔소리는 듣고 싶지 않았다. 나는 얼른 세수를 하고 그날 저녁에 있었던 사건들 때문에 정신없는 머리를 달래며 침대 속으로 들어갔다.

몇 시간 동안 계속 이리저리 뒤척거리다 결국 포기하고 일어나 옷을 갈아입고 새벽이 오기 전, 흐릿한 빛에 잠긴 파리를 거닐었다. 모두 셔터를 내린 고요한 도시, 차가 다니지 않는 도로, 행인이 사라진 거리가 가슴이 아리도록 아름다웠다.

이 도시는 노래가 끝나서 누군가가 다시 태엽을 감아주길 차분하게 기다리는 뮤직박스였다.

나는 생각에 잠긴 채 정처 없이 걸음을 옮겼다. 시간이 흘렀다. 조만간 아침을 먹고 탈락의 가능성을 마주해야 하는 순간이 닥칠 것이었다. 나는 좋아하는 장소들을 얼른 한 바퀴 돌아보기로 작정하고 마르스 광장에서 에펠탑을 거쳐 이에나 다리를 지나 트로카데로 정원으로 건너가서 만일에 대비해 파리와 혼자만의 작별인사를 했다.

8시가 조금 넘은 시각에 아침을 먹으러 돌아가 보니 놀랍게도 거의 전원이 식당에 있었다. 심지어 올빼미들마저 종달새들과 함께 일어나 있었다. 긴장된 분위기였다. 캐스린은 경직된 미소를 짓고 있었고 릴라는 가만히 있지 못하고 꼼지락거렸고 클렘은 여느 때와 다르게 조용했다. 다들 불안해서 어쩔 줄 몰라 했다.

그 틈바구니에서 렉스가 보이기에 그쪽으로 다가갔다.

"미스 아메리카." 그는 천천히 미소를 지었다. "걷고 왔어요?"

"잠이 안 와서요." 나는 마주 미소를 지었다. "당신이야말로 웬일이에요? 우리 같은 하찮은 인간들하고 아침식사를 같이 하는 게 처음이지 않나요?"

"그런가?" 그는 트레이드마크와도 같은 함박웃음을 지었다. "이 노구는 아마추어처럼 어이없이 안절부절못하는 단계를 지난 줄 알았는데 나도 잠이 안 오더라고요. 내가 생각보다 이 대회에 신경 쓰고 있었나 봐요."

나는 걱정 말라는 듯이 그의 팔을 토닥였다. "그런가 보네요."

"그런데 의구심의 악마와 싸우고 있어요. 이 나이에 뭐하러 이런 귀찮은 일을? 여기서 얻고 싶은 게 뭔데? 하지만 나이 지긋한 마법사처럼 포션을 다시 한번 섞어봤더니 내가 이일을 왜 그렇게 사랑하는지 기억이 나더군요."

렉스에게서는 부성애 비슷한 게 느껴졌다. 그는 믿을 수 있을 것 같았고 내가 정당하게 대하면 그도 나를 그렇게 대할 거라는 생각이 들었다. 그 옛날에 어떤 계기로 그가 방랑의 길을 나섰는지 여전히 궁금했다. 전 세계를 여행하며 세계 시민으로 살면 재미있을 것 같기는 했지만 외롭다거나 어느 한 곳에 뿌리내리지 못하는 식의 단점도 있을 것이다.

내가 그 부분에 대해 물어보기도 전에 오렐리가 들어와서 결과를 발표할 테니 응접실로 모여달라고 했다.

"행운을 빌어요, 미스 아메리카." 그가 말하고 내 손을 꼭 쥐었다.

"고마워요, 당신도요."

클레망틴과 시선이 만나자 나는 윙크를 날렸다. 그녀는 눈 깜빡할 새 예전의 구제불능으로 돌아갔다. 새파란 눈이 반짝이는 걸 보면 그녀 안의 말썽꾸러기가 깨어났음을 알 수 있었다. 그녀는 좌우를 헤치며 나에게로 다가와 팔짱을 끼고 모두의 관심이 쏠릴 만큼 큰 소리로 속삭였다.

"아나스타샤가 떨어지길 바라자, 응?" 그녀는 아나스타샤를 노려보더니 톡 쏘아붙였다. "나 여기서 단둘이 얘기하는 중이잖아, 보면 모르겠니?"

아나스타샤는 눈을 부라리며 맞받아쳤다. "그럼 목소리를 반으로 줄이지 그래, 클레망틴? 사크레쾨르 대성당까지 다 들리겠다."

클레망틴은 비웃었다. "이미 얘기했다시피." 그녀는 내 쪽으로 다시 고개를 돌렸다. "아나스타샤였으면 좋겠어. 내가 사는 동네에서는 세 가지 재료로 제대로 된 향수를 만들 수 없다고 보거든. 파르푕의 본고장인데 말이지."

나는 클렘의 팔을 잡은 손에 힘을 주며 입 다물라는 신호를 보냈지만 그녀는 아랑곳지 않았다.

"그리고 리츠 호텔에서 너한테 그런 식으로 물 먹인 걸 생각해봐, 델! 그녀가 너를 어떤 식으로 방해하려고 했는지 진작 세바스티앙한테 얘기를 했어야 하는 건데."

아나스타샤는 몸을 숙이고 클렘의 얼굴을 향해 손가락질했다. "신경 끄시지. 아니면 나는 릴라가 파리지앵이 알려주는 길로 갔다가 어쩌다 베르사유까지 가게 됐는지 얘기할 테니까. 그건 사기거든, 내 기준에서는."

그들은 치열하게 티격태격했고 클레망틴이 나를 가리키며

손을 흔들어댔지만 나는 휘말리지 않고 멀찌감치 거리를 두었다. 정말이지 둘 다 야비한 성격이었고 그걸 즐기는 눈치라 더 끔찍했다.

세바스티앙이 들어오자 이내 모두들 숨을 죽였다. 내 심장이 어찌나 두근거리는지 사방에 다 들릴 것 같았다. 곧바로 오렐리가 따라 들어왔다.

공포가 가슴속을 훑고 지나갔다. 문득 내가 탈락할 게 분명하다는 생각이 들었고 안전주의를 추구했던 게 후회스러워졌다. 떠나려면 가슴이 찢어질 텐데 이러고 나서 무슨 수로 집으로 돌아갈 수 있을까?

"다들 어서 와요." 세바스티앙이 인사를 건네며 한 명씩 차례대로 응시하는데, 내 차례에 다다르자 남들보다 훨씬 빨리 시선을 돌렸다. 나한테 속마음을 털어놓은 걸 후회하는 걸까?

오렐리가 마이크를 넘겨받았다. "안타깝지만 우리 조향사 중에서 한 분에게 작별 인사를 해야 할 시간이 되었네요. 결정하기가 쉽지 않았다는 걸 알아주었으면 해요. 투표가 막상막하였어요. 결과에 상관없이 여러분 모두 자부심을 느껴야 해요."

겉보기에 세바스티앙은 침착했지만 결과를 발표하려니 그도 심란한 듯 잔뜩 걱정하는 눈빛이었다. 하지만 멘티인 나를 떠나보내면 후련하지 않을까?

내가 괴로워하는 눈빛으로 렉스를 쳐다보자 그는 나일 리 없다는 듯 고개를 저었다.

오렐리가 손깍지를 끼고 말했다. "각설하고 1등부터 차례대로 등수를 발표할게요."

여기저기서 속삭임이 들렸고 불안이 고조됐다.

"우리를 가장 감동시킨 향수는 렉스의 작품이었어요. 맡는 순간 희망으로 가득한 이국적인 곳, 숲이 우거진 열대지방의 어느 곳으로 우리를 데려가더군요." 나는 놀라서 입을 'O' 모양으로 벌리고 있는 클렘을 흘끗 훔쳐보았다. "2등은 릴라. 새로운 하루를 찬양하는 숨 막히는 향기를 만들어냈어요. 3등은 인상적인 향기로 반짝이는 별을 표현한 아나스타샤." 그 말을 듣고 클렘은 깔깔대고 웃었다. "4등은 유일하게 남성적인 향수를 만든 클레망틴. 원시적이고 톡 쏘는 허브 향이 판정단에게 좋은 평가를 받았어요."

나는 렉스나 릴라를 쳐다보지 못했지만 친구들의 걱정 어린 시선을 느낄 수 있었다. 남은 순위가 둘뿐이었고 나 아니면 캐스린이었다.

오렐리가 잠깐 말을 멈추고 아쉬움 가득한 표정으로 종이에서 고개를 들었다. "다음 두 참가자는 아주 박빙이었어요, 호명하기 어려울 정도로. 판정단끼리 의견이 엇갈려서 결정을 내리기가 더 어렵기도 했고요. 심사숙고 끝에 올바른 결정을 내렸을 거라고 믿어요." 그녀의 시선이 다시 종이로 향했다. "5위는 델이에요. 그러니까 안타깝지만 캐스린, 당신이 여기서 보내는 시간은 이걸로 끝이에요. 앞으로 행복한 일들이 가득하길 기원할게요……." 캐스린을 흘끗 쳐다보니 입을 떡 벌리고 있었다.

맙소사, 하마터면 큰일 날 뻔했잖아……. 눈을 감는데 안도감이 밀려들었다. 하지만 내 향수가 요구 조건을 제대로 충족시키지 못했다는 걸 알았으니 실망감으로 두 어깨가 무거워졌다.

나는 캐스린과 포옹하고 작별 인사를 하기 위해 그 자리에 남았다. 안 그래도 창백한 그녀의 얼굴이 더 하얘졌다. 안쓰러워서 조금 가슴이 아팠다.

캐스린은 눈물을 참느라 입을 굳게 다물었고 모두들 중얼중얼 작별 인사를 하며 연락하자고 했다. 그녀는 누가 봐도 충격을 받은 표정이었고 주변이 그 충격으로 펄떡거렸다.

나는 캐스린을 포옹했다. "정말 미안해." 얼마나 근소한 차이였는지 알았기에 죄책감이 내 옆구리를 찔렀다.

"괜찮아, 델."

캐스린이 등 뒤로 손을 흔들며 떠나자 응접실이 고요해졌다.

나는 젠에게 전화하고 싶어서 몸이 달았지만 다음 챌린지가 임박했으니 오늘 저녁은 되어야 시간이 날 것이었다. 하

지만 분발하지 않으면 다음 탈락자는 나였다. 이렇게 일찌감
치 떠나도 될까? 배워야 할 게 한참 많이 남아 있었다.

19

캐스린이 떠나자 오렐리가 주목해달라는 뜻에서 박수를 쳤다.

"이제 두 번째 도전 과제를 발표할게요. 이번 주에는 멘토와 같이 향수를 만들어보세요. 이번에는 파리를 돌아다닐 필요가 없어요." 그 얘기를 듣고 다들 안도의 한숨을 내뱉었다. 관광을 할 수 있어서 좋기는 했지만 다들 몇 킬로미터를 달렸고 나는 그 뒤로 며칠 동안 다리가 무거웠다. "그 대신 차를 타고 프랑스 곳곳의 여러 지방으로 가게 될 거예요. 뱅상은 훌륭한 향수는 재료에서 시작된다고 생각했거든요."

나는 뱅상이 어떤 신조로 재료를 수급했는지 읽은 적이 있었다. 라벤더는 프로방스의 무농약 재배지에서, 장미 꽃잎은 노르망디의 유기농 농장에서 공급받았고 그 경우, 장미는 그냥 장미가 아니었다. 르클레르에는 엄격한 품질 관리 프로그램이 있었고 그것이 향수에 반영됐다. 일부 대규모 향수제조업체에서는 원가 절감을 위해 온실 재배된 장미를 썼지만 그건 뱅상이 소중하게 여긴 모든 원칙에 위배되는 행위였다.

그는 프랑스 곳곳을 직접 돌아다니며 시간을 들여서 알맞은 라벤더 꽃밭과 가장 훌륭한 나뭇진, 발삼, 향신료, 풀, 과일, 기타 등등을 구할 수 있는 화훼 농장을 찾았다. 추수가 끝나면 추출이 시작됐고 이후에 우리 조향사들의 배합을 거쳐 숙성으로 넘어갔다. 이 모든 과정의 성패가 수준 높은 생산자들의 손에 좌우됐다.

"따라서." 오렐리가 신이 나서 속삭이는 참가자들 위로 말을 이었다. "장소는 다음과 같아요. 릴라는 그라스, 세바스티앙의 삼촌이 운영하는 우리 공장이 있는 곳이에요. 도착하면 어떻게 하면 되는지 설명을 들을 수 있을 거예요. 델은 프로방스, 아나스타샤는 니스, 렉스와 클레망틴은 보르도."

"왜 우리는 둘 다 거기로 가요?" 클레망틴이 입을 삐죽 내밀고서 물었다.

"왜요?" 오렐리가 되물으며 클레망틴을 한참 동안 쳐다보자 나는 나오려는 웃음을 참았다. 클레망틴은 정신없이 방해 공작을 펼칠 것이다. 하지만 렉스는 태평스럽게 보일지 몰라도 빈틈이 없었다. 어쩌면 운영진에서 클레망틴의 속셈을 간파하고 렉스를 대항마로 집어넣은 것일 수 있었다. 게다가 멘토들이 함께 갈 테지만— 그들이 과연 클레망틴과 일주일 동안 버틸 수 있을까? 나는 그녀와 그녀의 계략을 생각하며 고개를 저었다. 그녀에게는 그 어떤 것도 신성하지 않았다.

"한 시간을 드릴 테니까 짐 챙기세요, 기사들이 밖에서 기다리고 있어요. 금요일에 돌아와서 또 다른 유명한 조향사의 수업을 들을 거예요."

나는 세바스티앙과 시선을 마주치려고 했지만 그는 르클레르 직원과 얘기하는 중이었다. 하마터면 키스할 뻔한 사건 이후로 어색하게 프로방스로 가기는 싫었다. 하지만 오늘 아침에 그는 일부러 나를 못 본 척하는 듯이 느껴졌다. 나는 그런 거 못 하는 줄 아나! 유치한 감정놀음과 어설픈 언쟁을 벌일 시간이 없었다. 하지만 그가 멘토이다 보니 상황이 복잡해졌다.

응접실을 나섰을 때 나는 뒤에서 렉스에게 축하인사를 건넸다. "축하합니다, 선생님. 정말 대단하세요."

그는 씩 웃었다. "아, 운이 좋았죠. 그뿐이에요."

"엄청난 작품이었으니까 대수롭지 않은 척하지 말아요. 당신은 1등할 자격이 있어요. 향수 이름이 뭐였죠?"

"호프요."

"렉스, 당신한테는 희망이 어떤 향이에요?"

"야자수 이파리 아래의 시원한 그늘, 신선한 망고주스, 모래와 바람과 햇빛과 그늘, 하지만 무엇보다도 산들바람을 타고 날아오는 한 줄기 희망, 소원 성취를 몇 발짝 남겨두고 있는 아가씨죠."

나는 미소를 지었다. "그러니까 희망이 있다, 이거로군요? 아가씨랑?" 렉스에게는 정리하지 못한 과거가 있는 모양이었다. 그는 마치 누군가를 떠올리는 것처럼 가끔 우울해 보일 때가 있었다. 해변에서 만난 여인이려나?

"아니에요, 나는 과거 속에서 사는 늙은이인걸."

"그 정도로 늙지는 않았어요, 렉스!"

"당신네 젊은 아가씨들에 비하면 늙었죠."

그는 고민을 털어놓을 마음의 준비가 아직 되지 않은 모양이었다. "그럼 어떤 식으로 희망을 병에 담아서 그 느낌을 전달할 수 있게 했어요?" 나는 감정을 병에 담는 문제로 여전히 애를 먹고 있었다. 그게 얼마나 중요한지는 알겠지만 다른 사람에게도 그 느낌이 잘 전달될지 무슨 수로 알 수 있을까? 할머니도 사랑을 병에 담고 싶어 했지만…… 과연 가능한 얘길까? 사랑의 향이 저마다 다르다면? 우리가 만든 향수가 사랑의 느낌에서 영감을 얻은 것이기는 했지만 그게 누가 봐도 사랑은 아니었다.

"그게 관건이에요, 델. 모든 것이면서 아무것도 아닌 것. 과감하게 시도하고 나의 의도를 사람들이 이해해주길 바라는 수밖에 없어요. 나 같은 경우에는 그냥 우라지게 운이 좋았지만 그들이 이해해주길 희망하기는 했죠." 그는 그 단어를 쓰며 미소를 지었다.

나는 이 우라질 수수께끼를 스스로 풀어야 한다는 걸 알았기에 고개를 저었지만 향수가 그랬다. 가끔 더할 나위 없이 복잡한 방정식처럼 풀 수 없는 경우가 생겼다. 게다가 처음부터 끝까지 주관적이었으니.

"보르도 잘 다녀와요."

"얼른 튀어 나가서 귀마개 좀 사야겠어요. 프랑스에서 만든 부르고뉴 와인을 전부 동원해도 클레망틴의 목소리를 잠재울 수 없을 테니."

나는 그들의 불꽃 튀는 설전을 상상하며 웃음을 터뜨렸다.

"가요, 미스 아메리카. 다 부숴버려요, 알았죠?"

나는 그를 얼른 안았다가 놓았다. "주말에 만나요."

짐을 싸서 준비하고 차가 기다리는 곳으로 가보니 세바스티앙이 주머니에 손을 넣고 길거리를 살피며 장난감 병정처럼 뻣뻣하게 서 있었다.

"델." 그가 말했다. "왔군요." 별것 아닌 이 두 마디에 내 심장이 쿵쾅거렸다. 젠장.

"네."

"다시 한 주 동안 안심할 수 있게 됐네요."

"정말 다행이에요."

"아슬아슬했어요."

"그러게요. 너무 아슬아슬했죠. 판정단의 선택이 옳았다는 걸 이번 주에 보여줄 거예요."

"나는 당신이 그럴 수 있다는 걸 알아요, 델. 당신에게는 재능이 있어요. 그건 의심의 여지가 없어요." 그가 내 눈을 물끄러미 들여다보자 향수 생각은 내 머릿속에서 모두 빠져나가버렸다. 그는 지구상에 인간이라고는 나 하나밖에 없는 듯이 나를 바라보았다. 그에게는 그러한 강렬함이 있어서 바보처럼 멍하니 마주 보고만 있지 말고 뭔가 말을 하라고 나 자신을 다그쳐야 했다.

지금까지 딴 데 정신이 팔려서 헤매고 있었기에 다시는 집중력을 잃지 말자고 다짐한 참이었다. 하지만 젠장, 이 남자 옆에 있으면 심장이 자기 멋대로 춤추는 걸 어쩌면 좋단 말인가? 어젯밤에 얼떨결에 한 입맞춤이 생각나서 내 입술 쪽으로 손을 가져가다가 정신을 차렸다. 그의 향수 때문이었다, 그뿐이었다. 그의 체취가 너무 좋아서 슬금슬금 착각의 세계로 빨려 들어가는 거였다.

"이제 프로방스네요." 내가 말했다. 역시 나는 대화의 귀재였다.

"가보면 마음에 들 거예요, 델. 적어도 내가 생각하기로는요. 그리고 어젯밤 일은—"

맙소사, 드디어 시작이로구나. 나는 한 손을 들어서 그를 막았다. 있어서는 안 될 일이었다고 그의 입으로 얘기하는 걸 듣고 싶지 않았다. 나도 알고 있었고 그래서 굴욕적이었다. 두 번 다시 실수하는 일이 없도록 클레망틴에게 뽀뽀 인사 에티켓이 어떻게 되는지 물어봐야겠다. 하지만 왼쪽 먼저라 한들 누굴 기준으로 왼쪽일까? 프랑스의 어느 지역에서는 세 번 뽀뽀를 한다는데 파리는 아니었다. 이러니 헷갈릴 수밖에!

"미안했어요. 어느 쪽부터 키스를 해야 하는지, 아니 키스가 아니라 뽀뽀를 해야 하는지 잘 몰라서 헷갈렸어요. 당신도 나더러 그랬잖아요, 사고뭉치라고. 내가 당신 귀나 뭐 그런 데 키스, 아니 뽀뽀하지 않은 걸 다행으로 생각하자고요."

그의 눈빛에 내가 느끼는 당혹감이 고스란히 반영됐다. "위, 실수였어요. 어쩌다 보니 벌어진 일을 가지고 비난당하는 걸 내가 워낙 싫어해서요. 당신의 멘토이자 르클레르 대표로서 부적절한 행동이었으니까요."

"그럼요." 나는 얼굴을 가리고 도망치고 싶었다. "나에게는 이번 대회가 그 어떤 것보다 중요해요. 대회도 당신 평판도 위험에 빠뜨리는 일이 없도록 할게요."

그는 미안하다는 듯이 미소를 지었다. "그…… 그러는 게 좋겠죠."

가지지 못할 남자를 두고 애태우는 게 나의 주특기였다. 이건 누가 봐도 짝사랑이었고 그는 그의 궤도 안으로 들어온 클레망틴과 다른 여자들에게 그랬듯 나도 깍듯하게 내쳤다.

나는 운명에 대한 원망이 시작되기 전에 "그럼요."라고 말했다. 그러고는 내가 느낀 굴욕감이 들통 나지 않도록 그가 이제 그만 잊어주길 바랐다.

나는 차에 올라탔고 나이 지긋한 기사에게 "봉주르"라고 인사했다. 태연하게 보이려고 동생에게 문자를 보냈다. 갑자기 그녀가 보고 싶어지면서 조용히 전화해 심금을 털어놓고 싶었지만 이내 세바스티앙이 차에 올라탔다.

20

젠, 다시 한 주 마음을 놓을 수 있게 됐지만 하마터면 떨어질 뻔했어. 워낙 박빙이라 판정단도 심사숙고 끝에 캐스린을 탈락시키기로 했대. 감사한 일이지만 앞으로는 훨씬 더 열심히 해야겠어. 남들과 다르게 생각하고 다른 기법을 시도하고. 내 앞에 어떤 장애물이 등장했는데 어떤 식으로 돌아가야 할지 모르겠어. 그런데 이건 빙산의 일각이라니! 나는 지금 다음 챌린지를 위해 프로방스로 가는 중이야. 말도 안 되지? 라벤더 꽃밭, 햇볕 그리고 상쾌한 공기…… 가능한 한 빨리 전화할게. 렐 ♡♡♡

전송을 누르고 좌석에 기대고 앉았다. 금세 땡 소리와 함께 문자가 도착했다.

나한테 숨기는 게 뭐야? 듣자 하니 뭔가가 있는 것 같은

데…… 뭐야? 지금 전화하지 못하는 이유는 뭐고? 젠 ♡♡♡

귀찮은 텔레파시여. 쌍둥이 동생은 내 심리상태를 파악하는 데 일가견이 있었다.

세바스티앙이랑 같이 차를 타고 가고 있거든…… 어떤 도전 과제일지 모르기 때문에 오늘 전화하지 못할 수도 있어. 잘 지내고 있어, 진짜야. 네가 없으니까 가끔 외로워서 그렇지. 살얼음판 같은 일주일을 보냈고.

추신. 세바스티앙이랑 실수로 키스를 하게 됐어. 키스라기보다는 뽀뽀에 가까웠지만. 입술끼리 가볍게 부딪쳤거든. 아주 살짝. 그러고 났더니 그가 나를 똑바로 쳐다보면서 절교를 선언하더라? 창피해서 죽고 싶었어. 그런데 그가 내 멘토라 앞으로 단둘이서 일주일을 보내야 해. 미치겠다!

사랑해 ♡♡♡

우리는 북적거리는 파리의 길거리를 벗어나 이내 고속도로를 질주했다. 부드러운 햇살이 선팅된 차창을 뚫고 투명한 소용돌이 모양으로 쏟아졌다.

예상했던 대로 휴대전화에서 땡동 소리가 났다.

델, 누가 감히 너한테 절교를 선언한다는 거야? 상황을 제대로 파악한 거 맞아?

나는 농담 섞인 답장이 올 줄 알았다. 그녀가 또 역시 사랑의 도시라는 둥, 신랑 들러리의 축사가 기대된다는 둥, 임신

부종을 대비해야겠다는 둥 어쩌고저쩌고하며 호들갑을 떨 줄 알았다. 그런데 이게 뭐람?

확실해. 그리고 탈락자 결정일이 코앞이니까 정말 죽기 살기로 매달려야 해. 웃픈 상황이다. 휴, 힘들어라.

성공하고 싶은 내 욕심과 야망은 멍하니 하루하루를 흘려보내던 엄마를 닮아가지 않을까 하는 두려움에서 비롯됐다. 엄마가 그랬듯이 책임감은 접고 달의 기운에 좌우되며 다른 세상에서 살듯 지내고 싶지는 않았다. 세바스티앙이 향수업계를 떠나고 싶어 하는 것만큼 나는 그 안으로 들어가고 싶었다. 하지만 부모의 그늘에서 벗어나 자기 생각대로 살고 싶어 한다는 점에서 우리 둘은 같았다. 나는 방심하면 탈락할 것이다. 그것만큼은 분명했다. 따라서 이제는 스위치를 켜고 다른 모든 것은 머릿속에서 지워야 했다.

마음이 시키는 대로 해. 시간 날 때 전화해. ♡♡♡

마음이 시키는 대로 하고 있어. 마음이 시키는 대로 해서 꼭 5번 가로 진출할 거야. 나중에 전화할게. ♡♡♡

기사가 백미러로 나와 시선을 맞추었다. "한참 가야 하니까 필요한 게 있으면 말씀하세요. 아이스박스에 샴페인 있어요. 중간에 내려서 점심을 먹을 거예요."

아이스박스에 샴페인이 있다고? 프랑스 사람들은 심지어 장거리 여행마저 기념할 만한 일로 삼았다.

한 시간쯤 지나자 정적이 우리 둘 사이에 무겁게 내려앉았다. 세바스티앙은 속사포 같은 프랑스어로 통화를 했다. 주위들은 몇 단어로 추측건대 모두 업무와 관련된 전화였다. 그렇게 조그만 가게가 어쩌면 이렇게 바쁠 수 있는지 놀라웠지만 고객들은 그들의 로션과 포션과 향수를 위해 아낌없이 지갑을 열었고 아무리 사도 싫증을 내지 않는 듯했다.

나는 차창을 열고 미리 좀 공부해두면 나쁠 것 없다는 생각으로 킨들을 꺼내 다시 프로방스 가이드북을 읽기 시작했다. 읽으면 읽을수록 더 기대가 됐다. 어느 가이드북에서는 수많은 라벤더 꽃밭이 워낙 쓰임새가 많고 지역 경제에 기여하는 바가 많아서 '파란색 금덩이'라고 불린다고 했다.

향수와 입욕제로 쓰이고 심지어 교외의 여러 식당에서는 이 향긋한 꽃으로 크렘브륄레와 아이스크림을 만들었다.

그리고 와인의 경우 프로방스의 선택은 로제였고 그래서 로제와인으로 유명했다. 프랑스 사람들은 와인 사랑이 지대해서 식사 때마다 거의 항상 반주로 마셨고 미국보다 의식과 절차가 간소했다.

요리의 경우에는 진한 생선스튜인 프로방살 부야베스가 꼭 먹어보아야 하는 음식으로 꼽혔다. 가르동강에 놓인 다리, 퐁 뒤 가르는 유네스코 유산으로 등재되어 있었다. 원형극장, 아치, 유적이 곳곳에 산재했고 구경할 시간은 없겠지만 워낙 널리 분포되어 있다고 하니 그렇게 중요한 유적지의 바로 옆에서 지낼 수 있다고 생각하면 기분이 좋았다.

한참 뒤에 프로방스에 도착했다. 급커브를 몇 번 돌았을 때 올리브 나무와 라벤더 꽃밭으로 둘러싸인 별장이 등장했다. 나는 얼른 차에서 내렸다. 답답한 공간을 벗어날 수 있어서 기뻤다. 하품을 하고 기지개를 켜며 장거리 여행의 노독을 풀었다. 주변을 둘러보았다. 이곳은 햇빛이 달라서 투명하고 반짝거렸다. 세바스티앙이 이곳을 좋아하는 이유를 당장 알 수 있었다. 혼란스러운 파리와는 천지 차이라 고독을 추구하는 사람에게 이보다 더 완벽할 수 없었다.

기사가 우리와 악수하며 말했다. "저는 뒤편의 통나무집에 있을 테니 필요하면 말씀하세요. 그럼 편히 쉬세요."

"메르시." 세바스티앙이 말했다. 희미해져가는 프로방스의 햇살이 비추는 가운데 그는 장거리 여행으로 진이 빠졌는지 평소보다 안색이 창백했다. 한시도 손에서 휴대전화를 놓은 적이 없었고 통화를 하고 있지 않으면 이메일을 체크하고 답장을 보냈다. 나하고 말을 섞지 않으려는 작전이었을까? 어떤 대화든 부자연스럽고 어색했다.

일주일 동안 단둘이 이 별장에서 지내게 됐다는 생각이 들었다. 이런 어색한 분위기가 계속되면 무슨 수로 견딜 수 있을지 자신이 없었다. 아, 내가 왜 그런 식으로 그에게 입을 맞추었을까? 사실 돌발적이었든 아니었든 간에 나로서는 단순히 입술끼리 스치고 지나간 게 아니었다. "괜찮아요?" 내가 물었다. 그의 난처한 표정을 보면 괜찮지 않았다.

"네, 일 문제예요. 들어가요, 델."

그가 석조 별장으로 나를 안내했다. 파리의 아파트처럼 으리으리하다기보다 조그맣고 아늑한 시골집에 더 가까웠다. 티끌 하나 없었지만 낡아서 금이 간 가죽 소파에서부터 소설들이 아무렇게나 쌓여 있고 생채기가 많은 나무 책꽂이에 이르기까지 사람이 살았던 흔적과 편안한 분위기가 있었다. 긴장을 풀고 본연의 모습으로 쉴 수 있는 그런 곳이었다.

"편하게 있어요. 커피 끓여올게요."

그가 커피를 끓이는 동안 나는 이리저리 둘러보다가 벽난로 선반 앞에서 걸음을 멈추었다. 세바스티앙과 그의 아버지 뱅상이 우주의 비밀을 논하기라도 하는 듯 서로 머리를 모으고 찍은 흐릿한 흑백 사진이 있었다. 여기서 찍은 걸까?

"아버지랑 찍은 몇 장 안 되는 사진 중 하나에요." 세바스티앙이 김이 모락모락 나는 뜨거운 커피 잔을 건네며 말했다.

"보기 좋아요. 둘이서 무슨 근사한 계획을 세우는 것처럼 보여요."

그는 얼핏 미소를 지었다. "아버지가 사랑을 얘기하는 향수를 만들어보라고 하셨지만 나는 참담하게 실패하고 말았죠."

"왜요?" 할머니가 내게 요구했던 것과 섬뜩하리만치 비슷했다. 그게 조향사라면 누구나 거쳐야 하는 테스트일까?

그는 어깨를 으쓱했다. "아버지가 평가하길 냉소적인 냄새만 풍긴다고 하더군요."

내가 뭐라고 더 물어보기도 전에 또다시 전화벨이 울렸다. "미안해요." 그가 한숨을 쉬며 말했다. 나는 손사래를 치고 근질거리는 궁금증을 달래며 커피를 한 모금 마셨다.

"무슨 전화예요?" 그가 통화를 끝내자 내가 물었다.

"어느 유명한 향수업체에서 우리 포뮬러를 똑같이 본떠서 팔고 있대요. 그걸 판매 중단시키려고 하는 중이에요."

"그런 일이 자주 있어요?"

요즘 같은 시대에는 포뮬러를 아무리 사수하려고 해도 금세 성분을 분석해서 똑같이 만들 수 있었다.

"가끔요." 그의 목소리에서 분노의 기미가 살짝 느껴졌다. "하지만 명망 있는 업체에서 그러다니 용서받을 수 없는 행위죠."

"파리의 업체예요?"

"위."

어디일까 싶어서 내 눈이 동그래졌다. "이제 들통이 났으니 판매를 중단할까요?"

"그렇겠죠. 하지만 이러고 나면 회사에 미치는 여파를 처리해야 해요. 왜 자기들 스스로 디자인하지 못하는 걸까요? 그들 입장에서는 당혹스러울 텐데. 체면은 챙기고 싶은지 '영감을 받은 거'라고 하네요." 그는 허공에 대고 손가락으로 따옴표를 만들었다. "하지만 베낀 거죠, 당연히."

"그런 사람들은 이 업계에서 일할 자격이 없어요!"

"맞아요. 그 때문에 생기는 골치 아픈 일들을 생각하면……."

"상상이 되네요. 그럼 돌아가야 하나요?"

"아니에요. 하지만 일을 바로 시작했으면 하는데. 장거리 여행 이후라도 괜찮겠어요?"

"당연하죠."

세바스티앙은 회사 경영에 따르는 책무를 어깨에 무겁게 짊어지고 있었다. 그가 자리에서 일어서는데, 초록색 눈이 근심으로 그늘져 있었다. 나도 그를 방해하는 또 다른 걱정거리가 된 듯한 기분이 들었다. 조향사와 회사 경영자의 차이가 극명하게 드러났다. 얼마만큼의 헌신이 필요한가 하는 문제였다. 순진하게도 나는 향수 부티크를 열겠다면서 그런 부분에 대해서는 잘 몰랐다. 행복한 사람들을 위해 향수를 만들겠다는 재미있는 부분만 생각했다. 문제가 생겼을 때 해결하는 등의 복잡한 부분에 대해서는 생각하지 않았다. 그건 젠의 영역이었다. 그녀 없이 나 혼자 꿈의 사업을 일구어나갈 수 있을까?

세바스티앙은 내 맞은편에 앉았고 얼른 해치우고 싶은 사람처럼 기계적으로 얘기했다. "두 번째 챌린지의 주제는 지역이에요. 향수에 어떤 원료가 쓰이고 어디서 그걸 공급받는지. 프로방스는 라벤더 꽃밭이 많기로 유명하죠. 당신에게 주어진 도전 과제는 이 소박한 보라색 꽃을 빛나게 만드는 거예요."

그 보라색 꽃을 빛나게 만들 수 있는 사람이 있다면 바로 나였다!

오는 길에 읽은 가이드북에 따르면 지금이 라벤더 시즌의 시작이었고 차를 타고 오면서 보니 시선이 닿는 곳 끝까지 보라색의 아름다운 벌판이었다. 나는 팔을 뻗어 손끝으로 진한 향기를 풍기는 꽃을 어루만지며 라벤더 사잇길을 걷는 상상을 했다.

하지만 라벤더 향수라니. 라벤더는 향이 강하고 독특했다. 친밀한 추억이 당장 떠올랐다. 말린 라벤더를 실크 주머니에 담아서 속옷 서랍에 넣었던 할머니. 할머니가 잠이 잘 오도록 베개에 뿌렸던 라벤더 미스트. 나는 그 소박한 태생에서 한 걸음 더 나아가 그걸 재창조해야 했다.

하지만 방법이 관건이었다. 나는 핸드백에서 수첩을 꺼내고 펜을 움켜쥐었다. 탈락이란 형벌이 일시적으로 유예된 데

다시 한번 감사했고, 이번 과제가 열의를 자극했다.

"내일 마을을 한 바퀴 둘러보면서 어떤 곳인지 느껴보고 생각나는 콘셉트가 있는지 알아볼게요."

전화벨이 또다시 울리자 그는 한숨을 쉬었다. "미안해요, 꼭 받아야 하는 전화라."

"괜찮아요."

그사이 해가 졌지만 나는 별장 밖을 구경하고 싶어서 좀이 쑤셨다. 다용도실에서 손전등을 찾아 들고 밖으로 나갔다. 고요하고 넓은 밤하늘에 감탄사가 터져 나왔다. 이제 파리에 적응이 됐는지 그 소음과 좁은 공간에 익숙해져 있었지만 이런 고독은 또 이것대로 좋았다. 저 멀리에 라벤더 꽃밭이 있어서 바람을 타고 한들한들 향기가 날아왔다. 올리브 숲은 달빛을 받고 회백색으로 빛나며 그 옆에 엄숙하게 서 있었다.

나는 자갈 밟는 소리를 내며 별장 부지를 한 바퀴 돌아서 조그만 통나무집에 다다랐다. 향수 작업실? 향기가 나무의 모든 구멍에서 스며 나왔다. 손잡이를 돌려보니 문이 열려 있었다. 나는 안으로 들어가서 벽을 더듬어 스위치를 찾고 불을 켰다. 가장 잘 보이는 곳에 향수 오르간이 있었다. 할머니가 쓰던 것과 비슷한데 조금 컸다. 요즘은 향수 오르간이 구하기 어려운 골동품이었고 근사한 작품이었다.

눈을 감자 안에서 본 사진과 비슷한 세바스티앙과 그의 아

242

버지의 모습의 그려졌다. 그들은 공모자처럼 고개를 숙인 채 어떤 마법을 만들었을까? 그들이 앉아서 작업했던 공간을 고스란히 물려받는다면 얼마나 엄청난 영광일까. 여기는 세바스티앙에게 고요의 공간이었고 파리 생활에 지쳤을 때 찾는 도피처였다.

나는 향수 오르간에 앉았다. 상상할 수 있는 종류의 모든 에센스가 선반을 채우고 있었고 에센스마다 프랑스어로 휘갈겨 쓴 라벨이 붙어 있었다. 나는 가까이 다가가서 병들을 한 손가락으로 훑으며 뭐라고 적혔는지 해석해보려고 했다. *lavande*는 라벤더, *lis*는 백합⋯⋯.

유치한 행동처럼 느껴졌지만 뱅상에게 도와달라고 속으로 기도했다. 할머니 없이 혼자 작업하는 법을 터득할 수 있게 도와달라고 했다. 내가 성장해 과감한 시도를 할 수 있게 도와달라고 했다. 최대한 오랫동안 대회에서 탈락하지 않게 해달라고 빌었다. 그의 아들이 다시 열정을 찾을 수 있도록 도와달라고 했다.

작업실에는 마음만 먹으면 불을 지필 수 있게 장작을 갖춘 벽난로가 있었다. 그 앞에 오래돼서 쭈글쭈글하고 마치 사람의 형체가 살짝 남은 듯한 등받이 높은 가죽의자가 한 세트 놓여 있었다. 파리의 무균 연구실과 대조적이었고 좀 더 나와 비슷하게, 내 고향과 비슷하게 느껴졌다.

21

우리는 일찌감치 일어나서 짭짤한 버터를 바른 바게트와 김이 모락모락 나는 블랙커피로 아침식사를 했다. 온 하늘에서 햇빛이 쏟아졌고 땅에서 열기가 올라오는 듯이 느껴졌다. 뱅상도 여기서 많은 시간을 보냈을까? 해가 뜨면 일어나 나무에 달린 올리브를 훔쳐 먹는 새들에게 중얼중얼 말을 거는 르 사방 푸의 모습이 그려졌다.

"여름이 되면 가족들이랑 여기서 지냈어요?"

세바스티앙은 커피 잔을 내려다보았다.

"가끔요." 그가 말했다. "아버지는 하루 아니면 이틀 왔다 갔고요. 아버지와 여기 작업실에서 함께 일했던 게 내 가장 소중한 추억이기도 해요."

나는 전날 저녁에 작업실에서 느꼈던 진정 효과를 떠올리며 미소를 지었다. 그의 아버지가 곁에 있는 듯이 느껴졌다.

내 생각을 읽기라도 한 듯 세바스티앙이 말했다. "여기서 일을 하면 아버지가 왼편에 서서 귀에 대고 속삭이는 듯한 묘한 기분이 들어요. 미친 소리 같겠지만."

나는 테이블 너머로 손을 내밀고 힘을 싣는 뜻에서 그의 손을 토닥였다. 어제 그가 느꼈을 스트레스는 프로방스의 햇살 아래에서 서서히 소멸되고 있었다. "전혀요. 나도 할머니 한테서 똑같은 기분을 느끼거든요. 우리 할머니는 조금 멀찌 감치 떨어진 곳에 항상 서 있어요."

"뭐라고 하세요?" 그가 물었다.

"대개는 내가 그렇게 가르쳤니,로 시작해서 혼을 내시죠. 그렇게 이기적인 사람이 되라고? 아니면 중간에 포기하라 고? 아니면 이런 식으로 꽁무니를 빼라고? 나는 어린 시절부터 어른이 될 때까지 할머니와 항상 함께 지냈기에 그냥 할머니가 아니라 가장 친한 친구이기도 했어요. 그 둘을 동시에 잃었으니 힘들 수밖에 없었죠. 할머니가 옆에서 충고하고 길을 알려준다고 생각하면 견디기가 그나마 쉬웠어요."

"그 소리를 들으니 나는 그나마 정상이네요." 그는 웃음을 터뜨렸다. "나는 가슴속에 금이 가는 게 느껴지는 날이면 아버지가 아파트에서 엎어지면 코 닿을 데 있는 당신의 작업실에서 이것저것 섞어보며 향수 만드는 일에 푹 빠져 있다고 상상하거든요. 그러면 도움이 돼요, 적어도 잠깐 동안은."

가슴속에 금이 간다. 그의 표현과 솔직한 성격이 마음에 들었다. "정신 나간 거 아니에요. 가장 효과적인 방법으로 상심을 극복하려는 거지. 그래도 두 분이 남긴 향수가 있으니 우리는 그나마 다행이에요. 두 분이 향수를 통해 계속 살아 계시잖아요."

그는 고개를 끄덕였다. "아버지가 마지막으로 남긴 포뮬러가 여러 개 있어요. 아직 향수로 만들어지지 않은 포뮬러라 그걸 어떻게 하면 좋을지 고민이 돼요. 나 혼자만의 것으로 간직할지 아니면 신제품으로 출시할지. 베스트셀러가 되겠지만 그러면 나만의 것이 될 수 없잖아요."

"말투를 들어보니 어떻게 하고 싶은지 알겠네요."

"그럼 어떻게 할까요?"

"혼자만의 것으로 간직하세요. 그거 하나만큼은 그래도 되잖아요. 신제품이야 당신이 얼마든지 만들어서 유명한 고객들에게 즐거움을 선사할 수 있으니까요."

"그럴지도 모르죠." 그는 슬그머니 확답을 피했다. "당신 부모님은 어떠세요? 조향사로서 당신의 포부를 어떻게 생각하세요?"

어디에서부터 얘기를 시작해야 할까? "솔직히 두 분은 뭐가 뭔지 전혀 모르실 거예요. 내가 향수를 사랑한다는 거야 당연히 알지만 그거 다예요. 나랑 젠 곁에 계신 적이 별로 없어서 할아버지와 할머니가 오히려 부모님에 가까웠어요."

"왜요? 무슨 일을 하셨는데요?"

"한 번에 타로카드 한 장씩 꺼내 차근차근 세상을 치유하셨죠. 돈이 떨어졌을 때만 집으로 돌아오셨고요. 조그만 마을이라 나이를 먹어도 조금도 달라지지 않은 모습으로 돌아오는 두 분 밑에서 살기가 쉽지 않았어요."

"그래서 당신이 그렇게 투지가 넘치는 거예요? 그래서 그렇게 비장한 각오를 다지는 거예요?"

나는 고개를 끄덕였다. "그런 것 같아요. 두 분이 근교에 사는 다른 집 부모님들처럼 좀 더 평범하길 바랐지만 우리가 부모님을 선택할 수는 없잖아요. 게다가 두 분은 나름대로 다정하세요. 다만 자기 방식대로 살아갈 뿐이지. 하지만 나는 그런 삶에 안주하고 싶지 않아요. 이번에 실패하면 기댈 사람도 없고요."

기사가 문을 두드리고 시내까지 태워다주겠다고 했지만 세바스티앙이 열쇠를 건네받고는 하루 쉬라고 했다. 우리는 프로방스 분위기가 물씬 풍기는 생레미의 길거리를 거닐었다. 태양을 향해 고개를 돌리자 밝은 햇살이 얼굴을 따뜻하게 비쳤다.

벌써부터 세바스티앙의 얼굴에서 긴장이 풀렸다. 그는 걸

핏하면 미소를 지어가며 이 마을의 역사를 열심히 소개했다. "노스트라다무스가 여기서 태어났어요. 그리고 빈센트 반 고흐는 1889년부터 2년 동안 생폴 요양원에서 치료를 받았고요. 생레미에 있는 동안 여러 작품을 그렸는데, 그중에서 가장 유명한 게 《붓꽃》이죠. 당신도 알 테지만."

"그럼요!" 놀라움으로 내 목소리에 생기가 돌았다. 우리가 그의 족적을 밟아가고 있었다. 반 고흐라는 전설은 시대를 앞서간 또 한 명의 뱅상이었다. 나는 그가 얘기한 작품을 떠올렸다. 노란색과 초록색으로 칠한 들판에 보라색 붓꽃이 피어 있는, 고흐의 대표작이었다.

그는 말을 이었다. "《붓꽃》은 반 고흐를 정신병으로부터 구원한 인상적인 작품이죠. 그는 요양원에 입원하고 일주일 뒤부터 그 그림을 그리기 시작했고 병마와 싸우려고 치열하게 노력했어요. 그의 다른 작품들처럼 강렬하지는 않지만 그래서 나는 그 작품이 더 좋아요."

거의 항상 시무룩했던 세바스티앙에게 무슨 일이 벌어진 걸까? 그는 수다스럽고 생기발랄했다. 장소의 변화가 그 정도로 많은 영향을 미칠 수 있을까?

"요양원에서 퇴원한 뒤에는 어떻게 됐어요?" 내가 물었다.

세바스티앙은 고개를 숙였다. "몇 달 뒤에 죽었어요."

나는 반 고흐와, 어려웠던 시기에 숱하게 힘이 되어주었던 동생 테오의 관계에 대해 예전부터 매력을 느꼈다. 그가 살아생전에는 남다른 작품의 가치를 인정받지 못하고 죽을 때까지 경제적인 어려움에 시달렸다니 비극적이었다. 자신이 어떤 유산을 남겼는지 그가 볼 수 있다면 얼마나 좋을까. 하지만 나는 그의 죽음에 대해서는 아는 게 별로 없었고, 완치된 줄 알고 요양원에서 퇴원했는데 얼마 안 있어 세상을 떠났다니 안타깝기 그지없었다.

"어쩌다 죽었어요?"

"총상으로요." 세바스티앙은 반 고흐와 개인적으로 알고 지냈던 사이라도 되는 듯이 우울해했고 나는 그의 그런 모습에 가슴이 따뜻해지는 것을 느꼈다.

"자살이었어요?"

그는 어깨를 살짝 으쓱했다. "당시에는 그렇게 믿었지만 적대적 인물이 쏜 총에 맞았다는 식의 음모론도 있어요."

"사람들은 자기들이 믿고 싶은 대로 믿으니까요. 동생도 얼마 안 있어 죽었다고 읽은 기억이 나요."

세바스티앙은 고개를 끄덕였다. "사람들은 그가 정신병에 걸렸다고 했지만 아니었어요. 그는 겨우 서른세 살의 나이에 심적인 고통으로 죽은 거예요."

내 온몸에 소름이 돋았다. 둘 다 그 젊은 나이에 세상을 떠나다니 가엾은 형제였다.

우리는 아름다운 마을을 두어 시간 걸어 다니다 다시 차로 돌아가서 첫 번째 라벤더 꽃밭을 향해 출발했다. 세바스티앙이 나를 시험하고 있었다. 르클레르 파르퓌메리가 우리가 찾아갈 다섯 개의 꽃밭 중에서 어느 꽃밭의 라벤더를 쓰는지 알아맞히는 시험이었다. 무슨 수로 알아맞힐 수 있을지 도무지 알 수 없었지만 나는 도전에 응할 준비가 되어 있었고 이렇게 느긋하고 행복해하는 그와 시간을 보낼 수 있어서 좋았다.

"이 첫 번째 꽃밭은 언제부터 운영했나요?"

그는 동정을 살피려는 듯 나를 흘끗 쳐다보았다.

"너무 티가 났나요?"

"*위*."

우리는 서로 씩 웃었다. "감을 잡을 수 있을지, 어느 정도 시간이 지나면 전부 푸르스름한 보라색 덩어리로 보일지 잘 모르겠네요."

"당신 실력을 보고 당신 스스로 놀랄 것 같은데요?"

"헐, 나를 그 정도로 믿는 거예요?" 우리는 의미심장한 눈빛을 주고받았고 나는 얼른 고개를 돌렸다. 집중하자. 나는 있지도 않은 감정을 읽으려 들지 말자고 마음을 다잡았다.

자갈길로 접어들자 시선이 닿는 저 끝까지 라벤더 꽃밭이 이어졌다. 가까이 다가가자 바람을 맞고 춤을 추는 파란색의 잔가지들이 보였다. 우리 둘만을 위한 공연이었다.

"와, 정말 숨이 막히도록 아름답네요."

특유의 향이 있는 라벤더가 이렇게 넓게 펼쳐져 있으니 그 미미한 향의 차이를 과연 감지할 수 있을지 궁금해졌다.

세바스티앙이 석조 별장 앞에 차를 세우자 한 쌍의 남녀가 나와서 우리를 맞았다.

"어서 오세요." 남자가 말했다. "저희는 밀리오 부부예요. 안내해드릴게요."

우리는 꽃밭을 한 바퀴 둘러보았다. 그들은 어떤 식으로 수확하는지 설명하고 라벤더에서 추출한 오일로 만든 제품을 몇 가지 보여주었다.

나는 꽃봉오리를 하나 따서 향을 맡고 짓이겨서 오일을 냈다. 여기는 왠지 모르게 아닌 것 같았다. 우리는 그들 부부에게 고맙다고 인사하고 다시 출발했고 나는 이 농장을 후보에서 지웠다.

다섯 번째 꽃밭이 있는 릴레트 부부의 집에 도착했을 때 나는 결정했다. 여기였다. 미스트랄(프랑스 남부 지방에서 주로 겨울에 부는 춥고 거센 바람—옮긴이)이 부는 계절이 되면 사나운 북풍이 불어오겠지만 이 꽃밭은 바로 옆에 있는 산맥의 보호를 받았다. 그 때문에 다른 곳과 달리 거친 날씨의 영향을 그리 많이 받지 않아서 꽃잎과 봉오리가 온전하게 보존되어 있었다.

이 농장은 파란색 꿈을 감싸고 있는 듯 묘한 분위기를 풍겼다.

낡은 청바지와 티셔츠를 입고 플라스틱 부츠를 신은 또 다른 커플이 우리를 맞았다. 그들의 미소는 나만큼이나 자신감이 넘쳤다.

그래도 나는 어떤 과정을 거치는지 물어보고 깊은 관심을 보이며 꽃밭을 한 바퀴 둘러보았다.

우리는 호들갑스럽게 감사 인사를 하고 별장으로 돌아왔다.

식탁을 사이에 두고 서로 마주 보고 앉았다. "마지막 농장이에요."

"무슨 수로 그렇게 확신해요?"

나는 미스트랄과 그들로 인해 야기될 수 있는 피해와 산맥이 어떤 식으로 라벤더를 보호하고 있었는지 설명했다.

그는 포커페이스여서 표정을 읽을 수가 없었지만 나는 입을 꾹 다물고 기다렸다. 그러다 정확히 0.5초 만에 불쑥 물었다. "사람 놀리는 걸 좋아하죠, 그렇죠?"

그는 입술을 깨물며 미소를 참았다. "건강에 해로울 정도로 좋아하죠. 그리고 맞았어요. 우리는 산맥이 보호해주기 때문에 그 농장을 선택했어요. 미스트랄이 워낙 사나워서 꽃봉오리를 망가뜨리거나 수확 자체를 불가능하게 만들 수도 있거든요." 그의 눈이 일종의 자부심으로 빛났다. "유기농 재배를 하고 릴레트 집안에서 삼대째 농사를 짓고 있어요."

"예이! 내가 농사에 소질이 있을 줄 누가 알았겠어요?"

그가 한쪽 눈썹을 추켜세웠다.

"알았어요. 하지만 농사까지는 오버다."

우리는 웃음을 터뜨렸다. "당신이 왜 여길 좋아하는지 알겠어요."

"그냥 조용하기만 한 게 아니에요." 그가 말했다. "소속감이 느껴지거든요."

"라벤더 꽃밭, 올리브 숲, 햇볕 그리고 친절한 주민들. 어떤 매력이 있는지 알겠어요."

그는 로제와인을 한 병 따서 두 잔에 따랐다. "그래도 당신은 도시의 밝은 불빛이 좋아요?"

프로방스에서의 하루가 저물어가는 가운데 나는 긴장이 풀렸고 일광욕을 하는 고양이처럼 졸음이 쏟아졌다. 이곳에서는 시간이 더디 흘렀고 서두를 일도 없었고 사람들은 한가롭게 걸어 다녔다. 파리에서는 모든 게 정신없이 돌아갔다. 출퇴근 시간에 지하철을 타는 건 또 어떤가! 나는 두 번 다시 그런 실수를 저지르지 않을 것이다. 하지만 여기서는 생각이라는 것을 할 수 있었다. "나는 내가 원하는 게 뭔지 안다고, 내 계획이 완벽하다고 생각했지만 원래 가장 뜻밖의 순간에 예상치도 못했던 일이 벌어지는 게 인생 아닐까요?"

우리는 서로의 눈을 똑바로 쳐다보았다. 분위기가 점점 무거워졌다. "맞는 말이에요."

22

프로방스의 조그만 작업실에서 나는 약속한 대로 모험을 저지르고, 평소에는 시도하지 않았던 조합을 시도해보고, 실험하고, 고정관념에서 벗어났다. 세바스티앙이 멘토로서 돈으로 살 수 없는 것을 내게 선물했으니 그건 바로 자신감이었다. 그 덕분에 나는 향수를 전혀 다른 시각에서 바라볼 수 있게 됐다. 농장부터 추출 기법과 심지어 조향사의 심리상태에 이르기까지 모든 과정이 중요했다. 나를 가로막았던 장애물이 갑자기 치워졌고, 대회의 요구 조건을 제대로 충족해 이번 챌린지를 통과할 수 있을 것 같은 예감이 들었다.

"행복한 기분으로 향수를 배합하고 다른 걱정거리는 일체 차단해야 해요. 화가 났거나 슬프거나 좌절하면 그게 향수에 드러나거든요. 기분이 중요해요."

"뭐라고요?" 나는 큰 소리로 되물었다. 그런 엉뚱한 소리를 하다니 그답지 않았다. "그게 무슨 뜻이에요, 기분이 중요하다니?"

뒤에서 창문을 뚫고 쏟아진 햇살이 그의 까만 머리를 은빛으로 물들였다. "조향사가 행복하지 않으면 그게 제품에 반영된다고요."

나는 터져 나오려는 웃음을 참으며 고개를 모로 꼬았다. 할머니와 나 사이에는 향수에 얽힌 황당한 미신이 있었지만 진지 선생께서 그런 황당한 걸 믿을 줄은 몰랐다. 나도 속으로는 그의 의견에 동의했지만 그래도 이 엉뚱한 발언을 놀리지 않고 그냥 지나갈 수는 없었다. "어떻게 그럴 수가 있어요?"

"뭐." 그는 뺨을 붉혔다. "요리에 정성을 담으라고 다들 얘기하잖아요? 그거랑 비슷하죠. 급하게, 쫓기다시피 음식을 만들면 맛이 씁쓸해지잖아요. 향수도 마찬가지예요. 조향사가 행복하지 않으면 후각이 무디어지고 그러면 완벽한 조합을 탄생시킬 수가 없죠. 그 우울했던 느낌이 끝까지 남아 있을 거예요."

나는 애써 정색했지만 심장이 터질 것 같았다. 저거다! 저게 바로 열정이었다! 향수업계에서 발을 빼려는 사람이 할 만한 얘기가 아니었다. 우리 할머니였다면 벌떡 일어나서 그를 끌어안았을 것이다. 나도 그러고 싶을 정도였다.

"맞아요." 나는 말했다.

오싹하게 소름이 돋았고 누군가가 먼발치에 서 있는 듯한 묘한 기분이 느껴졌다. 뱅상은 그의 아들에게 필요한 게 뭔지 처음부터 알고 있었을 거라는 생각이 들었다.

뱅상은 곁에 있어 주지 않은 아빠였을지 몰라도 아들의 진심을 알았다. 오렐리도 공범이었다. 모든 조각이 딱 맞아떨어지자 나는 손으로 입을 막고 싶은 걸 애써 참아야 했다. 이번 대회는 미지의 조향사를 발굴하기 위해 열린 게 아니었다. 대회를 통해 회사의 문을 연 덕분에 우리가 많은 득을 보았을지 몰라도 사실 아버지를 잃은 아들이 향수에 대한 사랑을 되살리도록 마련된 행사였다.

그의 가슴에 상처를 남겼던 남자가 저승에서 그걸 만회하려고 하고 있었다.

그들이 오랫동안 닫고 있었던 문을 느닷없이 개방한 것도 그 때문이었다. 혼자서 망연자실하게 그 문 앞에 서 있는 아들을 위해서였다. 뱅상은 세바스티앙과 많은 시간을 함께 보내지 못하는 실수를 저질렀다는 걸 알았기에 그가 가장 잘 아는 방식으로 그걸 바로잡으려고 했다.

나는 속았다는 느낌보다 공범이 된 듯한 기분을 느꼈다. 내가 과거를 잊고 미래를 살아갈 수 있도록 세바스티앙을 돕는 데 일조할 수 있었다. 향수에 대한 사랑으로 그의 눈이 반짝거렸고 그가 다시 한번 마음의 문을 열기만 하면 된다는 걸 알 수 있었다.

르클레르 집안은 우승자에게 그 회사에서 출시할 향수 세트를 디자인할 기회를 제공한다고 했으니 그들이 소중하게 여겼던 익명성을 희생한 셈이었다. 적절한 타협이었고 그들의 혜안을 깨닫고 나니 이 회사가 더 좋아졌다.

나는 멘토링을 가장해 그가 더 이상 관여하고 싶지 않다는 그 세계로 다시 돌아갈 수 있도록 유도해야 했다.

"이제 내가 자리를 피해줄까요? 좀 더 실험할 수 있게?"

"*위.*" 나는 대답하고 미소를 머금은 얼굴로 사라지는 그의 뒷모습을 지켜보았다. 생각할 시간이 필요했다! 어떻게 하면 향수를 사랑하는 마음을 되찾게 그를 도울 수 있을까? 각성제를 만들어서 뿌리고 다니라고 해야 하나……. 검은 가문비, 코코넛, 바닐라, 노간주 오일을 섞으면 감각이 깨어나고 머리가 맑아지는 효과가 있었다. 내 향수는 잠깐 미뤄두고 지극정성을 다해서 작업에 착수했다.

작업이 끝나자 나는 의자에 기대고 앉아서 미소를 지었다. 미래가 점점 밝아오고 있는데 그는 아직 모르고 있었다.

휴대전화에서 문자 알림음이 울렸다. 젠이었다!

안녕 델,

나는 긴 하루를 마시고 이제 막 침대 위로 쓰러졌지만 여기 이 조용한 마을에서는 모두 잘 지내고 있어. 할아버지가 안부 전해달래. 엄마랑 아빠는 환경운동을 하는 히피 친구들이랑 보름달 파티 벌인다고 여행 갔어. 제임스하고 나는 잘 지내. 너무 잘 지내서 가끔 꿈인가 싶을 정도야. 어떻게 남자 하나로 이런 기분을 느낄 수 있을까? 아무튼 우리 둘 다 바쁜 건 알지만 가능한 한 빨리 통화하자, 알았지? 미친 듯이 보고 싶어.

젠 ♡♡♡

나는 답장을 보냈다.

나도 보고 싶어. 나 대신 할아버지 안아드리고 편지 오는지 지켜보시라고 전해줘. 그리고 제임스로 말할 것 같으면…… 너는 정신없이 빠져들고 네 심장을 노래하게 만드는 남자를 만날 자격이 있어. 그 사랑이여, 영원하라.

으웩. 그 사랑이여 영원하라라니 《헝거 게임》에 나오는 대사 같다. 이제는 그녀를 전보다 조금 더 이해할 수 있을 것 같았다. 떨어져서 지낸 시간을 통해 그녀 없이 성장할 수 있는 여지가 생긴 듯했다.

나는 그 이후로 이렇게 저렇게 섞어보고 위험과 보상 사이의 균형점을 찾을 수 있길 바라며 행복하게 나만의 세상 속에서 몇 시간 동안 라벤더 향수를 만들었다. 향수를 만들면 종종 그렇듯 시간이 쏜살같이 지나갔다.

한참 만에 바람을 쐬러 나와보니 세바스티앙이 문 앞에서 진득하게 기다리고 있었다.

"나가서 좀 걸을래요, 델?"

"좋죠. 마침 그러려던 참이에요." 나는 얘기하고 자리를 정리했다. "당신 주려고 만들었어요." 나는 그에게 조그만 병을 건넸다. "대회하고는 상관없이 그냥 시험 삼아 만든 거예요."

그는 짙은 미소를 지었다. "메르시." 그는 마개를 열고 오일을 맥이 뛰는 지점에 살짝 발랐다. "블렌딩이 완벽하네요……."

"그걸 바를 때 미소가 절로 지어질 수 있으면 좋겠네요."

그는 다시 한번 고맙다고 했고 나는 그 오일이 제 역할을 톡톡히 해서 그의 안에 잠들어 있는 조향사를 깨울 수 있길 바라며 얼굴을 환히 빛냈다.

우리는 올리브 나무 사이를 걸었다. 투명한 주황색으로 지는 햇빛이 나무들의 몸통에 반사됐다. 라벤더 꽃밭에서는 꽃들이 인사를 건네는 듯 바람에 너울거렸다. 뭔가가 달라졌는데 그게 나인지 내 향수인지 아니면 세바스티앙과 그의 여로인지 알 수가 없었다. 아무튼 나는 잡았던 고삐를 놓은 듯 마음이 전보다 가벼워졌고 그 기분이 좋았다. 아니면 과정을 믿으며 우여곡절을 즐기게 된 것일 수도 있었다.

산맥 뒤로 저문 해가 보석 왕관의 끝부분처럼 그 위에서 주황색으로 이글거렸다.

그가 고개를 돌리고 강렬한 눈빛으로 쳐다보자 내 볼이 슬금슬금 빨갛게 물들었다. 그가 너무 가까이에 있었다. 반 발짝 거리였다. 나는 그때 이 감정을 어떻게든 표현해야겠다는 걸 깨달았다. 태양이 저물었고 파랬던 하늘이 연보라색으로 짙어졌다. 나는 그의 입술을 느껴보고 싶었다. 이번 한 번만이라도 내 심장과 영혼으로 그 느낌을 맛보고 싶었다.

"델……." 그가 초대하듯 내 이름을 불렀다.

그가 뭐라고 더 얘기할 겨를도 없이 나는 까치발을 하고 그의 입술에 내 입술을 갖다 댔다. 그의 숨결에서 태양과 바다와 흙과 하늘의 맛을 느낄 수 있었다. 그의 몸에서 욕망의 사향 냄새가 풍겼다. 나는 그에게로 녹아들며 최대한 오래도록 입을 맞추었다.

나는 숨을 헐떡이며 입술을 뗐지만 그가 나를 다시 붙잡고 이번에는 부드럽게 나에게 입을 맞추었다. 이미 다리에 힘이 풀려서 무릎이 꺾이려고 하고 있었기 때문에 나는 있는 힘껏 그에게 매달리며 이 순간이 영원하길 바랐다. 하지만 당연히 그럴 리 없었다. 그 순간은 갑작스럽게 끝이 났다.

"델, 우리 이러면 안 돼요. 이러다 모든 게 망가질 거예요."

나는 눈을 깜빡이며 놀란 가슴을 진정시켰다. 내가 뭘 기대했던가! 그가 이미 여러 번 했던 얘기가 아닌가! 너무하다는 생각에 가슴이 조여왔다. 왜 하필이면 지금 이 사람이고 왜 짝사랑이어야만 할까?

정말이지 내가 무슨 생각으로 그랬을까? "미안해요." 내가 말했다. "당신 말이 맞아요. 이러면 일이 복잡해지겠죠."

"내 마음이······."

나는 손끝을 그의 입술에 갖다 댔다. "알아요."

나의 5개년 계획에는 없던 일 아닌가? 정적이 흘렀고 내 돌머리가 정신을 차리도록 5개년 계획을 다시 한번 떠올렸다.

1단계: 대회에서 우승한다. 2단계: 조향사로 일할 곳을 찾는다. 3단계: 내 향수회사를 차린다. 4단계: 유명해진다. 5단계: 5단계는 잊어버렸다. 하지만 그 목록에 연애는 없었다. 연애를 할 만한 시간도 없었다.

하지만······.

다음 날에 나는 작업실에서 세바스티앙을 기다렸지만 그는 오전이 반이나 지난 다음에서야 등장했고 또다시 통화를 하고 있었다. 파리가 그의 발목을 잡고 있기라도 한 듯 괴로운 표정을 짓고 있었다.

그는 한숨을 쉬며 전화를 끊고 주머니에 넣은 뒤 작업실 문을 열었다.

"델." 그가 미안한 듯 내 이름을 불렀고 나는 그가 무슨 말을 하려는지 알았다.

"왔어요?" 나는 인사를 건넸다. 그는 내가 전날 만들어준 오일 블렌드를 바르고 나왔다. "왜 그렇게 표정이 어두워요?"

"파리로 돌아가야 하게 생겼어요. 우리 포뮬러를 베낀 사건이 복잡해지는 바람에 경영진이 나더러 와서 변호인단과 의논하라고 하네요. 정말 미안해요. 당신한테 멘토로서 뭘 해주지도 못하고."

그가 떠난다니 심장이 철렁했지만 그래도 이해했다. "괜찮아요." 나는 손사래를 쳤다. "어제 즐거운 시간을 보냈고 작업이 순조롭게 진행되고 있는 것 같거든요."

"여기서 작업을 계속할래요? 아니면 파리로 갈래요?"

"여기 있을게요." 나는 그를 지나서 창문 너머로 산들바람을 맞고 훌라 댄서처럼 흔들흔들 춤을 추고 있는 라벤더를 바라보았다. "이 향수의 주제는 프로방스고 나는 여기서 영감을 얻으니까요." 나는 멘토이자 친구이자 뭔지 모를 기타 등등으로서 그를 그리워하겠지만 이 분위기를 흡수하고 그 느낌을 작품에 쏟아붓고 싶었다. 여기에서는 고요가 슬금슬금 뼛속으로 스며들어서 마음이 느긋해지고 뭐든 낭만적으로 받아들이게 됐다.

"여기 있는 게 더 좋을 거예요, 델." 그는 좀 전과 달리 눈을 반짝였다. 그는 떠나는데 나는 여기 있겠다니 마음이 놓인 걸까? 이제 서로 피해 다닐 필요가 없어서? 하지 말았어야 하는 입맞춤에 대해 언급하지 않고 피할 수 있어서? "장마르크가 다시 올 거예요."

나는 고개를 돌렸다. "조심히 가세요." 목젖으로 치밀어오르는 뭔가를 달래며 다시 일을 시작했고 그가 출발하느라 타이어가 자갈길을 밟는 소리가 났을 때에서야 멈추었다.

그러니까 앞으로는 그에게 입 맞추지 마, 델!

나는 다시 작업에 돌입했지만 잠깐 멈추고 향수에 흔적이 남지 않도록 쓸쓸한 느낌이 지나갈 때까지 기다려야 했다. 곰곰이 생각을 하다 보니…… 깨달음이 뒤늦게 찾아왔다. 나는 슬픔, 외로움, 두려움, 상실로 괴로워하는 많은 사람들이 상처를 치유할 수 있도록 계속 토닉과 팅크제와 아로마 오일을 만들었다. 하지만 그들의 기분을 북돋우고 격려하고, 좋았던 시절과 어떤 대가가 따르더라도 사랑은 그만한 가치가 있다는 사실을 일깨우는 향수도 필요하지 않을까?

나는 전날에 받은 멘토링 수업과 세바스티앙의 가르침을 떠올리며 다시 기운을 내서 작업에 착수했다.

23

다시 파리로 돌아왔고 프로방스는 라벤더 향이 어린 추억으로 남았다. 고요하게 보낸 시간이 내게 많은 도움이 됐다. 덕분에 나는 여유롭게 재충전할 수 있었고 열심히 대회에 임할 준비가 갖추어졌다. 머릿속에서 불이 켜지는 순간을 경험했고 집중력만 잃지 않으면 뭐든 할 수 있을 듯한 생각이 들었다.

내가 만든 라벤더 향수는 모든 요건을 잘 갖추었고 나는 자신감이 하늘을 찔렀다. 예전에 제출한 작품과 워낙 달라서 이 순간을 기념해야 할 것 같았다. 일상의 행복을 만끽하려 하다니 나도 조금씩 프랑스에 물들어가는 걸까?

다 같이 향수박물관에 가기로 한 날이었기에 르클레르 아파트 앞에서 다른 참가자들을 기다렸다. 오렐리가 우리의 가이드였고 나는 오늘 세바스티앙을 대면하지 않아도 된다는 데 안도했다. 따로 떨어져서 지내보니 내가 그를 신경 쓰느라 조향사로서의 꿈을 방치했었고 그건 부적절한 선택이었다는 사실을 깨달을 수 있었다.

냉철하고 야심만만했던 아가씨가 어쩌다 이렇게 됐을까? 그녀는 흔들렸고 사랑의 느낌을 처음으로 맛보았고 너무나 쉽게 다른 데 정신이 팔렸지만 이제 그건 옛날얘기였다.

나는 시간을 때울 겸 젠에게 문자를 보냈다.

안녕 잠꾸러기, 네가 잠을 자는 동안 나는 다른 참가자들을 기다리고 있어. 오늘 견학을 가기로 했는데 견학은 항상 기대가 돼. 일주일을 잘 보내서 이번에는 평가받는 순간이 기다려진다.

왜 전화도 문자도 없어? 네 목소리도 듣고 싶고 너의 그 황당한 우스갯소리도 듣고 싶은데. 제임스 때문이야? 그가 나에게서 너를 빼앗아간 거지? 다음번에 전화하면 이제 아기 신발을 떠야 한다고, 신부 들러리가 되어줄 수 있겠느냐고 그러는 거 아니야? 상상만 해도 끔찍하다, 그치? 아무튼 시간 나면 전화해. 사랑해 ♡♡♡

클레망틴이 벼락을 칠 듯한 표정으로 맨 먼저 등장했다. "델." 그녀는 청록색 새틴 원피스에 흰색 인조모피 코트를 입고 으쓱으쓱 걸어왔다. 여름날 아침에 어지간한 옷차림이었다. 그녀는 내 뺨에 에어 키스를 날렸다.

"나는 생각보다 나쁘지 않았어." 내가 말했다. "너는 어떻게 지냈어?"

그녀는 숨을 크게 들이마시고 가슴을 들썩이며 눈을 부라렸다. 독백이 시작되려는 찰나였고 나는 렉스와 보낸 일주일의 드라마틱한 개작을 기다리는 동안 웃음이 나려는 걸 어쩔 수가 없었다. "그 남자는, 그…… 늙은이는 쉴 새 없이 뭘 어떻게 해야 하는지, 어떤 식으로 생각해야 하는지 가르치려고 들지 뭐야. 나를 무뇌아 취급하면서." 그녀는 자기 관자놀이를 가리켰다. "내가 무뇌아처럼 보이니?" 그녀가 따져 들었다. "그가 나를 그런 식으로 대했거든! 무뇌아처럼!"

웃음이 자꾸 나오려고 했지만 입을 꾹 다물고 계속하라는 뜻에서 그녀를 향해 고개를 끄덕였다.

"게다가 말은 또 어찌나 많은지. 발 빠르게 대처해야 한다는 말을 듣고 그의 발이 상상되는 바람에 속이 뒤틀려서 집중력이 흩어졌지 뭐야. 결국에는 내가 그냥 포기했어. 그가 뭘 알고 하는 소리라서가 아니라 내 정신적인 건강을 위해서."

"그러니까 힘든 한 주를 보내긴 했지만 향수를 만들었고 네 작품에 만족하는 거지?" 나는 억양이 심한 그녀의 영어를 해석하려고 애를 쓰며 물었다.

"*위.*"

"그래서……?"

"그래서 한 주를 어떻게 보냈는지 얘기하는 거잖아, 델! 네 머릿속에는 뭐가 들었니?"

나는 웃으며 그녀를 안아주었다. "보고 싶었어." 놀랍게도 진심이었다. 과장이 심하고 뒷말을 하긴 해도 클레망틴은 사랑할 수밖에 없었다.

"나도 보고 싶었어, *마 셰리.* 그리고 남자가 한 명 있긴 했지만 보르도에 남겨두는 게 좋겠지, *위?* 그냥 휴가지에서의 추억이니까!"

나는 고개를 저었다. 과연 그녀는 남자 사냥꾼이었다! 그러고도 작품을 완성했다니 놀라운 일이었고 옆길로 새지 않게 붙잡아준 렉스에게 감사할 일이었다. 그는 그녀를 도와줄 필요가 없었는데도 불구하고 듣자 하니 도움을 자청한 듯했다.

마침내 릴라, 렉스, 아나스타샤가 도착했고 우리는 차를 타고 향수박물관으로 향했다.

박물관에 도착하자 개인 가이드가 우리를 내부로 안내했다. 우리는 특별한 기회가 주어진 덕분에 남들처럼 철조망 뒤에서가 아니라 가까이서 다른 시대의 수많은 유물을 구경할 수 있었다. 세바스티앙이 힘을 좀 쓴 모양이었다.

박물관에는 기원전 3000년경, 메소포타미아의 초기 왕조

시대에 만들어졌다는 콜 향수병에서부터 금동과 흑단으로 만든 17세기 루이 14세 시대의 향로에 이르기까지 향기의 속삭임이 미미하게 남아 있는 골동품들로 가득했다. 그것들이 과거의 추억을 흥얼거렸다.

전 세계의 이런 특별한 유물들이 무슨 수로 아직까지 보존되어 있는지 놀라울 따름이었다. 파베르제(러시아의 왕실 소속 보석 세공인―옮긴이) 향수병, 전염병 예방용으로 펜던트처럼 허리띠에 걸거나 상자처럼 손에 들고 다녔던 16세기 포맨더(향이 좋은 말린 꽃이나 나뭇잎 등을 넣은 통―옮긴이), 귀한 향수가 담긴 체코공화국의 조그만 링 모양 플라스크, 워낙 우아하고 정교해서 보는 사람의 숨을 멎게 만드는 유명 디자이너의 향수병. 작업실에서는 관광객들이 집으로 들고 갈 향수를 만드느라 여념이 없었다.

연구실로 돌아오는 길에 우리는 박물관에서 본 걸 두고 시끄럽게 떠들었다.

"나는 그 링 플라스크 가지고 싶더라." 클레망틴이 말했다. "그렇게 아름다운 작품은 처음이야."

이런 견학을 통해 우리는 조향사로서의 기틀을 다지고 상상하지도 못했던 방식으로 향수의 세계에 눈을 뜰 수 있었다. 향수는 단순히 장미 꽃잎에서 추출한 오일이나 바닐라 콩깍지에서 긁어모은 씨앗이 아니었다. 그것은 역사였고 추억이자 그것이 환기시키는 무엇이었고 나에게 특별한 감정을 유발하는 향을 찾아가는 과정이었다. 뿌리면 기분이 좋아지고 믿음이 생기고 주변 사람들에게 그 기운이 전달됐다.

견학이 끝난 뒤에 연구실로 들어가 보니 세바스티앙이 보르도를 주제로 렉스와 잡담을 나누고 있었다. 그가 참가자들과 보내는 시간이 점점 늘어나고 있었다. 우리한테서 영감을 받는 걸까? 렉스에게 집중한 걸 보면 그는 진심으로 관심을 느끼고 있었다. 질문에 무뚝뚝하게 대답하고 5분 만에 사라졌던 처음 몇 주하고는 확연하게 달랐다.

오렐리가 들어와서 렉스를 부르자 나와 세바스티앙이 남았다. 나는 머뭇거리거나 바보같이 굴지 않고, 마음을 단단히 먹고 미소를 지었다.

"복잡한 문제들은 다 해결됐어요?"

"*위.*" 그는 대답하고 기억이 나는지 얼굴을 문질렀다. "우리한테 받은 돈으로 변호인단이 앞으로 몇 년 동안은 쉴 수 있을지 모른다고 해두죠."

나는 남의 것을 훔친 다른 회사 때문에 그들이 날린 금액이 얼마나 될지 상상하며 고개를 저었다. "너무 불공평하네요."

"맞아요." 그가 말했다. "하지만 덕분에 우리 회사 이름이 신문에 다시 등장했으니 그런 점에서는 사업에 도움이 됐죠."

신문? 그거야말로 그가 가장 싫어하는 거 아니었나? "하지만 당신은 그런 거 싫어하지 않아요? 언론의 주목을 받는 거 말이에요."

"나도 내가 그런 줄 알았어요." 그는 우수에 젖은 표정으로 씩 웃었다. "하지만 아버지를 전보다 더 많이 이해하게 되네요." 그는 속삭이는 수준으로 언성을 낮추었다. "우리가 한동안 언론을 피했던 이유는 날조해서라도 우리에 얽힌 얘기를 취재하려고 했기 때문이거든요. 거기에 동조할 필요가 없었죠, 향수가 주가 되어야 하는데……."

"네, 그런데 지금은 뭐가 달라졌어요?" 언론에서는 요즘도 세바스티앙에 대한 세부 정보를 알아내는 데 혈안이 되어 있었다. 은둔생활을 몹시 좋아하며 뚱하고 매력적인 프랑스 남자!

그는 내 맞은편 작업대에 앉았다. "나는 그동안 아버지가 닫힌 문 저편에서 향수라는 마법에 빠져 지낸 줄 알았는데 그게 아니라 숫자를 계산하고, 끝이 없는 서류를 처리하고, 아버지의 제품이 도용되지 않도록 막고, 르클레르의 침몰을 막고 있었어요……."

"다른 사람은 걱정할 필요가 없도록 문을 닫아놓고 그러셨던 거였어요?"

세바스티앙이 눈을 두 번 깜빡거렸다. 뭔가에 깊이 감동했다는 뜻이었다. 나는 그에게 마음을 가라앉힐 수 있는 시간을 허락했다. "위, 나를 위해서 그러셨던 건데 나는 르클레르를 운영하려면 뭐가 필요한지 전혀 몰랐어요. 나만큼은 아무 방해물 없이, 그 어떤 스트레스나 압박감 없이 향수를 만들 수 있길 바란 아버지의 배려였던 거죠. 나는 당신이 사랑하는 일, 그러니까 향수를 만드는 일에 내가 집중할 수 있도록 아버지가 어느 정도 희생했는지 전혀, 아예 몰랐어요."

망자가 내 어깨 너머에서 허리를 숙이고 있기라도 한 듯 살갗이 다시 따끔거렸다. "이제는 아버지가 당신을 사랑하지 않았던 게 아니라 정말로 많이 사랑했기 때문에 그랬다는 걸 알았겠네요."

세바스티앙의 눈이 촉촉해졌다. "내가 잘못 알고 있었어요. 아버지는 내게 여유가 필요할 거라고 생각하고 그걸 마련해주셨지만 나에게 필요한 건 아버지뿐이었단 말이죠. 진실을 감추고 있으면 우리 인간은 복잡한 거미줄을 만들고 마네요."

진실이라. 하지만 진실을 토로하기가 쉬운 것만은 아니었다.

"어째 서류작업을 하는 와중에 일말의 열정을 찾은 것 같네요?" 나는 분위기를 띄우려고 눈썹을 꿈틀거리며 말했다.

"위." 그는 나를 보며 활짝 웃었다. "당신 덕분이에요, 델."

"어째서요?"

"나는 대회에 관여하지 않으려고 했어요. 그래서 환영 파티에 참석하지 않았어요. 아예 손을 떼기로 마음먹고 떠날 준비를 하고 있었죠. 형편없는 발상이라고, 약속을 하지 말 걸 그랬다고 생각하면서. 그런데 계속 당신이랑 부딪치는 거예요, 문자 그대로." 그는 웃음을 터뜨렸다. "당신 덕분에 잠깐 고민하게 됐어요. 당신이 사고뭉치라서 그런 게 아니라 익숙한 곳에서 벗어난 외돌토리인 게 너무나 확연하게 느껴지는데 그래도 굴하지 않는 걸 보고 당신한테 빚을 진 것 같다는 생각이 들더라고요. 속마음을 숨길 줄 모르고 그 먼 데서 여기까지 와서 나를 웃게 만든, 100만 년 만에 처음으로 껄껄 웃게 만든 아가씨한테 말이죠."

대회를 때려치울 생각이었다고? 하지만 운명의 여신인지 귀신인지 뭔지 모를 존재가 끼어들어서 말 그대로 나를 그의 앞에 내동댕이쳤다. 그것도 세 번이나. 나는 그날의 기억을 떠올리며 이마를 쳤다. 내가 뭘 잘 몰랐다면 위에서 우리를 조종하는 사람들이 있나 생각했을 것이다.

"흠." 내가 말했다. "사고뭉치 여기 대령했습니다." 나는 고개 숙여 절을 하고, 황홀한 눈빛으로 입가에 미소를 머금고 있는 내 앞의 남자를 향해 씩 웃어 보였다.

그는 나와 함께 보낸 시간 동안 엄청나게 많이 달라졌고 나는 그를 뼛속 깊이 이해할 수 있을 것 같았다. 상실의 아픔은 세상을 뒤집어놓지만 당사자는 그런 줄도 모르고 그냥 줄곧 혼란스러워한다. 그랬던 그가 이제 다시 균형을 되찾으려고 하고 있었다.

"그뿐만이 아니에요, 델." 그는 발그스름하게 달아오른 얼굴로 이렇게 얘기했다. "당신은 약처럼 향수로 모든 걸 고칠 수 있다고 믿잖아요. 나는 프로방스에서 그 오일을 받았을 때 당신이 어떤 걸 시도하는 중인지 깨달았어요. 향수를 그렇게 전적으로 믿는 사람은 내 평생 만난 적이 없어요, 아버지를 제외하고는. 당신은 스스로 욕심이 있고 성공을 향한 의지가 있다고 생각하지만 그냥 당신으로 살아가는 것만으로도 얼마나 성공적인 인생인지 잘 모르는 것 같아요. 어떤 사람에게 뭐가 필요한지 진단하며 당신에게 주어진 능력을 베풀고 있는데 말이죠."

나는 입을 벌렸다가 다물었다가 하며 무슨 말을 하면 좋을지 끙끙거렸다.

"미안해요, 내가 폭탄선언을 했네요." 그는 이렇게 얘기했지만 이내 미소가 사라지고 그보다 좀 더 깊고 진심이 담긴 무언가로 대체됐다.

나는 그 자리에 서서 그의 눈을 바라보고 있다가 최면에 걸렸다. 손을 뻗어서 그를 만지고 싶었고 그의 팔이 나를 감싸 안는 것을 느끼고 싶었고 내 입술에 닿는 그의 입술을 느끼고 싶었다. 바로 그때 나는 내가 넘어갔다는 것을, 강렬한 욕구에 넘어갔다는 것을 알아차렸다. 왜 하필 그여야 하는지는 알 수 없었지만 그의 곁에 있으면 허공에서 찌릿한 전류가 흘렀고 나도 모르게 과감해지고 그를 생각하느라 아무것도 할 수 없다고 시인하게 됐다. 한두 개의 바다가 우리 둘 사이를 가로막으면 내 감정도 달라질 것이다. 그는 나와 다른 감정을 느낀다고 분명하게 못을 박았고 떠날 준비를 하고 있었는데 내가 등장해서…….

그는 쉰 목소리로 말을 이었다. "나는—"

하필이면 바로 그때 아나스타샤가 들어오는 바람에 나는 뻣뻣하게 굳었다. 둘이서 그 얘기를 하고 있었다는 듯 세바스티앙이 내가 들고 있던 라벤더 향수를 가져가서 마개를 열었다. 라벤더와 오렌지가 섞인 약간 스모키한 향이 우리 사이로 피어올랐다. 우리 둘이 힘을 합쳐서 라벤더를 빛나게 만들었을 뿐 아니라 싫다고 반항하는 라벤더의 멱살을 잡고 쿵쾅거리며 21세기로 끌고 왔다. 주제에 초점을 맞추거나 어떤 감정을 병에 담거나 심상을 떠오르게 하기보다 딱 맞는 악센트를 섞어서 라벤더를 현대화하는 데 집중했다. 적어도 그가 떠나기 전에 세운 목표는 그거였고 나는 목표를 달성했다. 나는 내 작품이 훌륭하다는 걸 알았다. 향기가 보이지 않는 소용돌이를 그리며 피어오른 순간 피부로 실감할 수 있었다.

그는 병을 돌려서 코 아래에 갖다 대고 손부채로 향을 맡았지만 표정은 조금도 흔들림이 없었고 그 어떤 감정도 드러내지 않았다.

"이 작품에 만족한다면 판정단에게 제출할까요?"

"만족해요." 나는 대답하고, 귀중한 멘토링 시간을 방해하고 있다고 눈치라도 주려는 듯 아나스타샤를 곁눈질했다.

"그럼 남은 오후 시간 잘 보내요, 델. 내일은 조향사 루이자 엘리엇과의 수업이 있어요."

"고맙습니다." 나는 애써 무관심한 표정을 지었다. 아나스타샤가 바로 옆에 서 있었기 때문이었다.

"루이자 엘리엇이요?" 그녀는 좋아서 얼굴을 환히 빛내며 외쳤다. 아나스타샤가 미소를 짓다니 그녀를 만난 이래 처음 있는 일이었다. 루이자는 디오르에서 향수를 만들다 독립해서 자기 회사를 차린 미국인 조향사였다. 성격이 불같기로 유명했지만 열정의 발산이자 완벽을 향한 의지의 표현이었다.

"맞아요, 초빙하느라 공깨나 들였죠." 세바스티앙이 말했다.

"가서 그녀에 대해 공부해야겠네요." 아나스타샤는 머리칼을 뒤로 날리며 쌩하니 달려나갔다.

"놀랄 노자네요." 나는 갑작스럽게 달라진 그녀를 보고 고개를 저었다.

"나는 아버지의 작업실에 있을게요." 그가 말했다. "내가 필요한 일이 생기면 거기로 와요."

향수를 만드는 데 필요한 일이 생기면? 아니면 내 인생에 있어서 필요한 일이 생기면? 하지만 이제 그는 다시 의지를 불태우며 향수라는 진정한 열정의 상대로 돌아갈 준비가 되어 있었다. 내 욕심 때문에 그걸 방해할 수는 없었다.

"재밌는 시간 보내세요." 나는 이렇게 얘기하며 그를 살짝 안았다. 심장이 빠르게 두근거리는 게 느껴졌다.

24

"향수는 춤을 추는 것과 같다고, 사랑을 나누는 것과 같다고 생각해야 해요!" 루이자 엘리엇은 짓궂은 목소리로 이렇게 얘기하고 깔깔대며 웃었다. 그녀는 코미디언이나 다름없어서 우리는 거의 오전 내내 배를 잡고 굴렀다. 대가 앞에서 실수라도 저지를까 봐 겁내며 어깨를 움츠리지 않고 편안한 시간을 보낼 수 있어서 좋았다. 루이자는 실제로 성격이 불같고 열정이 넘쳤지만 유익하고 논리정연해서 오전 시간 동안 많은 걸 배울 수 있었다.

그녀는 메시지를 전달하기에 딱 알맞은 병을 선택하는 것에서부터 마케팅 전략을 수립하고 궁극적으로는 서로 궁합이 잘 맞는 컬렉션을 디자인하는 것에 이르기까지 향수의 모든 것에 대해 가르쳐주었다.

"이제 꿈을 블렌딩해서 나한테 보여줘요. 그걸 해석하는 방법은 여러분 마음이에요." 그녀는 까만색의 짧은 고수머리를 부풀렸다. "믹싱하는 데 한 시간을 줄 테니 그 시간 동안 얼마만큼 할 수 있는지 봅시다."

한 시간이라니! 서로 잘 어울리는 향을 섞는 걸 넘어서 감정을 향수에 담는 것, 그것은 나의 약점이었다. 이 정도 수준의 향수 만들기에서 중요한 건 연상이 아니라 균형일 줄 알았더니 또다시 내가 헛다리를 짚고 있었다.

30분이 지났지만 나는 여전히 헤매고 있었다. 꿈은 미묘했고 사람마다 달랐다. 게다가 계획을 생각할 때면 내 머릿속은 꿈들로 복잡해졌다. 뉴욕, 향수, 사랑……. 나는 파리에 온 뒤로 연애를 꿈꾸는 횟수가 많아졌다. 잠결에 뒤척이며 사랑이라는 단순하고 심장이 시키는 대로 하면 되는 세계 속을 날아다니다가, 눈을 뜨면 그게 그렇게 간단하지가 않았다. 현실과, 내 머릿속을 어지럽히는 충동에 따라 살아갈 수는 없다는 사실이 나를 강타했다. 그래서 나는 눈을 감았을 때 어떤 꿈을 꾸는가 하면…….

루이자가 내 자리로 왔다. "왜 그렇게 우울한 표정을 짓고 있어요?"

나는 한숨을 쉬며 말했다. "저는 이런 걸 잘 못하겠어요. 병을 달랠 수는 있지만 감정을 향수 안에 담을라치면 의구심이

스멀스멀 고개를 들거든요."

검은색으로 아이라인을 두툼하게 그리고 반짝이는 빨간색 립스틱을 바른 루이자는 어디로 보나 전과 다름없는 세련된 뉴요커였지만 요즘 그녀는 주로 프랑스에서 활동하고 있었다. "좋아요. 그럼 뭘 어쩌려는 계획인지 얘기해봐요."

"음, 꿈이라고 하면 제 꿈이 생각나거든요. 연애, 일, 집이라고 부를 수 있는 곳." 나는 삐져나온 머리카락을 얼른 뒤로 넘겼다. 할머니의 충고가 머릿속을 스치고 지나갔다. 사랑한다는 말을 3개 국어로 할 수 있거나 사랑의 언어가 뭔지 정확하게 이해하기 전에는 절대 성공하지 못할 것이다. 감정이나 느낌을 무슨 수로 향수병에 담을 수 있을까?

루이자는 팔짱을 끼고 나를 살폈다. "그런데 왜 그렇게 심란한 표정을 짓고 있어요? 뭘 어떻게 하면 되고 향기로 표현한다는 게 뭔지 정확히 알고 있는 것 같은데. 그냥 이리저리 생각해보기만 하면 되잖아요? 꿈이라는 게 당신한테는 뭐예요? 당신은 빛을 꿈꾸고 사랑을 꿈꾸나요?"

"하하." 나는 어색하게 웃었다. 사랑을 꿈꾸느냐고? 사랑이 꿈일까 아니면 상태일까? "바로 그거예요. 그런 미묘한 느낌을 병에 담으려고 하면 길을 잃고 제대로 전달이 되지 않아요. 감동이 어디론가 사라져버려요." 연상이라는 주제 아래 여러 가지 에센스를 하나로 묶는 것보다 알맞은 에센스를 선택해서 그냥 블렌딩하는 편이 훨씬 쉬웠다. "사랑을 예로 들면…… 사랑이 장미일 수는 있지만 또 뭐일까요? 이거 조금 저거 많이, 이런 식으로 섞는다고 그게 진짜 사랑은 아니잖아요. 그냥 장미고 바닐라 빈이지. 아닌 걸 맞는 척하지 못하겠어요."

그녀는 내가 블렌딩한 향수를 맡아보더니 뭐라고 메모를 적고 손가락을 퉁겼다. "알겠어요." 그녀가 말했다. "당신의 생각을 감정과 분리시켜야 해요. 무슨 말인지 알겠어요?"

무슨 말인지 알았지만 그게 말처럼 쉽지 않았다. 그녀는 마뜩잖아하는 내 표정을 읽었는지 다시 말문을 열었다. "당신은 지금 당신이 생각하기에 잘 어울릴 것 같은 재료, 당신이 생각하기에 조화로울 것 같은 재료를 섞고 있잖아요. 하지만 어떤 감정이 느껴지게 하는 향수를 만들어야 해요. 머리가 아니라 가슴을 써요, 네?"

곰곰이 생각해보니 해답이 잇따라 떠올랐다. 향수는 부분의 총합이 아니라 그 이상이 되어야 했다.

내가 너무 문자 그대로 해석하고 있었다.

너무 평면적으로 해석하고 있었다.

애초부터 할머니의 말이 맞았을까?

내가 진솔한 감정 뒤로 숨는 식으로, 진심을 감추는 식으로 향수에 몹쓸 짓을 하고 있었을까?

나는 용감해져야 했다.

과감해져야 했다.

온갖 질문들이 머릿속에서 웅웅거렸지만 오랫동안 고민했던 문제를 해결하기까지 딱 한 호흡 남았다는 걸 느낄 수 있었다. 그게 맞는지 확인하려면 예전에 느꼈던 다른 감정을 가지고 실험해보는 수밖에 없었다. 그게 되면 해답을 찾을 수 있을 것이다. 그걸 향수병 안에 담아낸다면 내가 어떤 감정을 제대로 포착할 수 없었던 이유가 방법을 몰라서가 아니라 그걸 제대로 느껴본 적이 없었기 때문이라는 걸 알게 될 것이다.

"고마워요, 루이자! 무슨 말인지 알겠어요! 알 것 같아요!" 그냥 믿으면 되는 문제였고 믿는 건 할 수 있었다. 하지만 사랑이 아니라 꿈, 내 꿈을 담을 것이다. 새로운 도시에서 주변 세상을 탐험하며 그 안에서 기쁨을 누리는 것. 나를 한번 믿어보는 것!

그녀는 살짝 고개를 끄덕였다. "그럴 줄 알았어요. 그리고 앞날에 대한 충고를 하자면, 모든 걸 걸어요. 그래야 훌륭한 조향사가 될 수 있어요. 그런 열정을 찾아서 일상의 모든 면에서 쥐어짜고 뜨겁게 살고 절대 뒤를 돌아보지 말아요."

나는 근사한 함박웃음을 지었다. 절대 뒤를 돌아보지 말라니 할머니도 동의할 법한 훌륭한 충고였다. 나는 작업에 착수했다. 이번에는 새로운 삶, 새로운 도전의 환희라는 다른 감정을 향수에 담는 데 집중했다. 순간순간에 최선을 다하고 두 손으로 희열을 붙잡아서 꼭 끌어안는 느낌. 그건 방금 전에 벤 풀 냄새였다. 비가 온 뒤에 비친 햇살, 커피콩, 설탕과 향신료의 냄새였다. 내일은 오늘보다 더 행복할 거라는 기대감. 성공의 달콤한 향기!

뉴욕…….

내 손이 작업대 위에서 빠르게 움직였다. 오래전부터 나를 괴롭혔던 과제를 해결하는 순간이 눈앞으로 닥쳤기에 심장이 두근거렸다. 그 꿈을 이루는 것이 나로서는 지금까지 거둔 수확 중에서 가장 큰 수확이 될 것이다.

30분 뒤에 나는 조그만 향수병을 루이자에게 내밀었다. 그녀는 코 아래에 대고 병을 흔들었고 새빨간 입술로 함박웃음을 지었다. "신사 숙녀 여러분, 오늘의 우승자를 소개합니다!" 그녀가 외쳤다. "델이 대도시의 삶, 파리의 우아함을 구현하는 데 성공했네요! 대로를 거닐다 잠깐 멈춰 서서 카페오레를 마시는 길고 여유로운 하루……. 이것이." 그녀는 엄숙하게 선포했다. "당신에게는 위대한 시작이 될 거예요."

잠깐, 뭐라고? 파리라고?

"아, 루이자, 저는 사실……." 나는 속으로 고민하느라 말끝을 흐렸다. 내 꿈, 그러니까 뉴욕 진출이라는 내 꿈을 상징하는 향수를 만들려고 했는데 파리의 향수로 바뀌어버린 모양이었다.

내가 모르는 새 내 꿈이 달라진 걸까?

루이자가 고개를 모로 꼬고 나를 쳐다보고 있었기에 얼른 대답했다. "감사합니다, 루이자……." 사랑을 향수병에 담으려면 더 기다려야 할 것이다. 사랑이라는 개념이 내게는 아직 애매모호했다. 게다가 내가 무의식적으로 인생 항로를 180도 바꾼 이유를 파악해야 했다. 나는 향수와 그 이면의 마법을 믿었기에 이게 어찌 된 영문인지 알아내야 했다.

무의식이 내게 하려는 말이 뭔지 알아내야 했다.

오후가 끝나가자 우리는 한 자리에 모여 앉아서 각자의 희망과 꿈에 대해 얘기했다. 루이자가 우리에게 동지애 비슷한 것을 심어준 듯했다. 우리는 잘된 부분과 실패한 부분에 대해 논의했고 나는 내 작품이 그날의 향수로 뽑혀서 기쁘기 짝이 없었다. 루이자는 나를 꼭 끌어안고 본능이 이끄는 대로 따라가라고 했다. 그 말에 나는 미래에 대한 희망을 느꼈다.

우승한 덕분에 일주일 동안 뱅상의 작업실을 쓸 수 있게 됐다. 나는 지체 없이 열쇠를 받아서 그곳으로 향했고 세바스티앙이 방금 전까지 있다 나갔는지 잔향이 남아 있었다. 나는 향수 하나만으로 그 빌어먹을 인간과 사랑 비슷한 것에 빠져버렸다.

그의 아버지 유품 사이를 거닐고 그가 앉았던 자리에 앉다니 꿈이 이루어진 거나 다름없었다. 세바스티앙이 아버지의 노트를 펼쳐두고 읽어도 된다는 쪽지를 남겨놓았다. 우승자만 누릴 수 있는 영광이었기에 그가 나를 암묵적으로 신뢰한다는 뜻이라도 되는 양 특별 대접을 받는 기분을 느꼈다. 나는 구글로 문장을 번역해가며 고인의 묵상 속으로 이내 빨려들어갔다.

그의 노트를 읽다보니 한 문장이 내 눈에 들어왔다. 나는 나중에 다시 읽고 주문처럼 암송할 수 있게 내 수첩에 옮겨 적었다. '완벽한 향수를 창조하면 노래처럼 영원히 사람들 곁에 남을 수 있다.' 그가 쓴 문장들은 시와 같았고, 이건 단순한 향수 노트라기보다 숨김없이 진솔하게 심금을 토로한 비망록에 가까웠다.

나는 르클레르 파르퓌메리 2층의 조그만 작업실에서 뱅상과 그가 평생 일군 모든 업적에 대해 생각했다. 절대 성공하지 못할 거라고 당대의 위인들에게 배척당했던 남자. 하지만 그는 그들의 생각이 틀렸음을 입증했고 성공을 거둔 뒤에도 특유의 매력인 겸손하고 별난 면모를 유지했다. 불굴의 의지가 얼마나 중요한지 보여주는 대표적 사례였고 나는 그걸 죽을 때까지 잊지 않기로 다짐했다. 그리고 향수만 만들 게 아니라 살아가면서 만나는 사람들과도 즐거운 시간을 보내기로 했다.

그의 노트를 읽다 말고 창가로 다가가 나처럼 이렇게 서 있었을 뱅상의 모습을 상상했다.

그때도 그는 머릿속으로 원료를 배합하고 있었을 것이다. 이것 조금, 저것 많이. 고인이 가장 사랑했던 공간에 여전히 머물고 있기라도 한 듯 내 팔의 솜털이 곤두섰다. 몇 발짝만 걸어가면 북적거리는 대도시의 삶을 만끽할 수 있는 샹젤리제 인근의 이 작업실로 사람들을 유혹하는 맛있는 냄새가 스멀스멀 올라왔다. 내가 이 사랑의 도시에 계속 머무를 수 있을까……?

25

　"진짜야?" 젠이 수화기에 대고 비명을 질렀다. "정말 기분 끝내줬겠다!"

　드디어 그녀와 연락이 닿아서 뱅상의 작업실에서 그의 노트를 읽고 향수 오르간을 만지작거리며 그의 위대함을 만끽할 수 있었다며 지난 한 주 동안 있었던 일을 모조리 쏟아내는 중이었다. 나는 가슴에 손을 얹고 그때의 기억을 떠올렸다. "맞아! 끝내줬어. 그게 진정한 하이라이트였어. 거기 있으니까 그와 얼마나 엄청난 유대감을 느꼈는지 말로 설명하지 못할 지경이야."

　"델, 진짜 대단하다. 집으로 돌아오고 싶지 않겠어." 그녀 말이 맞았다. 나는 이 마법의 양탄자에서 영원히 내리고 싶지 않았다. 그러면 날마다 배움을 쌓으며 조향사로서 계속

성장할 수 있었다.

"아, 모르겠어." 내가 말했다. "현실에 끼어든 이 황홀한 순간이 조만간 끝나면서 본격적인 업무가 시작될 것 같거든. 여기 있는 동안 눈이 트이면서 우리 고향도 별로 나쁘지 않다는 걸 알게 됐어. 앞으로 위안이 필요할 때마다 거길 찾겠지만 내 꿈을 좇으려면 용감해져야 하고 나를 믿어야 해."

"너는 뭐든 마음만 먹으면 다 할 수 있어, 델. 너는 네가 몽상을 좋아하고 창의적이라 엄마, 아빠를 닮은 줄 알지만 아니야. 너는 포부가 엄청나고 성실하니까 뭐든 원하는 대로 이룰 수 있을 거야. 하룻밤 새 이루어지지는 않겠지만 결국에는 네 뜻대로 될 거야. 나는 알아."

"하지만……." 나는 말끝을 흐렸다. "너는 계속 위스퍼링 레이크스에서 살 거지?" 나는 속으로 사랑의 열기가 시들해져서 그녀가 나와 함께해주길 바랐다. 이기적인 생각이었지만 나는 여전히 그녀가 몹시 그리웠다.

그녀는 대답하지 않았고 내 심장이 갈비뼈를 요란하게 두드렸다. 어떤 깨달음이 퍼뜩 떠오르자 태양을 똑바로 쳐다보는 듯 눈앞이 아득해졌다. 이건 그녀의 꿈인 적이 없었다. 그녀는 나를 사랑했고 내가 성공하길 바랐기 때문에 장단을 맞춰주었을 뿐이다. 나는 숨을 참고 그녀에게서 확인받는 순간을 기다렸다.

"델, 나는 너를 사랑하고 너를 위해서라면 뭐든 할 수 있어. 그거 알지?"

나는 마음의 준비를 하며 눈을 감았다. "응."

"나는 행복했어. 너랑 같이 가서 네가 오래전부터 그려왔던 그 거대한 제국을 건설할 생각을 하니까 행복한 것 이상이었어. 어쩌면 네가 있는 곳에 나도 있고 싶었기 때문이었을 수도 있겠고 내가 나 자신보다 너를 더 사랑하기 때문일 수도 있겠지. 그런데 상황이 달라지면서 문득 마냥 따라다니며 그게 내 꿈이기도 했던 척 연극을 하지는 못하겠다는 생각이 들더라."

"하지만 나는……."

"너는 어떻게 생각할지 몰라도 제임스 때문만은 아니야. 아니, 그 때문이기도 하고 아니기도 하지. 제임스를 만나면서 그걸 알게 됐으니까. 향수에 대한 사랑이 아니라 너에 대한 사랑 때문에 가려고 했다는 걸 말이야. 나는 빌어먹을 향수 냄새도 잘 모르잖아!" 그녀는 공허한 웃음을 터뜨렸고 길 잃은 눈물 한 방울이 내 뺨 위로 흘러내렸다. 동생이 뭘 원하고 뭘 바라는지 나는 어쩌면 그렇게 몰랐을까?

"제임스가 프러포즈를 했어." 그녀의 말투는 사무적이었다. "나는 받아들였고. 대회에 참가하는 동안 괜히 신경 쓰이지 않게 다 끝나면 얘기하려고 했는데."

나는 헉하고 숨을 내뱉었다. "약혼을 했다고?" 서로를 속속들이 알고 있기는 개뿔. 그녀의 인생이 통째로 바뀌었는데 나는 전혀 모르고 있었다. 우리는 모든 걸 공유하지 않았던가? 모든 비밀과 모든 약속을. 모든 기쁨과 모든 슬픔을.

"응." 이번에는 그녀의 목소리에서 기쁨이 넘쳐났다. "네가 파리로 떠나고 얼마 되지 않았을 때 그이가 얘길 꺼냈어. 그리고 나는 고민을 많이 했고. 딱한 사람을 일주일 동안이나 기다리게 했지 뭐야! 하지만 네가 실망하면 어쩌나, 내가 올바른 판단을 내릴 수 있을까 하고 걱정했거든. 한참 동안 자아 성찰을 하다 보니까 지금까지 내가 원하는 인생이 아니라 네가 원하는 인생을 계획하고 있었다는 게 선명해지더라. 너도 이해해줬으면 좋겠어."

숨을 쉬기가 힘들었다. 나는 그녀의 고백에 숨이 턱 막혔고 사악한 의도는 없었을지라도 지금까지 그녀의 인생을 내 마음대로 주물렀으면서 몰랐다는 데 죄책감을 느꼈다. 지금까지 남자, 남자친구, 연애를 주제로 둘이서 나눈 대화가 머릿속을 스치고 지나갔고 그녀가 농담처럼 결혼과 아이를 운운했던 게 농담이 아니라 진심이었는데 내가 가려는 길만 바라보느라 그런 줄 몰랐었다는 생각이 들었다. 쌍둥이라면서 그걸 이제야 깨닫다니 조금 어이가 없었다.

"괜찮아?" 그녀가 나지막이 물었다.

그녀는 보지 못할 텐데도 나는 목이 메어 고개만 끄덕였다. 그녀를 안심시키고 싶었지만 계속 가슴이 아팠고 새로 입수한 정보를 처리하느라 정신이 없었다. 이건 어마어마하게 충격적인 소식이었다. "정말 놀랍다, 젠. 약혼 소식도 그렇고 모두 다."

"알아, 그래서 얘기하지 않고 있었던 거야. 타이밍이 좋지 않았던 거 미안해. 하지만 각자 살아가야 할 때가 됐다는 생각이 들더라. 아무리 원한들 언제까지나 삼쌍둥이처럼 지낼 수는 없잖아. 너는 할머니 없이 향수를 만드느라 힘들어했지만 미지의 세계로 뛰어들고 모험을 저지르고 나를 두고 파리로 떠나는 것으로 상심한 마음을 치료했어, 델. 모르겠어? 이건 우리 둘 모두에게 필요한 과정이었어."

아아, 그녀의 말이 맞았다. 그런데도 나는 전혀 모르고 있었다. "응." 나는 눈물 때문에 눈이 따끔거렸다. "나는 그런 식으로 생각하지 못했던 것 같아. 너와 헤어지는 게 두렵긴 하지만 우리 둘 모두를 위해서 그래야겠다."

나는 그녀를 사랑했고 그녀가 자신에게 걸맞은 삶, 자신이 선택한 삶을 살길 바랐다.

"그래도 너는 뉴욕에 갈 수 있어. 내가 멀리서나마 도와줄게. 회계적인 부분을 도맡아서 처리하고 온라인으로 최대한 지원할게."

말은 고마웠지만 그녀는 내 심장이 아니라 그녀의 심장을 뛰게 만드는 일을 해야 했다. "뉴욕 걱정은 하지 마." 내가 말했다. "그리고 이제 결혼 계획을 세워야 하잖아!" 나는 아직까지 자리를 잡지 못해서 버둥거리고 있는데 결혼이라니 너무 어른스럽고 너무 성숙한 단어처럼 느껴졌다. 쌍둥이로서 지금까지 모든 중요한 순간을 함께했기 때문에 너무 낯설고 신기하게 느껴졌지만 이렇듯 새롭고 어렴풋한 방식으로 미래가 펼쳐지는 것일 수도 있었다.

"그래야지! 그리고 누가 알아, 그새 너한테 사랑하는 남자가 생겨서 합동결혼식을 올릴 수 있을지?" 또 시작이었다. 젠은 나와 다른 세상에서 살았다. 그 세상에서는 누구나 눈 깜빡할 새 사랑에 빠지고 결혼을 해서 착하고 사랑스러운 아이를 낳았고 잠을 자는 동안 향수 왕국을 건설할 수 있었다.

우리는 한 시간 동안 신부들러리 드레스와 부케, 결혼 서약, 기타 등등에 대해 실컷 떠든 뒤에 전화를 끊었다. 그녀가 실토해주어서 차라리 다행이었다. 이제 그녀는 자기 심장이 시키는 대로, 나는 내 심장이 시키는 대로 후련하게 각자의 길을 갈 수 있었다. 아아, 그녀가 보고 싶었다. 그녀는 내게 필요한 게 뭔지 처음부터 알았고 그녀뿐 아니라 나를 위해 그 일에 매진하도록 등을 떠밀었다. 이것이야말로 쌍둥이 자매의 진정한 사랑이었다.

탈락자 발표의 순간이 다가왔지만 젠과의 통화로 여전히 정신이 멍했다. 나는 르클레르 아파트로 가서 응접실에 자리를 잡고 앉았다.

렉스가 내 표정이 이상하다는 걸 알아차렸는지 미간을 찌푸리고 다가왔다. "미스 아메리카, 왜 그래요? 떨어질까 봐 걱정돼서 그래요?"

"아뇨, 아니에요." 내가 말했다. "동생 때문이에요. 동생이 약혼을 했대요."

"그런데 그게 안 좋은 소식이에요?"

나는 어색한 미소를 지었다. "아뇨, 절대 아니죠! 그냥 미안해서 그래요. 항상 내 꿈을 같이 이루자며 동생을 끌고 다녔던 거 하며, 그랬다는 걸 지금까지 몰랐던 거 하며……. 그냥 충격을 받아서 그런 것 같아요. 동생이 결혼을 한다니!"

"아, 쌍둥이란." 그가 말했다. "기회가 될 때마다 동생이 뉴욕으로 놀러 올 텐데요, 뭘."

나는 당황스럽게도 눈물이 날 것 같았다. 행복의 눈물이었지만 달콤쌉쌀한 눈물도 몇 방울 섞여 있었다. 그래도 렉스가 고마웠다. 그와 얘기를 하고 나면 상황이 훨씬 명쾌하게 정리가 됐다.

"하지만 동생이 없으면 뉴욕이 뉴욕 같지 않을 거예요. 생각해보니까 나는 빌어먹을 《섹스 앤드 시티》나 뭐 그런 걸

근거로 미래를 구상했어요. 나는 캐리, 동생은 샬럿이었고 아니면 내가 샬럿, 동생이 캐리였을 수도 있죠. 아무튼 중요한 건 뭔가 하면 가능성과 칵테일로 넘쳐나는 이 근사하고 화려한 현대 여성의 생활을 누릴 수 있다고 생각했다는 거예요. 나는 하이힐을 신고도 비틀거리지 않고 느긋하게 걸을 수 있고, 사업은 엄청난 성공을 거두고, 조그맣게 시작한 향수사업이 제국으로 발전하고, 지저분한 단칸셋방에서 트라이베카의 로프트로 이사하고, 뉴욕 어쩌고 하는 노래가 우리의 주제가가 되고, 꿈은 이루어지고. 위스퍼링 레이크스의 두 아가씨, 모든 역경을 극복하고 대박을 터뜨리다……. 하지만 그건 그냥 환상이었어요, 그렇죠?"

이룰 수 없게 되어버린 꿈을 생각하며 흐느껴 울자 렉스가 나를 안아주었다. 텔레비전 시트콤 같은 미래를 상상했다니 어이없게 느껴졌다. 이렇게 한심할 수가 있나! 나는 향수 부티크를 열 준비가 되어 있지 않았다. 심지어 뉴욕에 진출할 준비도 되어 있지 않았다! 나는 이제 간신히 길을 잃지 않고 샹젤리제를 왔다 갔다 할 수 있는 수준이었다. 5개년 계획은 개뿔.

"항로를 바꿔도 돼요. 돛을 올리고 출항했는데 바람이 바뀔 때도 있잖아요."

나는 코를 훌쩍이며 심란한 마음을 가라앉히려고 했다. 응접실에 있는 다른 사람들은 내가 대회 때문에 우는 줄 알 것이다. 그들에게 눈물범벅이 된 몰골을 보여주고 싶지 않아서 렉스의 플리스 스웨터에 얼굴을 묻고 있었지만 결국에는 어쩔 수 없다는 걸 알았다. 나는 예전부터 울면 못난이로 변했다. 3초 만에 눈이 부었고 충혈이 돼서 보기 흉한 색으로 변했다.

다시 고개를 들어서 렉스에게 고맙다고 눈으로 얘기하고 슬그머니 얼굴을 닦았다. "고마워요, 렉스. 일이 내가 생각했던 대로 되지 않아서 조금 슬프지만 그래도 행복해요. 이 모든 게 내가 거쳐야 하는 여정의 일부분이라고 생각하고요."

"자기 자신한테 너무 엄격할 필요 없어요, 델. 인생은 방향 전환과 우회의 연속이고 가끔은 흐름에 몸을 맡겨야 하는 때도 있어요."

"네, 맞아요. 새로운 계획을 세워야 할 때가 됐어요. 조금 철이 들기도 해야겠고요. 내 두 발로 설 수 있게."

그는 케이블 니트로 덮인 내 팔의 맨 윗부분을 문질렀다. "너무 빨리 철이 들지는 말아요. 그러다 정신이 이상해지는 거니까."

나는 휴지가 있었으면 좋겠다는 생각을 하며 웃음을 터뜨렸다. "맞아요. 훌륭한 사람들은 전부 살짝 나사가 풀려 있잖아요, 그렇죠?"

"그렇죠."

세바스티앙이 오렐리와 함께 들어왔다.

나는 숨을 몇 번 고르며 내가 탈락자로 뽑히지 않게 해달라고, 나는 여기 있어야 할 이유가 좀 더 많아졌다고 기도했다.

"안녕하세요."

모두 하던 얘기를 멈추고 세바스티앙을 돌아보았다. 그는 응접실을 둘러보다 나에게 시선이 닿자 얼굴을 찡그렸다. 나는 우리 둘 사이에서 뭔가가 오갔을 때 보일락 말락 하게 고개를 저었다. 진심으로 걱정하는 그를 보고 기분이 조금 좋아졌다. 나는 클레망틴 같은 참가자들 모르게 걱정할 것 없다고 표정 하나로 전달해보려고 애를 썼다.

오렐리가 차분하고 또렷한 목소리로 말문을 열었다. "프랑스의 다른 지방에서 재미있는 시간을 보냈나요? 우리는 여러 가지 이유에서 르클레르의 특별한 장소를 선정했고 그에 걸맞은 과제를 제시했죠. 이번에도 수준 높은 작품과 그토록 놀랍고 느낌이 있는 향수를 만들어낸 도전정신에 감동했어요. 압박감이 심한 새로운 환경에서 쉽지 않은 일일 텐데 말이죠."

나를 비롯한 모든 참가자들이 불안해했고 긴장감이 감돌았다.

"바로 발표할게요. 이번 주에는 후덥지근한 보르도에서 영감을 받아 진하고 대담하고 아주 특별한 향수를 만든 렉스가 1등을 차지했어요."

클레망틴이 함성을 지르고 박수를 치며 렉스에게 몸을 던지자 그는 끙 하는 소리를 냈다.

"그다음으로 2등은 델이에요." 향수의 신이시여, 감사합니다! "델의 라벤더 향수는 보라색의 수수한 꽃을 한 차원 높은 경지로 끌어올렸어요. 대담하고 현대적이었고 이번 주에 우리의 사랑을 가장 많이 받은 작품 중 하나였어요.

그러면 이제 클렘, 릴라 그리고 아나스타샤가 남았네요. 이번에도 접전이었어요. 모든 향수가 만족스러웠고 조건에 걸맞았지만 그 셋 중에서 우리를 진심으로 감탄시킨 작품은 릴라의 '코트다쥐르에 부치는 시'였어요. 남프랑스의 라이프 스타일을 완벽하게 구현한 복잡하고 촉촉한 향수였어요. 클레망틴, 당신이 가까스로 남게 됐어요. 그러니까 그 말은 안타깝게도 아나스타샤가 탈락자라는 뜻이 되겠죠……."

충격으로 응접실이 정적에 휩싸였다.

"오르부아!" 클렘이 환성을 질렀다.

"클렘……." 나는 경고하는 목소리로 그녀를 불렀다. 불난 집에 부채질할 필요는 없었다. 좋아할 것까지는 없지 않을까?

"왜?" 그녀는 아무것도 모르는 척 되물었다. "쟤가 너한테 방해공작을 펼친 거 맞지 않아, 델?"

그건 오래전 일이었고 이제 와서 얘기를 꺼낼 필요도 없었다.

"그만해, 클렘."

"왜? 나는 그냥 원칙까지 어겨가며 이기려고 드는 사람을 위해 눈물을 흘릴 필요는 없다고 얘기하는 거야. 그건 미친 짓이잖아, 안 그래?" 그녀는 내 쪽으로 몸을 기울이더니 귀에 대고 속삭였다. "그리고 델, 너도 원칙을 어겼지?"

세바스티앙이 응접실에 흐르는 긴장감을 감지하고 주목해 달라는 뜻에서 손뼉을 쳤다. "이제 작별 인사하시고 오늘 하루는 자유시간입니다."

나는 본격적으로 본모습을 드러낸 클레망틴에서 벗어나고 싶은 생각밖에 없었다. 시커멓고 신랄하게 뒤틀린 사람이 그녀의 본모습이었다. 그녀는 내가 생각했던 그런 사람이 아니었다.

샹
젤
리
제
거
리
의
작
은
향
수
가
게

26

다음 날 세바스티앙은 코빼기도 보이지 않았고 오렐리 혼
자서 우아하게 우리를 기다리고 있었다. "어서 오세요." 그녀
는 우리를 안으로 안내했다. "이번 주에는 여러분에게 시간
을 초월하는 향수를 부탁하려고 해요. 어떻게 만들면 되느냐
고요? 그건 여러분이 결정하세요. 여러분 마음대로 정의하
세요. 물론 그게 도전 과제라고 불리는 데는 이유가 있을 테
니 보기와 다르게 만만치 않을 거예요. 주어지는 시간은 단
한 시간이에요. 여러분이 어떤 걸 구현하려고 하느냐에 따라
서 한 시간으로 적당한지 여부가 결정될 거예요. 세바스티앙
이 아버지와 이 깜찍한 시나리오를 구상했을 때 여러분의 창
의력의 한계를 시험하고 짧은 시간이 주어지더라도 수준 높
은 제품을 만들 수 있는지 알아보는 게 목표였을 거예요. 나

는 여러분이 할 수 있다는 걸 알아요, 그러니까 시작합시다. 연구실은 문이 열려 있고 오늘 아침 10시까지 향수를 제출하면 돼요."

한 시간이라니! 루이자의 수업 시간에 만들었던 그런 거라면 모를까, 제대로 된 향수를 만들기에는 부족한 시간이었다. 그런데 그걸로 평가까지 받아야 한다니. 다른 참가자들을 따라서 달리는 동안 어떻게 하면 좋을지 고민하느라 머리가 핑핑 돌았지만 우습게도 생각이 나는 것이라고는 시간이 부족하다는 것과 그게 얼마나 엄청난 걸림돌이 되겠는지였다. 그때 묘안이 떠올랐다.

작업대를 설치하는데 심장이 쿵쾅거렸다. 여기까지 달려와서 그런 게 절반, 아드레날린 때문이 절반이었다. 내가 이걸 해낼 수 있을까?

시간.

나는 클레망틴이 그녀에게 시달릴 이유가 없는 렉스와 티격태격하는 소리를 가까스로 차단했다. "클렘, 그만 좀 해!" 나는 짜증을 터뜨렸다. 그녀는 들은 척도 하지 않았다. 왜 향수에 집중하지 못하는 걸까? 그녀는 방해할 작정으로 다른 참가자들의 부아를 돋우는 듯했다.

됐어, 집중해, 델. 내게 있어 시간은 사랑하는 사람과 하루만 더 함께하는 것이었다. 그 사람이 영영 돌아올 수 없는 곳

으로 떠나면 시간이 얼마나 유한한지 알 수 있었고 여기 이
곳, 지금 이 순간을 즐겨야 한다는 깨달음을 얻을 수 있었다.
그것은 비가 내린 이후에 풍기는 냄새처럼 신선했고 밤이 내
리기 전처럼 고요했다. 새까만 하늘에 처음으로 고개를 내민
별의 반짝임이었다. 아무것도 남지 않았을 때 주어지는 한
시간이었다.

도둑맞은 시간.

나는 신들린 여자처럼 원료를 배합했다. 엄청난 순간을 앞
둔 듯이 손끝이 웅웅거렸다. 어떤 돌파구. 어쩌면 내가 떠나
보낸 사람들에게 한 걸음 다가가는 계기에 불과할 수도 있
었다.

늘 그렇듯 정신이 없는 와중에 주어진 시간이 끝나버렸다.
오렐리가 다시 와서 우아한 미소를 머금은 얼굴로 향수병을
수거해갔다. 우리는 이제 자유의 몸이었다. 나는 작업대를
정리하고 핸드백을 집었다.

"성공한 거야?" 클레망틴이 물었다. 나는 아무리 애를 써도
함박웃음을 얼굴에서 지울 수가 없었지만 그녀의 위협적인
속삭임이 우리 둘 사이에 소리 없이 남아 있었다.

"성공했길 바라야지."

클렘은 비참해하는 눈빛이라 나는 감정을 자제했다. "왜
그래?"

그녀는 길고 요란한 한숨을 내뱉었다. "시간이 부족했지, 뭐. 완전 치즈를 줬어!"

"뭘 어쨌다고?"

"너무 안달복달했다고!"

나는 그녀가 쓰는 표현을 죽을 때까지 이해하지 못할 것이다. "그래도 뭘 제출하긴 했지?"

"간신히. 수준 미달일 거야, 델. 그런데 나는 탈락하면 뚜껑이 열릴 거야." 그녀가 가엾은 릴라를 엄지손가락으로 가리키자 릴라는 클렘이 무슨 전염병이라도 되는 듯이 피했다.

"그런 쓸데없는 얘기하느라 시간 낭비하지 마, 클레망틴. 아까도 렉스를 놀리느라 허송세월하지 않았다면 시간이 부족하지 않았을 거야."

그녀는 엉덩이로 나를 밀쳤다. "그건 아니다." 그녀가 말했다. "나는 서두르는 걸 싫어하거든. 그뿐이야."

"그걸 좋아하는 사람이 어디 있니? 하지만 주어진 과제에 집중했다면……."

"하! 우리 모두가 르클레르의 지원을 받는 건 아니잖아, 농? 우리 모두가 통금시간을 어길 수 있는 것도 아니고, 안 그래?"

"클렘." 나는 경고하는 투로 얘기하며 그녀의 도전적인 눈빛을 맞받아쳤다. "너도 통금시간을 어긴 걸로 기억하는데."

나는 엄포를 놓고 두근거리는 심장을 달래며 걸음을 옮겼다. 그녀는 작정하면 얼마든지 상황을 꼬이게 만들 수 있었다. 내가 특혜를 누리고 있다고 다른 참가자들을 설득하는 정도는 그녀에게 일도 아닐 것이다. 그리고 내가 통금시간을 어기기는 했지만 그건 쓸데없는 규정 같았다. 나는 수업을 빼먹은 적이 없었고 늦은 적도 없었다.

"우울한 기분은 술로 달래야겠다, 이 배신자야!" 그녀가 등 뒤에서 외치자 나는 몸서리를 쳤다. 당분간 그녀를 최대한 피해 다닐 테지만 다음으로 괴롭힘을 당할 상대가 나인 게 분명하다는 생각이 들었다.

기나긴 오후가 축복처럼 나를 기다렸고 화창한 파리의 길거리로 나섰다. 아파트에 거의 도착했을 때 세바스티앙과 맞닥뜨렸다.

"봉주르, 델. 오늘 도전 과제 발표하는 자리에 못 가서 미안해요. 어땠어요?"

나는 씩 웃어 보였다.

"그 정도로 잘했어요?" 그는 웃음을 터뜨렸다.

"네." 나는 말했다. "억지로 쥐어짤 필요 없이 본능적으로, 자연스럽게 이루어지는 느낌이었어요. 이제 다시 숨을 쉴 수 있게 됐고요! 그나저나 어디 가요?"

"친구네 가게요. 같이 갈래요?"

"좋죠." 여름용 원피스로 갈아입고 플립플롭을 신으려던 계획은 수포로 돌아갔다. 그가 여기서 나를 기다리는 걸 아무에게도 보이고 싶지 않았다. 거기서 빛의 속도로 사라지는 게 상책이었다. 청바지와 운동화로 때우는 수밖에 없었다. 별로 매력적이지는 않지만 걷기에는 이게 더 편했다.

"어떤 가겐데요?"

"에펠탑 그늘 안에 있는 조그만 앤티크 숍이에요. 거기 주인 아뉙이 아버지가 코코 샤넬 밑에서 일을 하면서 맨 처음으로 만든 향수를 발견한 것 같다고 해서요. 물론 아버지가 만든 제품은 모두 연구실에 귀속됐죠. 아버지는 그때 말단 직원이었으니까요. 하지만 이 향수병에 아버지의 이니셜이 있대요. 가서 보면 알겠지만."

"와, 흥미진진하겠는데요? 그 당시 작품이라도 아버지의 스타일을 한눈에 알아볼 수 있을 것 같아요?"

"위. 알 수 있을 거예요."

세바스티앙은 단호하게 걸음을 옮겨 조그만 골목길로 접어들었고 지붕 위로 에펠탑이 보이는 자갈길을 앞장섰다.

"어쩌면 동생한테 줄 만한 선물을 찾을 수도 있겠어요. 기회가 없어서 아직 아무것도 사지 못했거든요."

"내가 당신을 대신해서 허락을 얻어야겠지만 아마 괜찮을 거예요."

나는 영문을 몰라 하며 물었다. "허락이라니 무슨 허락을요?"

"거기서 선물을 사도 좋다는 허락이요."

파리의 중심에 점점 가까워지자 부드러운 산들바람에 센 강의 냄새가 실려 왔다. "거기서 선물을 사는데 왜 허락을 받아야 해요?"

그는 바다를 닮은 초록색 눈을 반짝이며 웃음을 터뜨렸다. "어이없게 들릴 테지만 아눅이 전통을 중요하게 여기고 손님을 아주 까다롭게 따져요. 자기 가게의 앤티크를 워낙 애지중지하기 때문에 맡길 수 있겠다 싶은 사람에게만 팔고요. 그리고 자기 상품들이 가능한 한 프랑스 땅에서 벗어나지 않길 바라기 때문에 모르는 사람, 특히 외국인은 경계할 수밖에 없죠. 상당히 만만찮은 인물이지만 마음씨는 착할 거예요."

이것도 프랑스 사람들의 황당한 풍습인가? "뭘 맡긴다는 거예요?"

"앤티크요. 그걸 소중히 간직하고 유산을 보존할 수 있을 만한 사람들한테만 맡긴다는 거죠."

내 입에서 웃음이 터져 나왔다. 그가 지어낸 얘기 아닐까? 손님을 골라가면서 받는 가게 주인이라니! "못 믿겠어요."

그는 한쪽 눈썹을 추켜세웠지만 재미있는 반응이라는 듯이 입가를 실룩거렸다. "요즘 들어 그걸로 제법 유명해졌어요. 그녀의 가게가 온갖 가이드북에 실려서 그녀의 신념에 매료된 사람들이 많이 찾아오고요. 하지만 우습게 들릴지 몰라도 그녀가 자칫 실종될 뻔한 여러 앤티크를 거기에 깃든 역사와 함께 건진 건 사실이에요. 그녀는 스포트라이트를 좋아하지 않지만 사람들은 그녀에게 매력을 느끼죠."

처음 듣는 얘기였다. 모름지기 가게라고 하면 물건을 파는 게 전부 아닌가? 손님들을 돌려보내면서 무슨 수로 생계를 유지할 수 있을까?

"나는 들어와도 좋다고 허락받을 수 있을까요?"

"아." 그는 한 손가락을 들었다. "믿음직한 충성 고객에게 소개를 받고…… 그런 다음 그녀의 심사를 거쳐야 해요. 가게 안으로 들어갈 수는 있지만 아무것도 살 수는 없을지 몰라요."

듣고 보니 매력적인 발상이었고 아직 보지도 못한 가게에서 뭔가를 사고 싶다는 생각이 들었다. 그녀가 나를 자격이 없는 손님으로 간주하면 어떻게 해야 할까? 내 가치를 입증하고 싶었지만 방법을 전혀 알 수가 없었다.

우리는 파스텔 분홍색 가게에 다다랐다. 문은 굳게 닫혀 있었고 푯말에는 예약제 운영이라고 적혀 있었다. 나는 세바스티앙을 돌아보았다. "오늘은 운이 안 따라준 것 같은데요."

그는 고개를 저었다. "농, 이건 위장이에요." 그는 문을 열고 조용히 말했다. "그냥 자연스럽게 행동하면 돼요."

그런 당연한 얘기를. 내가 머뭇거리는 게 티가 났나?

고수머리에 밝은 분홍색 립스틱을 바른 금발의 미녀가 카운터로 나와서 꿰뚫을 듯한 눈빛으로 나를 한번 쓱 훑어보았다. 나는 발가락이 오므라들었지만 판매 중인 상품에 넋을 잃었다. 화려하게 장식된 금박 거울이 벽에 기대고 세워져 있었고 거기에 놀란 내 얼굴이 비쳐 보였다. 앤티크 지구본 한 쌍이 우리가 몰고 온 산들바람에 살랑살랑 돌아가다 두 개 모두 오스트레일리아 외곽에서 멈추는 것을 나는 홀린 듯이 쳐다보았다. 한쪽 구석에는 놋쇠 나팔관에서 광이 나는 축음기가 진득하니 놓여 있었다. 저기에서는 어떤 소리가 날까?

가게에서는 독특한 냄새가 났다. 오랫동안 묵은 먼지와 레몬처럼 톡 쏘는 광택제 냄새에 활짝 핀 상큼한 장미 향수가 생기를 더했다. 내 시선이 조그만 장식품들이 놓인 테이블로 향했다. 금으로 된 편지 칼, 반질반질한 은으로 만든 보석상자 그리고 구슬로 장식한 은색 펌프와 루비색 술이 달린, 정교함의 극치를 보여주는 앤티크 향수병. 병에 모조 다이아몬드가 박혀 있어서 희미한 조명을 받고 반짝였다. 나는 그걸 사야만 했다. 내 평생 이렇게 뭔가를 가져보고 싶었던 적은 없었다.

"이분은 누구예요, 세바스티앙?" 아눅은 카운터를 돌아 나와서 세바스티앙에게 왼쪽, 오른쪽, 다시 왼쪽 이렇게 세 번 뺨에 입을 맞추었다. 나는 어느 쪽으로 고개를 돌려야 하는지 정확히 아는 그녀를 슬픈 눈빛으로 바라보았다. 하지만 파리가 아니라 프랑스의 다른 지역에서 그렇게 세 번을 하는 거 아니었나? 나는 절대 이해하지 못할 풍습이었다!

"봉주르, 아눅. 이쪽은 델, 나랑 아주 친한 친구예요. 천부적인 재능이 있는 조향사고요."

"봉주르." 나는 인사를 건넸지만 어떻게 해야 예의에 맞는 건지 자신이 없었다. 내 쪽에서 입을 맞추어야 하나, 그녀 쪽에서 입을 맞추어야 하나 아니면 내 쪽에서 악수를 청해야 하나? 나는 애착이불이라도 되는 듯이 핸드백을 움켜쥐고 전조등 불빛에 갇힌 사슴처럼 보이지 않으려고 애썼다. 그 여자가 나를 위협하고 있다는 데에는 의심의 여지가 없었다. 그녀는 노려보기 전법을 썼고 실력이 좋았다. 나는 가게 전면의 광장으로 내쫓기는 건 아닌지 바짝 겁에 질렸다.

아눅은 내 영혼 속을 들여다볼 수 있기라도 한 듯이 계속 나를 바라보았고 나는 불안한 동시에 재미있게 느껴져서 하마터면 웃음을 터뜨릴 뻔했다. 프랑스 사람들과 그들의 황당한 풍습은 언제 봐도 흥미로웠다.

"봉주르." 그녀가 도도한 표정으로 말했다. "향수병 마음에 들어요?"

"어, 위." 나는 대답했다. 내 시선이 거기 머문 시간은 찰나에 불과했지만 조향사와 향수병은 쉽게 간파할 수 있는 조합일 것이다.

"그거 파는 물건 아니에요."

"아." 뭐지?

"나중이라면 또 모르겠지만."

"그럼요. 이해해요." 나는 거짓말을 했다.

마치 다른 세상으로 이동한 듯 아무것도 제대로 이해가 되지 않았다. 나는 꼼지락거리지 않으려고 애를 쓰며 아녹이 향수병을 집어서 애정 어린 손길로 술을 정리하는 것을 지켜보았다. "몽마르트르에 사는 분이 맡긴 거예요." 그녀가 얘기했다. "화랑의 창고를 정리하는데 전 주인이 넣어둔 보물들이 나왔대요. 그녀도 화가이다 보니 얼마나 잘 만들어졌고, 금전적으로는 어떨지 몰라도 정서적으로 얼마나 가치가 있는 작품인지 알아봤어요. 그래서 이 자질구레한 장식품들을 지키고 싶어 했고요."

향수병은 빈 병이었지만 동양적인 향이 희미하게 남아 있었다.

"예뻐요." 내가 말했다. "그리고 그분이 여기로 들고 오길 잘하셨네요."

그녀가 미소를 짓자 표정이 부드러워졌다. "화랑의 전 주인이 1920년대에 파리에서 살았거든요. 그러니까 이건 그녀의 역사의 일부이고 우리는 이 삶의 단편을 통해 그녀를 기억할 수 있죠."

나는 앤티크와 그 주인들을 진심으로 배려하는 아눅을 보고 감동을 받았다. 추억이 아니면 우리가 남기고 가는 게 뭐가 있을까? 그리고 그걸 지켜주는 사람이 아무도 없으면 어떻게 될까? 문득 아눅의 황당한 원칙이 얼마나 의미 있는지, 그녀가 왜 앤티크를 함부로 처분하지 않는지 분명하게 이해가 됐다. 그것들은 단순한 상품이 아니라 또 다른 삶으로 건너가는 다리였다. 과거와의 연결고리였다.

"나는 모든 상품의 내력을 알아봐요." 그녀가 우수에 젖은 목소리로 얘기했다. "그래야 이 보물의 다음 생애에 걸맞은 주인을 찾아줄 수 있으니까요."

나는 감탄하는 눈빛으로 가게를 둘러보았다. 이곳의 상품들은 저마다의 얘기가 있었고 한때 이 물건들을 애지중지하다 세상을 떠난 사람들과 그들의 삶은 아눅 덕분에 잊히지 않았다. 그녀는 앤티크가 적임자를 만나 다른 집에서, 이면의 역사를 알고 존중하는 다른 주인과 함께 새로운 삶을 시작할 수 있을 때까지 기다리고 있었다.

"적임자가 나타나면 어떻게 알아요?"

"그들의 눈빛, 손놀림, 자꾸만 그 물건으로 향하는 시선을 보면 알 수 있어요. 그러면 나는 결단을 내려야 하죠. 믿을 만한 사람인지, 그 물건을 사고 싶어 하는 이유가 역사 때문인지 금전적인 가치 때문인지 대개는 감이 와요. 물론 예전에 틀린 적도 있지만 대부분 백일몽처럼 어떤 느낌이 나를 덮치고 그들이 어떤 걸 찾는 이유를 알게 돼요. 대개는 물질만능주의가 아니라 결핍, 채워야 하는 구멍 때문이거든요. 아니면 엄청난 이윤을 남기고 팔아넘기려는 속셈이든지."

"나는 뭐가 부족한지 느껴져요?" 미처 주워 담을 겨를도 없이 이 말이 툭 튀어나왔다.

그녀는 고개를 모로 꼬고 나를 한참 동안 뜯어보았고 그동안 감히 숨을 쉴 수조차 없었다.

"향수병이 누군가와의 연결고리가 돼서 그걸 만지면 그 사람을 만지는 것 같은 기분을 느낄 수 있길 바라고 있네요. 그것도 아주 절박하게."

할머니. 쉭 하는 소리와 함께 내 몸에서 숨이 빠져나갔고 좁쌀 같은 소름이 돋았다. 그걸 어떻게 알았을까?

그녀가 내 팔에 손을 얹었다. "시간을 들여서 찬찬히 관찰하면 파악하는 게 그리 어려운 일도 아니에요."

"이해해요." 나는 미소를 지었다. "나도 향수와 관련해서 비슷한 이론을 주장하거든요. 그 사람을 제대로 이해하면 향수가 강장제가 될 수도 있고 만병통치약이 될 수도 있다고요."

프랑스 여인은 카운터에 팔꿈치를 얹고 그 위로 몸을 기울였다. "재미있네요. 나는 어때 보여요?"

나는 그녀를 잠깐 살펴보았다. 두 뺨은 사랑에 빠진 사람처럼 발그레했고 두 눈이 초롱초롱 반짝이는 것은 건강하게 잘 지낸다는 증거였지만 뭔가가 표면 바로 아래에서 부글부글 끓고 있었다. 어떤 것에 대한 동경인데…… 그 어떤 것이 뭘까? 카운터를 두드리는 그녀의 손끝에 내 시선이 닿았다. 아! "그 남자가 천생연분인지 궁금해하고 있죠?"

"어쩌면요."

"프러포즈하고 싶어요?"

그녀는 일어나서 팔짱을 꼈다. "그런 생각이 들었을 수도 있어요. 여자는 왜 연애에서 주도권을 쥐면 안 되나요? 왜 우리는 남자가 물어봐 주길 기다려야 하나요? 하지만 내가 남자를 잘못 봤으면 어쩌죠? 전에도 그런 적이 있기 때문에……." 아눅은 말끝을 흐리며 연약한 구석을 숨기려고 했지만 그녀가 중대한 기로에 서 있다는 걸 알 수 있었다.

"최악의 시나리오가 뭔데요?"

"한두 가지가 아니에요! 그가 변하거나 겉보기와는 다른 사람이면 어떻게 해요?"

"내가 머리가 맑아지는 향수를 만들어주겠다고 하면 어떻게 할래요? 뿌리고 다닐래요?"

그녀는 미심쩍은 듯이 눈을 가늘게 떴지만 시도해볼 작정이라는 걸 알 수 있었다. "한번 뿌려볼 것 같아요…… 아마도요."

나는 미소를 지었다. "향수에는 심신을 깨우는 놀라운 효과가 있고 알맞은 원료를 배합하면 의구심을 날려버릴 수도 있어요. 아눅, 당신에게 필요한 건 혼란스러운 머리를 맑게 해줄 향수예요. 정향, 오렌지 꽃, 녹차, 달콤한 사향 그리고 멜론을 넣으면 될 거예요." 나는 한술 더 떠서 그녀를 보며 눈썹을 살짝 꿈틀거렸다. 아눅도 나처럼 엉뚱한 성격이었고 우리는 그런 점에 있어서 비슷하다는 걸 모르는 척 연극을 하고 있을 뿐이었다.

"매력적인 향수가 될 것 같은데요? 그런 향수라면 뿌려보고 싶어요……." 아눅이 미소를 짓자 이번에는 눈빛까지 따뜻해졌고 나는 치르고 있는 줄도 몰랐던 어떤 시험을 통과한 듯한 기분이 들었다. "그리고 델, 조만간 다시 와요. 만일의 경우에 대비해서 향수병은 한쪽 구석으로 치워놓을까 봐요."

나는 고맙다는 뜻에서 고개를 끄덕였다. 내 가치를 아눅에게 제대로 입증하지 못했거나 그녀가 체면상 당장 향수병을 내줄 수가 없거나 둘 중 하나였지만 어느 쪽이 됐건 재미있는 밀당이었다.

"조만간 다시 올게요." 내가 말했다. "메르시."

우리는 앤티크 숍에서 나와 센 강변을 걸었다. 세바스티앙은 정말로 아버지가 만든 향수를 들고 있었다. 아눅은 그렇게 특별한 물건을 그에게 선물하고 돈을 받지 않겠다고 했다. 그가 합법적인 주인이라며 원래 있어야 할 자리로 돌아간 것이라고 했다. 세바스티앙은 진심으로 행복해하는 눈빛이었다. 이토록 근사하게 아버지와 다시 한번 연결이 되었으니 보는 내가 다 숨이 멎을 정도였다.

달라진 세바스티앙의 기분이 바람을 타고 물결처럼 번지는 와중에 센 강변의 은은한 벚꽃향이 그의 오 드 파르펭과 섞였다. 아버지에 대한 사랑을 온몸으로 뿜어내고 있어서 체취로 느끼지 못했다 한들 그의 눈빛을 보면 알 수 있었다.

그는 과거의 이 값진 유물 덕분에 상심의 한 페이지를 다시 넘길 수 있었다. 이것은 아버지가 보낸 선물이자 '내가 너와 함께 있으니 계속 나아가라'라는 메시지나 다름없었다. 내가 느낀 바로는 그랬다.

이런 확고한 깨달음으로 무장한 나는 친구처럼 그의 허리를 감싸 안고서 그에 대한 애정을 무언으로 전했다. 이해한다고 무언으로 전했다. 버터스카치 향이 공기 중에 스며들었고 그는 달콤쌉쌀한 미소를 지었다. 세바스티앙은 받아들임이라는 기나긴 행로를 지나 가장 어두운 터널에서 이제 막 벗어나 빛이 환하게 비치는 반대편으로 나왔다. 앞으로 갈 길이 멀었지만 그래도 그는 성공할 것이었다.

누군가가 문을 두드렸다. 클레망틴은 이불 속으로 더 깊숙이 들어갔지만 나는 벌써 일어나 있었다. 아침형 인간의 저주였다. 문을 열어보니 오렐리가 눈을 반짝이며 서 있었다.

"깜짝 챌린지예요." 그녀가 말했다.

"네?"

그녀는 한쪽 눈썹을 추켜세웠다. "클레망틴이랑 둘이 르클레르 파르퓌메리로 가서 한 시간 동안 시간을 보내요. 뭐가 두 사람을 기다리고 있을까요?" 그녀의 목소리가 장난스럽게 떨렸다.

"알겠어요. 그럼 저희가……?"

그녀는 고개를 저으며 한 손가락을 자기 입술에 대고 눌렀다. "내 얘기는 이걸로 끝이에요. 가서 직접 확인해요." 이 말과 함께 그녀는 몸을 돌려서 사라졌다.

"클렘!" 나는 외치며 이불을 젖혔다. "가야 해! 오렐리가 한 얘기 들었지?"

그녀는 뜨끈한 잠기운을 뿜어내며 앓는 소리를 냈다. "위, 서둘러야겠다. 좀 더 자세하게 설명하지 못한다는 이유가 뭘까?"

"얼른 준비해." 내가 말했다. "같이 가자." 나는 아직까지 클렘에게도 좋은 면이 있다고 믿었고 우호적인 분위기를 유지할 작정이었다.

클레망틴은 기록적인 속도로 준비를 마쳤고 우리는 이내 르클레르 파르퓌메리에 도착했다.

점원들이 손으로 입을 가리고 속삭이더니 억지웃음을 지으며 우리 쪽으로 여봐란듯이 걸어왔다. 맙소사, 뭘 어쩌려는 걸까?

감정이 풍부한 갈색 눈과 윤기가 흐르는 머릿결을 자랑하는 여자가 말했다. "잠시 두 분에게 르클레르 운영을 맡기려고 해요. 고객이 원하는 건 무엇이든 해결해드려야 해요. 그러니까 고객들의 니즈를 충족시킬 수 있도록 최선을 다해주세요. *위?*"

"알겠어요." 나는 대답하고 매장을 두리번거리며 어떤 향수가 있고 뭐가 어디에 있는지 파악했다. 모두 전산화되어 있는 금전등록기를 내가 맡게 되면 무슨 수로 프랑스어를 감당할 수 있을까? 클렘과 내가 한 팀인지 경쟁상대인지도 알 수 없었지만 그녀는 나보다 자기가 먼저일 게 분명했다. "저기 그럼……?"

"금방 올게요." 점원은 얘기하고 카운터 뒤에 놓아둔 핸드백을 집었다. "고객의 심기를 건드리는 일은 없길 바라요, 알겠죠?"

"그럼요!" 나는 이렇게 대답했지만 클레망틴과 붙어 있으니 사실상 어떤 일이 벌어질지 알 수 없었다. 그녀는 요즘 들어 나한테 툴툴거리고 짜증을 부렸지만 나는 신경을 끄고 있었다.

클레망틴은 귀엽게 하품을 하고 자기 몸에 향수를 듬뿍 뿌렸다.

"이게 무슨 도전 과제라고 생각해?" 내가 물었다. "단순히 손님을 상대하는 것일 리 없잖아. 지금까지 이렇게 간단하거나 쉬운 도전 과제는 없었는데……."

그녀는 어깨를 으쓱했다. "무슨 꿍꿍인지 나도 모르겠어."

나는 매장을 돌아다니며 병을 하나씩 쓰다듬고 향수에 얽힌 비하인드 스토리를 읽어보는 즐거운 시간을 보냈다. 은은한 조명이 비치는 매장이라 향기 하나만으로도 순간 이동을 하기가 수월해서 소금과 모래 냄새를 풍기는 여름 향수를 맡으면 해변으로 곧장 날아갔다. 그러다 풀과 허브 냄새를 풍기는 백리향 향기를 맡으면 북프랑스의 황야가 눈앞에 펼쳐졌다. 내가 가장 마음에 들었던 향수는 펀치에 넣는 화사한 감귤 향이었는데 잘 익은 신선한 과일의 인상을 어찌나 잘 살렸는지 맛이 느껴지는 듯했다.

하지만 모든 향수를 시향할 겨를도 없이 손님들이 등장했다. 나는 이내 향수와 르클레르에서 판매되는 여러 가지 로션과 포션을 주제로 전 세계 각국에서 온 다양한 사람들과 조잘조잘 대화를 나누었다.

향기를 계열별로 나눈 동그란 표를 보여주자 향마다 특징이 있어서 그룹으로 묶을 수 있다는 걸 몰랐던 일반인들은 탄성을 질렀다.

누군가가 내 어깨를 두드렸다. 고개를 돌려 보니 심각한 표정으로 걱정하는 눈빛을 짓고 있는 여자였다.

"뭘 도와드릴까요?" 나는 정중하게 물었다.

"향수가 필요해요." 그녀가 강한 프랑스 억양을 구사해가며 물었다.

"그렇다면 제대로 찾아오셨네요."

"농." 그녀는 고개를 저었다. "지금 바로 만들어주세요. 어느 누구에게도 없는 향수를 원해요."

나는 미간을 찌푸렸다. 여기에 재료가 있을까? 르클레르는 맞춤 향수를 제작하지 않는 걸로 알고 있는데. 하지만 나는 달랐고 문득 이게 테스트가 아닐까 싶었다. 즉석에서 고객의 고민을 해결할 수 있는 고급 향수를 제작해 고객을 만족시킬 수 있을까?

"그럼요." 나는 이렇게 말하고 카운터 뒤편의 조그만 방으로 따라오라고 손짓했다. 책상 위에 전에는 있는 줄 몰랐던 상자가 놓여 있길래 집었다. 아니나 다를까, 즉석에서 향수를 만드는 데 필요한 모든 재료가 잔뜩 들어 있었다.

어깨 너머를 흘끗 돌아보니 클레망틴이 문가에 모여 있는 손님들과 얘기를 나누고 있었다. 그녀가 묻는 듯한 눈빛으로 나를 흘끗 쳐다보았지만 모르는 척했다. 지금은 집중해야 할 때였다.

"어떤 향수를 좋아하세요?" 내가 물었다.

"글쎄요."

나는 미소를 감추고 고객을 관찰했다. 처음에는 그녀의 냉랭한 얼굴에서 아무 정보도 얻을 수 없었지만 찬찬히 들여다보면 확실한 단서들이 포착됐다. 불안, 쉴 새 없이 움직이는 눈동자, 가만히 앉아 있지 못하는 몸, 늘 뭔가를 따라잡아야 하고 할 일이 남아 있는 바쁜 생활. 피로.

"활기차게 기운을 북돋워주는 발랄한 향수가 필요하겠네요. 아침노을. 활력을 의미하는 주황색의 분출, 힘차게 분출되는 주황색. 머릿속이 맑아질 수 있도록 생강을, 차분해질 수 있도록 재스민을. 깨어날 수 있도록 오이와 자몽을. 어때요?"

그녀의 표정이 미소로 바뀌면서 얼굴이 환해지자 훨씬 어려 보였고 프랑스 여자 특유의 우아한 분위기로 아름다워졌다. "메르시." 그녀가 말했다. "딱 나한테 필요한 거예요."

나는 고개를 끄덕이고 그녀의 기운을 북돋워줄 향수를 만드는 작업에 돌입했다. 그녀는 다람쥐 쳇바퀴처럼 끊임없이 돌아가는 일상에 갇혀 있더라도 이 향수 냄새를 맡으면 다른 곳으로 순간 이동을 하고 그 시간을 버텨나갈 힘을 얻을 것이다. 내가 향수를 사랑하는 이유도 그 때문이었다. 하루를 살아가는 와중에도 향기 하나만으로 자유로워지고 다른 곳으로 순간 이동할 수 있었다.

한 시간 뒤에 작업이 끝나자 오렐리가 등장해 향수를 수거해갔다. 늘 그렇듯 그녀가 출현한 순간 모든 작업이 중단됐고 나는 여자 손님을 정확하게 파악하고 알맞은 선택을 했길 바랄 따름이었다. 그녀는 여자 손님을 한쪽으로 데려가 둘이서 소곤소곤 대화를 나누었다.

클레망틴이 어리둥절한 표정으로 쭈뼛쭈뼛 다가왔다. "여기서 향수를 만들라고? 무슨 수로?"

"카운터 뒤에 상자가 있어."

그녀는 뒤편에 어정쩡하게 서 있는 고객을 두고 팔짱을 꼈다. "위, 하지만 무슨 수로 여기서 그러라는 거야? 말도 안 돼! 여기는 향수를 만드는 데가 아니잖아!"

나는 그녀의 팔을 잡고 가까이 당겼다. "클레망틴, 손님을 바보같이 세워두면 어떡해? 네 매력을 동원해서 그녀가 원하는 게 뭔지 알아내. 그러니까 네 할 일을 하라고."

그녀는 툴툴거렸다. "이쪽으로 오세요." 그녀가 여자 손님에게 말했다. 우거지상으로 보건대 여자 손님은 클렘의 고객 서비스를 탐탁지 않게 여기는 듯했다.

내가 뭘 어쩔 수 있을까? 나에게 그녀를 구원할 책임은 없었다. 그녀도 다른 누군가를 구원할 생각이 없을 것이다.

세바스티앙이 도착했고 그는 마망과 몇 마디 짧게 대화를 나눈 뒤에 나에게로 다가왔다. 손님은 고맙다며 손을 흔들고 매장 밖으로 사라졌다. "이게 당신한테 어떤 의미인지 알아요, 델?" 그가 들릴락 말락 하게 물었다.

"어떤 의미인데요?"

그는 얼마 안 되는 거리 때문에 내 심장이 옥죄어올 정도로 한참 동안 나를 빤히 쳐다보았다.

"당신은 어느 누구의 도움도 필요 없어요, 델."

"뭐, 고맙지만……."

내가 말실수를 하기 전에 그가 말허리를 잘랐다. "향수를 만드는 데 있어서 말이에요. 당신은 상당히 짧은 시간 동안 급성장했어요. 혼자 일할 때 최고의 성과를 거두는 조향사도 있는데 당신도 그런 스타일인 것 같아요. 당신이 마드무아젤 루아르를 위해 만든 놀랍고 복잡한 향수 오일을 보면 알 수 있어요. 물론 결정은 판정단이 내리겠지만 이 대회에서 우승하면 당신에게 상당한 기회가 되겠다는 생각이 들기 시작했어요……."

내 심장이 두근거렸다. 우승하면 파리에서 몇 달 더 머무르며 르클레르의 한 라인을 단독으로 디자인할 수 있었다. 그런 이력과 상금이 있으면 뉴욕으로 간단하게 진출할 수 있었다. 하지만 그럴 상상을 하니 문득 심란해졌다. 내가 다른 도시와 사랑에 빠진 걸까 아니면 대회에 참가하고 향수를 만드는 새로운 방식에 대해 고민하느라 신이 나서 모든 걸 앞질러 생각하게 된 걸까?

나는 그저 누군가의 문제를 고칠 수 있고 그들의 삶에서 모자란 부분을 채워줄 수 있는 향수를 만들고 싶을 따름이었다. 그들에게 미소와 추억과 활력을 선물할 수 있는 향수를 만들고 싶을 따름이었다.

"당신을 과소평가하고 있네요, 세바스티앙. 당신이 없었다면 나는 오늘 이 자리에 있지 못했을 거예요." 그는 내가 할머니 없이도 길을 찾을 수 있게 도와주었다. 그보다 더 큰 선물이 어디 있을까?

"나는 여기가 당신이 있어야 할 바로 그곳이라고 생각해요."

신비로운 기운이 샹젤리제의 조그만 향수가게를 감쌌다.

27

시간을 주제로 지난주에 제출한 작품을 평가받는 날이 찾아오자 나는 늘 그랬듯이 한참 동안 길거리를 걸으며 머리를 비우고 불안한 마음을 달랬다.

파리에 있으면 고향에서하고 전혀 다르게 군중 속의 한 명으로 섞여 들어가서 하루를 보낼 수 있었다. 나는 아직 이런 생활에 완벽하게 적응이 되지는 않았다. 덕분에 자꾸만 세바스티앙에게로 향하는 생각을 정리하기가 훨씬 쉽긴 했다. 하루하루가 지날수록 나 자신을 속이기가 점점 더 어려워졌다. 내가 남자에 빠져서 정신을 못 차리다니 있을 수 없는 일이 있다. 하지만 그는 이 감정이 쌍방향이라는 어떤 신호도 보내지 않았으니 나는 당면 과제에 집중하고 변덕스럽게 두근거리는 심장은 애써 무시했다.

오늘 아침에는 마음이 가벼워졌다. 내가 제출한 시간의 향수가 절묘하고 의미심장하다고 100퍼센트 확신했기 때문이었다. 내가 우승을 차지하지 못하더라도 크게 한 발짝 전진했음을 알 수 있었고 그래서 나 자신이 자랑스러웠다.

아파트로 돌아가서 자리를 잡고 앉자 다른 참가자들이 하나둘씩 들어왔다. 렉스가 맨 먼저 나를 발견하고 거수경례했다. "미스 아메리카, 영롱한 눈빛을 보니 오늘은 아주 행복한 모양이네요."

나는 렉스다운 표현에 미소를 지었다. "파리에 있으니까 행복해요." 내가 말했다. "약간 꿈을 꾸는 듯한 기분이거든요. 당신은 어때요, 렉스? 이번 작품에 자신 있어요?"

그의 뺨이 군데군데 발갛게 물들었다. 렉스는 자랑하는 걸 좋아하지 않았고 대결을 하는 상황에서 만족스럽다고 실토하는 걸 싫어했다. "마음에 들어요. 한 시간 동안 만들려니 힘들기는 했지만 제대로 만든 것 같아요. 어디까지나 내 바람이지만." 뭔지 모를 이유로 잠을 설치고 향수 만들기에만 매진하는지 오늘도 그는 몹시 피곤해 보였다. 그는 어떤 날에는 10대처럼 몽마르트르 계단을 달려서 올라가다가도 다음 날이면 밤새 뒤척인 듯한 기미를 보였다. 나는 효과가 있길 바라며 핸드백에서 라벤더 오일이 담긴 병을 꺼냈다. 걱정을 씻어내 숙면과 제대로 된 휴식을 선물하는 천연 수면제였다.

"이거 만들었어요." 나는 그에게 병을 건넸다.

"향수라니 어찌하여 나에게 이런 영광을 하사하시나이까?"

"약이라고 해두죠. 앞으로는 한밤중이 됐는데도 눈이 말똥말똥하면 이걸 쓰세요."

그는 한쪽 눈썹을 추켜세우고 마개를 열어서 코 아래에 대고 병을 돌렸다. "걱정거리가 사라지고 매트리스와 혼연일체가 되는, 잠들기 직전의 그 순간이 연상되네요."

나는 함박웃음을 지었다. 그는 통찰력과 감수성이 뛰어났다.

렉스의 과거는 여전히 베일에 휩싸여 있었지만 자기 자신을 용서하지 못했기에 다른 모든 수단이 실패로 돌아가면 술을 마시는 게 아닐까 싶었다. "써볼 거예요?"

그는 씩 웃었다. "당당하게요."

"후기 부탁해요, 알았죠? 효과가 있는지 알려줘요."

"그럴게요. 그리고 고마워요."

세바스티앙과 오렐리가 들어왔고 릴라의 뒤를 이어서 마지막으로 클렘이 허둥지둥 들어온 걸 보면 늦잠을 잔 모양이었다. 그녀가 나와 시선을 맞추려고 했지만 나는 외면하고 손톱을 들여다보는 척했다. 다들 숨을 죽였다.

"지난주에 여러분은 시간을 주제로 향수를 만들어달라는 과제를 받았죠. 그리고 우리는 그 중요성과 도전 과제라는 사실을 감안해 난이도를 높이는 차원에서 여러분에게 가장 필요한 시간이라는 요소를 제한했고요. 한 시간 안에 향수를 만든다는 것은 어려운 일이기에 그런 테스트를 실시하면 여러분이 시간에 쫓기는 상황에서 얼마나 제대로 실력을 발휘할 수 있는지, 그럴 때 어떤 천부적인 재능이 드러나는지 파악할 수 있죠." 오렐리는 말했다.

나는 잠시 멍하니 세바스티앙을 쳐다보며 그의 구석구석을, 웃어서 생긴 모든 잔주름을, 짙은 초록색의 이국적인 눈동자를, 완벽하게 대칭을 이루는 얼굴을, 키스를 부르는 둥그스름한 입술을 눈에 담다가 그와 시선이 마주치자 화끈거리는 뺨을 달래며 얼른 고개를 돌렸다. 이크. *정신 차려, 델!*

"판정단은 여러분 중 몇 명이 60분이라는 그 짧은 시간 동안 만들어낸 작품을 보고 깜짝 놀랐어요. 시간이 여러분에게 환기한 이미지에는 더욱 놀랐고요." 그녀가 말했다.

우리들은 웅성거렸고 잠시 후에 그녀는 하던 얘기를 계속했다. "이번 주 우승자는 '도둑맞은 시간'이라는 향수를 만든 델이에요. 막간, 딱 하루만 더, 마지막 포옹을 향한 희망을 담았죠." 오렐리의 목소리가 갈라졌다. 그녀는 잠시 말을 멈추고 감정을 추슬렀다. "사랑한다고 고백하고 감사를 전할 수 있는 또 한 번의 기회. 시간을 멈추게 하는 정말 탁월한 향수였어요. 축하해요, 델."

모두가 나를 돌아보았고 나는 눈이 휘둥그레졌다. 내가 느낌을, 진솔한 감정을 향수에 담는 데 성공했고 그 향수는 오렐리가 그것이 불러일으킨 추억에 목이 멜 정도로 많은 해석을 낳았다. 렉스가 내 등을 토닥였고 클레망틴은 나를 보며 거의 보이지도 않을 만큼 희미하게 미소를 지었다. 릴라는 내 쪽으로 몸을 기울이고 말했다. "잘했어, 델."

나는 고맙다는 뜻에서 고개를 끄덕였다. 갑자기 부끄러워져서 아무 말도 할 수가 없었다. 바람결에 실려 온 속삭임처럼 바로 옆에 있는 듯이 할머니의 존재감이 느껴졌다. 할머니의 사랑과 자부심이 딱 1초 동안 훈훈하게 나를 감쌌다. 할머니가 시간을 넘어서 내게 닿은 걸까? 내가 할머니를 부른 걸까? 그런 생각을 하자 미소가 지어졌다.

"2등은 '미래의 시간'이라는 작품을 만든 렉스예요. 내가 지금까지 한 번도 접한 적 없는 종말론에 가까운 향수예요. 파괴적이고 뜨겁고 스모키하고 벼락같아요. 은유적이건 아니건 전쟁터로 나설 때 뿌릴직한 향수예요."

이번에는 내가 그의 등을 토닥일 차례였고 아무리 애를 써도 온 얼굴로 번지는 미소를 참을 수가 없었다. 내가 다음 주에 탈락하더라도 지금 이 순간은 영원히 남을 것이다. 이 순간을 렉스와 함께 나눌 수 있어서 더욱 좋았다.

나는 이 대회에서 우승하고 싶었지만 렉스도 성공하길 바랐다. 그는 우승을 해야 했고 남들은 상상 속에서나 가능할 만큼 재능이 있다는 걸 깨달아야 했다. 나는 방랑주의자 렉스가 무언가로부터 도망치고 있다는 걸 비가 오려는 날씨만큼이나 쉽게 알아차릴 수 있었다. 그런데 그 무언가가 뭘까? 그리고 이렇게 특출한 재능의 소유자가 왜 이제야 향수에 대한 열정을 불사르기 시작했을까?

이어진 차점자 발표가 나의 명상을 깨뜨렸다. "그다음으로 3등은 애서가들을 위한 향수, '원스 어폰 어 타임'을 출품한 릴라예요." 아, 그녀도 센 강변의 그 근사한 서점을 찾아갔고 나처럼 그 어두침침한 방 안에 섰을 때 의자를 빼고 책을 한 권 꺼내들고 싶은 기분을 느낀 모양이었다.

"그러면 남은 참가자는 '타임오프'를 제출한 클레망틴이죠. 일상의 달콤한 휴식시간을 표현했는데……."

내 속이 울렁거렸다. 그럼 그녀가 꼴찌라는 말인가?

"미안하지만 이번 대회는 여기까지예요, 클레망틴."

"뭐라고요!" 그녀는 펄떡 일어나서 허리춤에 손을 얹고 그 자리에서 그를 얼리고도 남을 만큼 싸늘한 눈빛으로 세바스티앙을 노려보았다. "미쳤어요? 솔직히 어느 누가 나를 제치고 델을 선택하겠어요?"

내 입이 떡 벌어졌다.

"델은 통금시간을 여러 번 어겼는데 그거 부정행위 아닌가요? 정해진 규정이잖아요. 자정 전에 집으로 복귀해야 하는데 델이 몇 번이나 늦게 들어와서 자는 사람을 깨우고 정신을 어지럽게 만들었는지 내가 다 기록해놨다고요!"

오렐리가 미간을 찌푸렸다. "사실인가요, 델?"

젠장. 좋았던 기분이 순식간에 나락으로 떨어졌다. "그게, 몇 분 늦게 들어간 적은 있을지 몰라도 클레망틴을 깨우거나 정신을 어지럽게 만든 적은……."

클렘이 내 말허리를 잘랐다. "아, 그래? 그럼 네가 늦게 들어왔다는 걸 내가 무슨 수로 알았게?"

나는 눈을 가늘게 떴다. 속에서 점점 분노가 치밀었다. 하지만 세바스티앙이 헛기침을 하고 말문을 열었다. "미안해요. 진작 얘기해야 했는데 내가 회사 일로 바쁘다 보니 내 스케줄에 맞춰서 멘토링 시간을 잡을 수밖에 없고 안타깝게도 그게 가끔은 밤늦은 시간이 될 때도 있었어요. 프로빙스에서도 그랬다시피 내가 하도 자주 불려가는 바람에 델은 멘토링의 측면에서 불이익이 있었어요. 통금시간을 몇 분 어긴 건 거의 일주일 내내 멘토 없이 지낸 것과는 비교할 수도 없을 거라고 보는데요……."

오렐리는 미소를 지었다. "위, 당연하죠. 내가 그걸 깜빡하고 있었네."

클레망틴은 나를 노려보았다. "그러니까 르클레르 집안사람이 그녀의 멘토이기 때문에 그녀에게는 다른 규정이 적용된다?"

세바스티앙이 그녀의 눈을 똑바로 쳐다보았다. "*위.*"

그녀는 씩씩대며 자리를 박차고 나갔고 나는 앞으로 클레망틴을 볼 일이 없길 바랐다.

다음 날 렉스가 공용 주방에서 나와 맞닥뜨렸다. "헤이, 미스 아메리카. 여기 너무 조용하지 않아요?"

나는 슬픈 미소를 지었다. "그러게요. 못된 면이 있기는 했지만 그래도 희한하게 그녀가 그립네요."

렉스는 툴툴거렸다. "내가 보기에 그녀의 목적은 향수가 아니었어요."

"흠." 나는 곰곰이 생각해보았다. "어쩌면 당신 말이 맞을지도 몰라요. 풍파를 일으키는 데 그렇게 공을 들였으니. 아무튼 그녀는 나중에 어딘가에서 다시 짠 하고 등장할 거예요." 향수업계가 워낙 좁다고, 그도 우리가 만난 첫날에 얘기하지 않았던가.

그는 씩 웃으며 말했다. "맞아요, 내 악몽 속에서 등장할 거예요. 그나저나 어제 오랜만에 단잠을 잤지 뭐예요."

330

"라벤더가 효과가 있었어요?"

"무슨 부적 같던데요?"

"다행이에요!" 하지만 그게 전부가 아니었다. 콕 집어서 말할 수 없는 다른 뭔가가 있었다.

"그 여자분으로 인해 마음의 상처가 생겼나요?" 기억이 났다. 야자수 아래의 그녀! 렉스는 도피처 삼아 여기까지 왔다가 향수에 대한 사랑이 되살아나자 스스로도 깜짝 놀랐지만 아직 과거와 화해하지는 못했다.

그는 한쪽 눈썹을 추켜세웠다. "앞으로는 망설이지 말아요. 알았어요, 미스 아메리카?"

나는 웃음을 터뜨렸다. "얘기해봐요. 그랬어요? 어떤 여자분이었는데요?"

그는 눈을 부라렸다. "알았어요. 그녀의 이름은 아룬야였어요. 내가 태국을 떠난 건 여기 오고 싶어서가 아니라 탈출하기 위해서였고."

"무슨 일이 있었길래요?"

그는 지난 기억을 떠올리느라 고개를 저었다. "그녀는 바닷가의 조그만 노점에서 망고, 바나나, 람부탄을 팔았어요. 그렇게 사랑스러운 여자는 내 평생 본 적이 없어요. 길고 까만 머리는 바람에 흩날렸고 웃으면 항상 입을 가리고 어깨를 움츠렸죠. 하지만 세월의 풍파도 느껴졌어요. 나하고 조금 비슷하게 고된 세상살이로 피폐해진 건데 나는 그녀를 보호하고 지켜주고 싶었어요. 하지만 그녀는 현실에 만족했죠. 날마다 몇 시간이고 야자수 그늘에서 몇 푼 안 되는 돈을 버는 생활에. 구원받고 싶어 하지도, 구원을 필요로 하지도 않았어요."

열대 과일과 짠 물보라 냄새가 공기 중에 떠다니는 바닷가를 서성이는 렉스의 모습이 그려졌다.

"내가 전형적인 서양인의 실수를 저지른 거죠. 모든 해답을 아는 듯이, 내가 그녀의 구세주라도 되는 듯이 굴었으니. 나는 그런 사람을 싫어하는데 왜 그랬는지 모르겠어요. 하지만 아룬야 옆에 있으면 눈가리개를 쓴 것처럼 시야가 좁아졌거든요. 원시적인 반응이었을 거예요. 나는 상처와 고통을 겪지 않도록 그녀를 지켜주고 싶었을 뿐인데 고칠 필요가 없는 그녀의 삶을 고치려 들면서 오히려 상처와 고통을 야기했어요. 그녀는 몇십 년 동안 거기서 과일을 팔았는데 내가 뭐라고 들이닥쳐서 그걸로는 부족하다고 했을까요?"

"실수를 저질렀을지 몰라도 의도 자체는 좋았잖아요. 그녀에게 실수를 만회할 기회를 달라고 하면 안 될까요?"

"아뇨, 끝났어요. 완전히 결딴났어요. 그녀는 실망스럽다는 눈빛, 나를 믿은 게 실수였다는 눈빛으로 나를 쳐다보았고 그게 결정타였죠. 그녀는 두 번 다시 나와 말을 섞으려고 하지 않았고 30년 동안 해온 노점을 끌고 내가 홈스테이하던 곳에서 멀찌감치 떨어진 곳으로 자리를 옮겼어요. 나는 이 여자를 생각하면, 우리가 공유한 줄 알았던 사랑을 생각하면 가슴이 아팠어요."

"이후에 봉합을 시도해봤어요, 렉스? 당신이 무슨 끔찍한 짓을 저지른 것도 아니고 잘해보려고 그런 건데."

"몇 번이고 시도했죠. 그녀가 우리의 만남은 실수였다고 하더군요. 그 말을 듣고 물러났어요. 그녀에게는 사랑이 아니었을 수도 있으니 존중하는 수밖에요. 그때 친구한테서 대회가 열린다는 소식을 듣고 잽싸게 도망쳤어요. 다른 데서 상처를 달래기에 완벽한 기회인 것 같았거든요. 이렇게 즐거운 시간을 보낼 줄은, 향수에 대한 열정을 다시 불사르게 될 줄은 몰랐어요. 이제는 그녀도 잊고 내가 그렇게 엄청난 실수를 저질렀다는 것도 잊어야겠어요. 엉뚱한 착각을 했다는 걸요."

"아, 렉스. 자기 자신한테 너무 엄격한 거 아니에요?" 렉스는 엉뚱한 착각을 하기에는 너무 세심하고 눈치가 빠른 사람이었다. 하지만 사랑에 눈이 멀어서 오해를 했을 수는 있었다. 렉스는 내가 지금까지 만난 사람들 중에서 가장 다정했다. 그런 그가 일부러 남의 기분을 상하게 만들 리 없었다.

"나는 그런 대접을 받아도 싸요."

"아니에요, 그렇지 않아요. 어쩌면 그녀는 당신에게 어울리는 여자가 아니었을지 몰라요. 그렇다고 사랑을 아예 포기하면 되겠어요?"

그는 온 세상의 무게를 혼자 짊어진 사람처럼 어깨를 으쓱했다. "어차피 나는 사랑을 시작하기에는 나이도 너무 많은걸요, 미스 아메리카."

"하." 내가 말했고 우리는 기분 좋게 웃었다.

전화를 걸자 젠은 명랑한 목소리로 전화를 받았다. 나는 그동안 어떤 일이 있었는지 거의 30분에 걸쳐 밀린 얘기보따리를 풀었다. 그녀는 한마디도 하지 않고 내가 어떤 부분을 얘기하는가에 따라 헉 소리를 내거나 한숨을 쉬거나 깔깔대고 웃었다. 내 얘기가 끝나자 그녀가 말했다. "아, 델, 정말 재밌게 지내고 있네. 세바스티앙하고는 어떻게 될 것 같아?"

나는 또 결혼과 애기 어쩌고 하는 우스갯소리가 나오려나 싶어서 마음의 준비를 했지만 그녀는 연애와 결혼 계획이 안정적인 단계로 접어들어서 그런지 평소처럼 나를 들볶지 않았다. "꿈 깨." 나는 말했다. "이 남자는 아직 슬퍼하느라 정신이 없어. 할머니가 돌아가셨을 때 우리가 스트레스와 후회에 시달렸던 것처럼. 지금은 알맞은 때가 아니야."

"향수 대신 사랑을 선택해도 돼."

이번에는 내가 헉 소리를 낼 차례였다. "젠, 사랑은 무슨……."

그녀는 내 말을 믿지 않는다는 뜻에서 긴 한숨을 내뱉었다. "나한테 고백했잖아, 여러 번 키스를 했다고."

"그렇게 키스한 뒤에 그가 파리로 쌩하니 도망쳤잖아."

"델, 진짜. 이러지 말자. 이 남자가 정말, 정말 마음에 든다고 왜 인정을 못 해?"

"왜냐하면 아니니까. 우리 둘 사이에서 전기가 흐르고 서로 호감을 느끼는 건 분명하지만 그걸 발전시켜서 뭐하겠어? 내게 주어진 이번 한 번의 기회를 망칠 수는 없어. 아버지가 돌아가시고 이것저것 처리할 일들이 많은 그에게 내가 기운을 북돋워주는 역할을 하고 있을지 몰라도 영원히 그럴 리 없잖아, 안 그래? 그는 먼저 주변을 정리해야 해. 그리고 나도 마찬가지야. 여기서 배운 걸 가지고 새로 계획을 만들어야 한다고."

그녀는 엄마처럼, 그러니까 남의 집 엄마처럼 혀를 찼다. "힘들어도 거기 생활이 그렇게 재미있다면서 왜 떠나려고 하는지 모르겠네. 파리에서 인맥도 쌓았고 기회와 친구들도 생겼는데!"

"즉흥적으로 계획을 수정하지는 않을 거야." 나는 그런 여자가 될 생각이 눈곱만큼도 없었다. 큰 것들을 포기하면 그

다음은 작은 것들 차례가 될 테고 삶은 내 힘으로 어쩌지 못하는 사건들의 연속이 될 것이다. 나는 엄마처럼 삶이 메이폴 댄스(오월제에 꽃, 리본 등으로 장식한 기둥 주변을 돌며 추는 춤―옮긴이)라도 되는 듯이 한들한들 날아다닐 생각이 없었다. 목표를 세우고 그걸 추구하지 않으면 위스퍼링 레이크스에서 평생 벗어나지 못할 것이다. 그것도 괜찮은 인생이었지만 나는 그 정도로 만족할 수 없었다.

28

나는 커피를 한 잔 더 따르고 이번 주의 도전 과제를 상상하며 살아남을 수 있길 바랐다.

"우승하면 어떨지 생각해봐." 나는 고개를 저으며 말했다. 뱅상 르클레르가 남긴 소중한 기록을 제대로 찬찬히 훑어보며 한 달 동안 세바스티앙과 함께 향수를 만들 기회. 사업을 시작하기에 충분한 상금. 내가 바라던 것 이상이었다.

"너무 기대하지는 마." 릴라가 눈썹을 꿈틀거리며 말했다. "내가 상금을 가져갈 작정이니까."

우리는 웃음을 터뜨렸다. 나는 릴라와 진정한 우정을 쌓고 싶다는 소원을 성취했다. 우리는 어디에 있든 계속 서로를 응원할 것이다.

그리고 렉스. 그와 헤어지면 사랑하는 삼촌과 헤어지는 기분이 들 것이다. 계속 연락을 주고받겠지만 그래도 그의 고요한 사색의 분위기와 인정이 넘치는 성격이 그리울 것이다. 지난 며칠 동안 그는 전보다 자주 미소를 짓고 아름다운 추억을 되새김질하는 사람처럼 먼 곳을 응시하며 행복한 시간을 보냈다. 내가 만들어준 수면제 덕분일 수도 있었지만 내 생각에는 그게 아니었다. 짊어지고 있었던 마음의 짐을 내려놓고 다시 행복해질 수 있는 이유를 찾은 덕분이었다.

생각해보니 그가 술 냄새를 풍기지 않은 지 제법 됐다. 예전처럼 후줄근하게 다니지도 않았다. 옷은 다려 입었고 예전에는 울긋불긋했던 피부가 깨끗해졌다. 술을 끊은 걸까?! 내가 왜 그걸 몰랐을까?

"먼저 준결승을 통과해야 하잖아. 우리 셋 중 아무라도 탈락하면 싫은데." 릴라가 시선을 떨구고 얘기했다.

머리를 단정하게 빗어 넘긴 렉스가 눈을 반짝이며 등장했다. "자 이제 시작해볼까요? 최고의 실력자에게 우승의 영광을. 그리고 나는 진심으로 당신들 둘 중 한 명이었으면 좋겠어요." 그가 다정하게 얘기했다. 나는 그 말이 진심이라는 걸 알았다.

"당신의 기도가 하늘에 닿기를."

"갑시다, 미스 아메리카." 그가 얘기하고 팔을 내밀었다. 우리는 첫날처럼 벽에서 기분 좋은 향기가 스며 나오는 계단을 지나 밖으로 나섰다.

세바스티앙과 그의 어머니 오렐리 앞으로 가서 섰다.

세바스티앙은 영감으로 충만한 사람처럼 미소를 짓고 있었다. "다음 주의 결승전을 앞두고 이번이 마지막 도전이네요."

우리는 '와' 하고 환호성을 질렀다.

"이제 여러분은 우승을 얼마나 간절히 원하는지 판정단에게 보여주어야 할 거예요."

긴장감이 분출됐다.

"오늘 여러분은 마지막 작품을 만들어야 해요. 주어진 기간은 일주일이에요. 아무 원칙도 제한도 주제도 없어요. 대중의 심금을 울리며 오래도록 살아남을 향수를 만들면 돼요. 그게 여러분에게 어떤 향수를 의미할지는 두고 보면 알겠죠."

대중의 심금을 울릴 향수라. 어떤 향수가 전 세계 사람들에게 사랑을 받을 수 있을까……?

"자, 됐습니다." 그는 얘기를 짧게 마무리했다. "준비가 됐으면 연구실로 출발하세요!"

우리는 남들보다 뛰어난 성적을 거두려면 1분, 1초도 소중하다는 걸 알았기에 연구실로 달려갔다. 나는 질주하다가 가볍게 뛰다가 씩씩하게 걷다가 막판에는 절뚝절뚝 걸음을 옮기며 여러 가지 주제를 놓고 고민했다. '야외: 햇볕, 모래사장, 하늘' 아니다, 그건 100만 번 반복된 주제였다. 모두가 동경하는 게 있다면 뭘까? 모두가 원하는 게 있다면, 모두가 필요로 하는 게 있다면, 모두가 갈망하는 게 있다면 뭘까?

아하! 사랑! 하지만 나는 걸음을 딱 멈추었다. 나는 사랑을 향수로 표현하려고 시도해본 적이 있지 않은가. 그 결정적인 요소를 계속 찾지 못한 채 일주일을 그냥 허송세월하게 되는 건 아닌지 겁이 났다. 또 그렇게 헤매다 아무것도 제출하지 못하면 어쩔 것인가. 이번에는 실패하면 안 되는 상황이었다. 실수를 저지를 여유가 없었다. 내 능력과 여기서 배운 게 있으니 성공할 수 있을 거라고 믿어도 될까?

사랑이라면 분명 대중의 심금을 울릴 수 있었다. 그걸 향수로 표현하는 건 다른 차원의 문제였지만 그래도 시도해보아야 했다.

어깨 너머에서 할머니가 외치는 소리가 들렸다. *사랑이 정답이야!*

좋다, 그럼! 나는 내가 느낀 사랑이라는 감정을 마음속에서 분리하기 시작했고 대담하고 용감하게 남들 앞에서 내 심장을 꺼내 보일 마음의 준비를 했다.

며칠 뒤에 나는 한계점에 다다랐다. 마음먹은 대로 되질 않았다! 궁지에 몰렸는데 아무리 애를 써도 어디에서부터 잘못됐는지 알 수가 없었다. 승승장구하던 참이었는데! 풋사랑을 향수로 표현하긴 했다. 옆집에 사는 열두 살짜리가 살 만한 그런 향수였다.

옆에서 릴라가 하던 일을 내려놓고 내 쪽으로 몸을 내밀었다. "왜 그래, 델?"

"생각한 대로 되질 않아! 느낌을 향수에 담고 감정을 불러일으킬 수 있을 줄 알았는데 전달이 되지 않아. 내가 원한 대로는. 풋사랑밖에 표현하질 못했어!" 화가 난 마음을 말투에서 드러내지 않으려 해도 되질 않았다. 이틀 안으로 손을 보든지 처음부터 다시 시작해야 하는데 만족스러운 한숨을 내쉬고 가끔 행복에 겨워서 춤을 추는 걸 보면 렉스와 릴라는 아직까지 잘되고 있다는 뜻이었다.

그녀는 내 향수를 들어서 냄새를 맡아보더니 뭐라고 얘기를 하려다 말고 머뭇거렸다.

"얘기해도 돼." 내가 말했다. "기분 나빠하지 않을게."

"사랑에 빠지는 순간, 특히 첫사랑에 빠지는 순간을 생각하면 폭죽처럼 폭발적이거든. 열정적이고 낭만적인 한편 가시투성이기도 하고. 너는 그 격렬함, 처음 시작할 때의 그 압도적인 느낌을 놓쳤어. 그런 기분을 느껴본 사람이 이 세상에서 나 혼자밖에 없을 거라는 생각이 들 만큼 강렬한 그 느

341

낌을."

할머니 말이 맞았다. 경험해본 적이 없는 내가 무슨 수로 불타오르는 사랑을 향수에 담을 수 있을까? 하지만 나도 짝사랑이 됐건 뭐가 됐건 간에 그런 감정을 느껴본 적 있지 않을까?

"폭발적인 느낌…… 그래. 내가 그 탄성이 터지는 순간을 놓쳤네." 그녀가 정곡을 찔렀다. 내가 안전주의를 추구하느라 좀 더 어른스러운 향수를 만들어야 하는 판국에 10대 시절에 반짝 하고 느낌직한 풋사랑의 향수를 만들고 말았다.

"다시 시작할 시간이 없는데." 내가 말했다. 이런 실수를 저지르다니 어깨가 축 처졌다.

"그래도 이게 있잖아." 그녀는 내가 만든 풋사랑의 향수를 들어 보였다. "최후의 보루로 말이야."

나는 곰곰이 생각해보았다. "좋았어. 그러니까 폭죽, 가시가 달린 장미꽃……."

문득 좋은 아이디어가 떠올랐다.

"고마워, 릴라!"

"나도 너한테 진 빚이 있잖아." 그녀는 이렇게 얘기하고 미소를 지었다.

내가 상대방에게 사랑을 고백하지 않았다고 해서 그걸 느낀 적 없는 건 아니었다. 수백 번 상상한 적 없는 건 아니었다. 나는 펜과 수첩을 꺼내서 떠오르는 아이디어를 끼적였다. 사랑은…….

달빛이었고 황홀경 이후에 쏟아지는 단잠이었다. 두근거리는 심장이었다. 숨결이었다.

사랑이 또 무엇으로 이루어져 있을까? 단순한 요소를 넘어 분위기이자…… 느낌이었다.

우리는 누구나 사랑하고 사랑받길 원하지만 그냥 손가락을 퉁겨서 고를 수 있는 건 아니었다. 천생연분을 주문할 수는 없었다. 그 사람이 나타날 때까지 믿음을 간직해야 했다. 진정한 사랑이 나를 찾아올 거라는 말로 설명할 수 없는 확신 아래 그때까지 믿고 있어야 했다. 그런데 진정한 사랑이 뭘까? 어떤 사람에게는 사랑하는 사람일 수도 있었고 또 어떤 사람에게는 사랑하는 공간일 수도, 영적인 탐구일 수도 있었다. 사랑은 단순한 말이 아닌 그 이상이었고 달빛 아래에서 깨어나는 순간이었다. 누군가와 딱 하루만 더 보내고 싶은 마음이었다. 프렌치 키스였고 저녁에 먹는 아침이었다. 하지만 그걸 무슨 수로 향수병 안에 담을 수 있을까? 과연 가능한 일일까? 사랑의 언어는 어떤 특정한 언어가 아니라 느낌이었다! 그리고 그 느낌으로 작업에 돌입한 내 손끝이 찌릿찌릿했다.

향수를 제출하면서 우리 모두 울컥했다. 파리에서 보낼 수 있는 시간이 끝나가고 있다는 걸 알기 때문이었다. 세바스티앙은 향수를 제출하는 나와 시선을 맞추지 않았고 나는 아쉬움에 마음이 무거워졌다. 하긴 내가 뭘 바랐을까? 그가 나를 끌어안아주길 바랐을까?

릴라가 내 우울한 표정을 알아차렸다. "나가서 네 몸무게만큼 초콜릿을 먹을래?"

"바라던 바야."

우리는 밖으로 나가서 샹젤리제 거리를 따라 천천히 걸으며 콩코르드 광장을 지나 트롱셰 거리에 있는 레 쇼콜라테이브 튀리로 갔다. 진한 다크 초콜릿의 환상적인 냄새가 그 조그만 가게에서 흘러나오자 내 입에 저절로 침이 고였다. 그랑 쿠베르튀르 초콜릿으로 해결할 수 없을 만큼 심각한 문제는 없었다. 뭐, 내 경우에는 그랬다.

"저녁을 안 먹겠다는 기세로 달려들어야 할까?" 나는 릴라에게 물었다.

"당연하지." 그녀가 말했다. "아니면 먹은 만큼 걷겠다는 기세로 달려들어도 돼."

"좋았어." 나는 말하고 카운터의 남자 직원 쪽으로 고개를 돌렸다. "봉주르! 저는……." 나는 프랑스어로 적힌 이름을 읽느라 끙끙거렸다. "부숑 프랄린 누아르요." 프랄린 다크 초콜릿을 내 뱃속으로! "그리고 트뤼펠린 한 상자요." 그는 고개를 끄덕이고 내 주문을 합산했다. "그리고 퐁뒤 오 쇼콜라테도 하나요." 그게 뭔지 모르겠지만 초콜릿 무스 아니면 가나슈 비슷하게 생겼다. 뭐가 됐든 나는 한 톨도 남김없이 먹어치울 작정이었다. "그리고……." 릴라가 나를 곁눈질했다. "오늘은 이 정도로 할게요. 나중에 또 오면 되니까." 나는 우물쭈물 이렇게 얘기했다.

릴라는 갑자기 울상으로 변한 내 얼굴을 보고 폭소를 터뜨렸다. "집에 갈 때까지 날마다 오자." 그녀는 약속했다.

"손님은요?" 직원이 그녀에게 물었다.

"같은 걸로 주세요."

우리는 초콜릿을 들고 튀일리 정원으로 가서 잔디밭에 자리를 잡고 앉았다. 여기저기서 사람들이 책을 읽고 아이들을 쫓아다니고 아이스크림을 먹거나 지친 다리를 잠깐 쉬고 있었다.

"그래서." 릴라가 상자에 담긴 트뤼플 초콜릿을 하나 고르며 얘기를 꺼냈다. "결국 네 향수는 어떻게 됐어?"

나는 코코아 가루를 묻힌 트뤼플을 꺼냈다. "잘 끝났어, 네 덕분에 아주 잘 끝났어. 네가 중간에 도와주지 않았다면 나는 끝장났을 거야. 진짜야."

"내가 지금까지 남아 있는 것도 첫 주에 필터링 대참사가 벌어졌을 때 네가 도와준 덕분이잖아."

나는 웃으며 트뤼플을 베어 물었다. "이 가게 사장님의 부인은 이런 초콜릿을 날마다 먹을 수 있어서 좋겠다."

릴라는 폭소를 터뜨렸다. "초콜릿을 안 좋아할 거야. 좋은 것도 너무 많으면 질릴 수 있잖아."

나는 한숨을 쉬었다. "그게 초콜릿에도 적용이 될까? 그러면 너무 잔인하잖아."

"그러게. 우리는 향수를 아무리 만들어도, 아무리 뿌려도 질리지 않잖아."

"그렇지."

우리는 배가 터질 때까지 초콜릿을 먹었다. "내가 주문을 너무 많이 했나 보다."

"절대적으로 많이 했지."

나는 폭소를 터뜨렸다.

그녀는 잔디밭에 드러누워서 얼굴을 가렸다. "엄청 신나는 여행이었어, 그치?"

"우리 둘 다 남았으면 좋겠다."

"파리의 매력에 흠뻑 빠졌지?"

나는 그녀의 옆에 누워서 햇빛에 눈을 감았다. "파리 때문인지 향수 때문인지 모르겠지만 내 평생 이렇게 활기 넘치고 독립적으로 살았던 적이 없었어. 슬프지? 낼모레면 서른인

데 고향을 벗어난 게 이번이 처음이라니. 그런데 드디어 내
가 있을 곳을 찾은 느낌이야. 이유가 뭘까? 여긴 아무것도 없
는데."

"어떤 장소하고 사랑에 빠질 수도 있어. 대회가 끝나면 어
쩔 생각이야?"

"원래는 뉴욕으로 건너갈 작정이었어." 하지만 내 귀에조
차 설득력 없게 들렸다. "그런데 지금은 잘 모르겠어. 너는?"

"슬로바키아. 나를 마음대로 조종하고 싶어 하는 부모님이
계신 곳으로 돌아가야 해."

우리 부모님은 믿음직하지 못한 인물의 전형일지 몰라도
내가 선택한 일이라면 뭐든 응원해주셨다. 어느 누구의 뒷받
침도 없이 혼자 열정을 추구해야 하는 릴라가 딱하게 느껴졌
다. 허송세월하는 것도 아니고 잘되면 돈을 제법 많이 벌 수
있는 향수업계에서 열심히 노력하는 중이지 않은가.

"부모님한테 싫다고 말씀드리지 그래, 릴라?"

"두 분 다 엄하고 간섭이 심해서. 그 앞에 있으면 말을 잘
못하겠어."

나는 고개를 돌려서 그녀를 마주 보았다. "꼭 집으로 돌아
가야 해? 여기 있으면 안 돼?"

"아." 그녀는 몸을 굴려서 옆으로 누웠다. "여긴 완벽한 세
상이야, 떠나고 싶지 않아. 파리에 남아서 내 향수가게를 열

고, 아침으로 초콜릿을 먹고, 유기견을 입양하고, 걱정이 있
으면 산책을 하고, 가게에서 와인 한 병이랑 치즈를 사서 마
르스 광장 잔디밭에 앉아서 친구들을 기다리고 싶어. 아직
사귀지 못한 친구들을 말이야."

나는 씩 웃었다. "엄청 근사하게 들린다, 릴라. 그런데 그러
지 못하는 이유가 뭐야?"

"돈 때문이지, 뭐겠어?"

상금을 받아야 조향사로서의 꿈을 펼칠 수 있는 사람이 나
말고도 또 있었다는 걸 나는 처음으로 깨달았다. 원하는 모
든 것을 할 수 있게, 그녀가 선택한 삶을 살 수 있게 릴라가
상금을 받았으면 좋겠다는 생각도 들었다. 하지만 그녀가 우
승을 하면 내가 꿈을 포기해야 했다.

"상금을 받으면 여기 남을 거야?"

눈물 한 방울이 그녀의 얼굴을 타고 천천히 흘러내렸고 밝
고 환한 희망의 향이 허공을 가득 채웠다. "응. 내 간절한 바
람이야."

내가 무슨 말을 할 수 있을까? 그녀에게 그건 자유를 의미
했다.

그날 저녁에 르클레르 식당으로 내려가 보니 세바스티앙
이 혼자 있었다. 멍하니 허공을 바라보고 있었다. 나는 도망
칠까 고민했지만 그가 내 발소리를 듣고 돌아보았다.

"델." 그가 말했다. "들어와서 같이 저녁 먹어요."

"다들 어디 갔어요?"

"파리를 감상하고 있나 봐요. 다들 월요일에 발표될 준결승전 결과 때문에 마음 졸이고 있죠?"

"네, 조마조마해요."

"그러고 나면 일주일밖에 남지 않고요."

"오래전부터 여기에서 살았던 것 같은 기분이라 떠난다는 게 상상이 되지 않아요. 당신은 다시 조용한 일상으로 돌아갈 수 있어서 좋겠네요. 뒤도 돌아보지 않고 떠날 수 있으니까요."

그는 슬픈 미소를 지었다. "이제는 잘 모르겠어요. 파리가 생각보다 괜찮은 것 같기도 하고요."

"양쪽 세계의 좋은 부분만 누려도 되죠."

"위."

"아버님은 누굴 마음에 들어 하셨을까요? 향수가 아니라 성격을 놓고 봤을 때." 낚시질을 하려는 게 아니라 뱅상에 대해서, 그가 어떤 종류의 사람들에게 매력을 느꼈을지 진심으로 궁금했다.

"아, 좋은 질문이네요. 솔직히 릴라를 좋아하셨을 거예요. 말수가 없는 것하며, 놀라운 집중력과 향수를 살아 숨 쉬게 만드는 능력하며. 하지만 델, 당신은 사랑하셨을 거예요. 당신을 어디 데려다 놓고 꼬치꼬치 캐물으며 당신에 얽힌 모든 정보를 캐내려고 하셨을 거예요. 그리고 렉스. 가끔 그를 보면 아버지가 생각나요. 남들과 거리를 두어야 하는 성격. 그러면 안 될 때조차 사랑을 떠나보낼 수 있는 능력."

"렉스에 대해서 알아요?"

"*위*, 금세 알 수 있겠던데요. 아버지가 그런 표정을 수십 년 동안 짓고 있었거든요."

"그런데 오늘은 그 표정이 없어졌어요. 오늘 오후에 우연히 만났는데 거의 다른 사람이 됐더라고요."

"이유가 뭐라고 생각해요?" 세바스티앙이 씩 웃자 얼굴이 환해졌고 두 눈이 비밀스럽게 반짝였다.

나는 숨이 멎었다. "아!" 마지막 도전 과제가 발표되던 날에 그의 표정이 달라졌는데 나는 이유를 정확하게 알 수가 없었다. 장미 향이 한 줄기 풍겼지만 그보다는 믿음과 희망과 그리고…… 사랑! "당신 *마망*!" 나는 외쳤다. 오렐리를 보았을 때 렉스의 표정이 달라졌다. "그분도 아세요?"

세바스티앙은 고개를 저었다. "모르시는 것 같아요."

앞뒤가 맞았다. 그는 실연의 아픔을 달래기 위해 마시기 시작했을 술을 끊었다. "그 향은 내가 오래전에 할머니와 함께 만든 향인데!" 내가 그 미묘한 본질을 본능적으로 포착했다. 실질적인 어떤 분위기이자 감정일 뿐, 그게 뭔지 정확하게 말로 설명한 방법은 없었다. 성분을 얘기하라면 할 수 있었다. 베르가모트, 핑크 페퍼콘, 장미, 사향, 기타 등등이었다. 하지만 그게 다가 아니라 그보다 더 실질적이었다. 그걸 이해하면, 그걸 뼛속 깊이 느끼면, 그걸 발산하면 그로써 다른 무언가가 만들어져서 그것이 나에게서 뿜어져 나와 작품에 스며들었다. 오, 주여. 나도 사랑을 하고 있었기에 이제 사랑의 향기를 맡으면 그것의 정체를 알 수 있었다.

나는 멍하고 아찔한 동시에 어지러웠다. 세바스티앙이 내쪽으로 다가오자 그의 향기가 달라졌다. 나는 무슨 향기인지 단박에 알아차렸다. 허공에 사랑의 기운이 감돌았다. 문자 그대로 그랬다.

할머니의 말이 맞았다. 사랑한다고 고백한 다음에서야 알 거라고 하더니…….

"주 템므, 티 아모, 테 아모."

"방금 3개 국어로 사랑한다고 얘기한 거예요?"

나는 당연히 할머니가 뒤에서 한 말인 줄 알고 고개를 홱 돌렸다가 내 입에서 나온 말이라는 걸 깨닫고 정수리까지 빨개졌다.

"으음." 머릿속이 어지러웠다. 그가 바로 옆에 있으면 그렇게 머리가 푸딩으로 변하고 입이 자기 멋대로 움직였다. 하지만 무슨 수로 이 상태에서 벗어날 수 있을까?

내가 뭐라고 얘기를 꺼내려던 찰나, 그가 내 위로 그의 입술을 갖다 댔고 나는 그에게로 빨려 들어갔다. 그 순간만큼은 갈비뼈를 두드리는 내 심장을 느끼며 가슴속의 모든 사랑을 실어서 그의 입맞춤에 화답하는 것 말고는 아무것도 할 수가 없었다.

우리는 입술을 떼고 서로를 물끄러미 바라보았고 내가 평생 찾아 헤맨 사람이 세바스티앙이었다는 걸 알 수 있었다. 하지만 관건은 그거였다. 나도 그에게 그런 존재일까?

릴라가 이어폰을 쓰고 휴대전화를 들여다보며 들어오자 주문이 깨졌다. 우리는 서로에게서 떨어져 나왔다. 나는 새빨개진 얼굴로 귀걸이를 만지작거렸고 세바스티앙은 테이블 앞에서 바쁜 척했다.

"아, 안녕." 그녀가 이어폰을 빼면서 말했다. "결국 저녁 먹는 거야?" 초콜릿을 그렇게 먹어놓고!

"응." 나는 그녀를 보며 이를 다 드러내고 웃었지만 어색하게 느껴졌다. "아마도!"

정신이 번쩍 들었다. 내가 도대체 무슨 생각으로 그랬을까? 그와 다시 입을 맞추다니! 그리고 사랑이라니, 사랑에 대해서 내가 아는 게 뭐가 있다고. 처음 느낀 연애 감정의 설렘일지 몰라도 그게 전부였다. 그럼에도 나는 슬그머니 내 아랫입술에 손을 갖다 댔다. 하늘을 나는 것 같았고 그런 기분을 또다시 느껴보고 싶었다.

　나는 즉흥적으로 미래를 위기에 빠뜨릴 수 있는 그런 여자일까? 그건 아니었다.

29

응접실에 앉아서 우리의 운명을 기다리자니 신경이 곤두섰다. 결승전을 앞두고 우리 셋 중 한 명이 탈락할 예정이었다.

렉스는 상사병이 난 강아지처럼 씩 웃었고 나는 미소를 애써 감추어야 했다. 그는 매혹적인 오렐리에게 꽂힌 그의 시선을 내가 모르는 줄 알았다. 대회가 끝났을 때 그가 사랑에 다시 한번 도전했으면 좋겠다. 그럴 만한 자격이 있는 사람이 딱 한 명 있다면 바로 렉스였다. 그녀도 그에게 관심이 있는지가 관건이었고 나는 나중에 알아낼 수 있었으면 좋겠다는 생각이 들었다. 릴라는 딱한 손톱을 속살이 드러날 때까지 물어뜯고 있었다.

"안녕하세요." 오렐리가 평소처럼 인사를 건넸다. "오늘은 르클레르 직원들에게 슬픈 날이네요. 다음 주에 열리는 결승전을 앞두고 한 참가자와 작별을 해야 하니 말이죠. 다들 긴장하고 계실 테니까 바로 본론으로 들어갈게요. 이번 주 우승자는 시대를 초월해서 영원히 잊히지 않을 '러브 포션'이라는 향수를 제출한 델이에요."

나는 감정에 압도당할 듯한 기분이 들자 아랫입술을 깨물었다. 친구 한 명이 짐을 싸게 되는 마당에 좋아서 펄쩍펄쩍 뛸 수는 없었다. 하지만 오래전에 나와 할머니를 괴롭혔던 수수께끼를 내가 드디어 해결했고 할머니가 옆에서 자신이 예전에 얘기한 대로 믿고 모험을 벌인 나를 칭찬하는 것처럼 느껴졌다.

"2등은 식도락에서 영감을 얻은 '스위트'를 제출한 릴라."

나는 렉스의 손을 잡고 힘을 내라는 뜻에서 꼭 쥐었다. 눈물 때문에 눈이 따끔거렸고 릴라는 괴로워하며 흐느껴 울었다. 렉스가 탈락자였다.

"아가씨들." 그가 우리를 끌어안았다. "나는 절대 우승이 목표가 아니었어요. 내 길을 찾는 게 목표였지. 여기까지 올 수 있어서 무척 기뻤어요. 이제 둘 중 한 명이 우승하는 걸 지켜보게 됐네요."

"당신은 승승장구할 거예요, 렉스." 나는 그가 여기 이 파리에서 필요한 걸 찾았다는 것을 알았기에 그래도 마음이 아주 무겁지는 않았다.

"우리가 결승전에 진출했어!" 릴라가 외쳤다.

"말도 안 돼." 내가 말했다. 온갖 술책과 방해공작이 결국에는 아무 소용없었다는 증거였다.

"결승전에서는 어떤 과제를 줄까?" 내가 물었다. 일주일 동안 성대하게 치러질까 아니면 어이없을 정도로 간단할까?

"누가 알겠어?" 그녀는 침을 꿀꺽 삼켰다.

세바스티앙이 말문을 열었다. "결승전은 내일 시작돼서 내일 끝나요. 9시 정각에 연구실로 와주세요. 근무시간이 끝나는 순간에 우승자를 발표할 거예요."

근무시간이 끝나는 순간이라니! 파리에 아무리 못해도 일주일은 더 있을 줄 알았더니. 너무 갑작스러웠다. 탈락하자마자 짐을 챙겨서 곧장 공항으로 건너가 다음 비행기를 타고 떠난 다른 참가자들과 다를 게 없었다. 실망감에 마음이 무거워졌다. 왜 그렇게 서두르는 걸까?

"후아." 렉스가 말했다. "뭉그적거리지 않겠다는 거네요?"

세바스티앙은 그를 보고 옅은 미소를 지었다. "지체 없이 진행하고 싶어서요."

얼른 해치우고 짐을 싸서 떠나려는 걸까? 라벤더 향을 풍기는 프로방스의 언덕으로 가려는 걸까?

렉스는 헛기침을 하고 시선을 떨어뜨렸다. "음, 나는 아파트에서는 나가겠지만 파리에는 계속 머물러 있을 생각인데……."

나는 아무것도 모르는 척했다. "파리에 계속 있을 생각이라고요, 렉스? 무슨 이유라도 있어요?" 나는 눈을 동그랗게 뜨고 그를 쳐다보며 그가 고백하길 바랐다.

"아뇨. 그냥 파리를 좀 더 구경하고 싶어서요."

"진짜예요?" 나는 눈을 가늘게 떴다. "그게 전부는 아닌 것 같은데."

그는 얼굴을 찡그렸다. "왜 이래요, 미스 아메리카, 나 좀 그만 괴롭혀요. 이…… 이 향수 조련사야."

"그 별명 마음에 드는데요?" 나는 씩 웃으며 말했다. "향수 조련사, 델 제임슨."

세바스티앙이 웃으며 말했다. "오늘은 적당히 놀아요. 내일 쓸 기운을 비축해놓아야 하니까."

기운을 비축해놓으라니! 또다시 파리 전역을 누벼야 하나? 내 발에는 첫날 벌을 받은 여파가 아직까지 남아 있었다.

우리는 헤어지면서 조금 이따가 다시 만나기로 약속했다. 내일 바로 옮길 수 있도록 먼저 짐을 싸놓아야 했다. 우승자는 르클레르 아파트 꼭대기 층의 스위트룸에서 머물며 향수 컬렉션을 디자인하게 될 것이다.

나는 짐을 싸고 방을 정리한 다음 침대 끝에 걸터앉아서 숨을 내뱉었다. 여러 가지 감정들이 나를 강타했다. 외로움,

미련, 불안, 흥분. 다른 참가자들과 그들의 얘기, 우리의 여정에 대해 생각해보았다. 릴라는 반드시 상금을 받아야 파리에 남을 수 있었다. 그렇지 않으면 그녀의 인생을 마음대로 좌우하려 드는 가족들 곁으로 돌아가야 했다. 렉스는 쉰다섯의 나이에 드디어 열정을 불사르며 향수업계에서 이름을 날리게 될지 모르는데 더불어 연애도 살짝 할 수 있으면 좋겠다.

하지만 지금 나는 어디에 서 있을까? 파리에서 보내는 시간이 길어질수록 뉴욕에서의 꿈은 점점 희미해졌다. 내가 계획 없이 버틸 수 있을까? 아닐 것이다. 향수를 만들 때라면 모를까 나는 원래 비현실적이고 허황된 성격이 아니었다. 나는 앞으로 5년 뒤에 내가 어디에 있을지 알아야 했다. 그러지 않으면 올바른 길로 가고 있는지 무슨 수로 알 수 있을까?

나는 젠에게 전화를 걸었고 그곳은 꼭두새벽이라는 걸 알았지만 그래도 그녀가 전화를 받아주길 바랐다. 그녀는 하품 소리와 함께 전화를 받았다. "여보세요?"

"자는데 깨워서 미안해."

"무슨 일 생겼어?" 그녀가 물었다.

"아마도."

"아마도면 무슨 일이 생겼다는 거잖아. 뭔데?"

"내가 결승전에 진출했어……."

"뭐!" 그녀는 비명을 질렀다. "오 마이 갓, 델! 결승전까지 진출하다니! 내가 그럴 줄 알았어, 네가 그만한 능력이 될 줄 알았어!"

"응, 그러게, 정말 엄청난 일이긴 하지만 나는 이제 내 미래가 잘 그려지지 않아. 내가 원하는 게 뭘까? 상황이 달라지고 나도 달라져서……."

"아우, 델, 너무 그렇게 몰아붙이지 마. 그냥 좀 지켜보면 안 돼? 우승을 하든 못 하든 남은 여름 동안 파리에서 지내보면서."

나는 걱정의 한숨을 쉬었다. "그래도 되겠지. 하지만 그게 무슨 의미가 있을까?"

"너를 시험해보는 거야. 기억 안 나? 원래 익숙한 공간에서 뛰쳐나가는 게 이번 대회의 참가 목적이었잖아. 그런데 내가 보기에 너는 다시 그 안으로 뛰어 들어온 것 같아. 뉴욕도 훌륭한 목표였지만 너도 얘기했다시피 상황이 달라졌기 때문에 지금은 알맞은 시기가 아닐 수 있어. 5년 뒤에 네 이름이 향수의 대명사가 되면 그때 뉴욕으로 건너가서 5번가에 부티크를 내도 되잖아. 지금 가면 어느 어두컴컴한 골목길밖에 여력이 안 될 텐데."

"흠, 그래, 그래, 네 말에도 일리가 있다. 하지만 계획이 없으면 정처 없이 헤매는 기분이지 않을까? 내가 갑자기 온종일 잠만 자고 초콜릿만 먹고 자막이 달린 영화를 보고 게을러지면…….”

“그럼 재밌는 시간을 보내는 거지, 뭘. 한 해 여름을 그렇게 보냈다고 해서 네 미래가 망가지지는 않아. 새로운 계획이 자연스럽게 떠오를 때까지 거기 있겠다고 약속해.”

“그래, 어쩌면.” 어쩌면 아닐 수도 있고.

“그리고 세바스티앙하고는 진전이 좀 있어?”

“전혀 없어.”

“그래도 불만 없고?”

“아니, 그렇지는 않아.” 결승전을 앞둔 지금 같은 시점에 그를 걱정하고 싶지는 않았다. “그 문제는 잠깐 접어두고 대회는 어떻게 해? 내가 우승하면 릴라가 상금을 받지 못할 테고 그러면 그녀의 꿈을 이루지 못할 텐데.”

“아우, 델, 내가 이럴 줄 알았다. 대회잖아! 너도 릴라만큼 우승할 자격이 있어! 네 꿈은 어쩔 건데?”

나는 한숨을 쉬었다. “아무래도…….”

그녀는 말투를 부드럽게 바꿨다. “델, 그냥 우승해라, 응? 할머니를 위해서, 네 미래를 위해서 우승해. 너는 향수를 사랑하니까 그럴 자격이 있어.”

나는 숨을 크게 들이마시고 자매들이 제일 잘하는 걸 했다. 화제를 바꾸는 것 말이다. “그래서 제임스는 어떻게 지

내? 결혼 준비는?"

"윽." 그녀가 말했다. "야반도주를 해야 할까 봐. 엄마는 그게 뭔지 모르겠지만 호수의 여신 결혼식 어쩌고저쩌고하고 있고 아빠가 결혼식 사회를 보겠대⋯⋯." 그녀는 이 말을 시작으로 비정상적인 우리 가족의 얘기를 늘어놓았다.

나는 전화를 끊고 클레망틴이 쓰던 쪽을 잠시 쳐다보았다. 그녀가 없어서 평화롭긴 했지만 조금 외롭기도 했다.

나는 옷을 갈아입었다. 나가서 점심을 먹고 렉스, 릴라와 함께 파리를 마지막으로 한참 동안 돌아다닐 작정이었다.

30

　나는 운명을 받아들일 마음의 준비가 됐다. 결승전이 임
박했고 우리는 오렐리와 세바스티앙이 연구실로 와서 지시
사항을 전달하길 초조하게 기다렸다. 릴라는 기도하기 바빴
고 응원차 참석한 렉스는 무릎을 끌어안고 창가에 앉아서 창
밖을 내다보며 말없이 사색에 잠겼다. 나는 무릎을 위아래로
흔들고 팔찌를 만지작거렸다. 예전에 클레망틴이 너무 시끄
럽다며 화를 냈던 팔찌인데 그녀가 그런 소리를 하다니 아이
러니한 일이었다.

　마침내 그들이 들어오자 우리는 얼어붙었다.

　"이렇게 두 분이 남았군요." 세바스티앙이 새하얀 치아를
눈부시게 반짝이며 말했다. 우리는 뒷짐을 지고 그의 앞에
모여서 시작할 준비를 했다. "조향사는 후각에 많이 의존할

수밖에 없죠. 그러니까 '코', 여러분의 타고난 재능, 여러분이 이 자리에 있는 이유를 테스트하는 것보다 더 훌륭한 테스트가 어디 있을까요?"

그런 테스트라면 양호한데? 함정이 있을 게 분명했다.

"잠시 후에 직원이 이국적인 것에서부터 평범한 것에 이르기까지 향수에 쓰이는 다양한 재료를 들고 올 거예요. 어떤 것을 선택하는가는 여러분 마음이에요. 재료의 이름을 먼저 틀리는 사람이 탈락이에요. 쉬워 보이죠, 응?"

네, 엄청 쉬워 보이는데요? 대부분 보는 즉시 알 수 있을 텐데. 하지만 나는 잠자코 있었다.

"난이도를 높이기 위해 모든 재료를 종으로 덮고 여러분의 눈에는 가리개를 씌울 거예요."

"아아." 내가 말했다. 우리는 후각에만 의존해야 했다. "그러니까 정리하자면 정답을 알아맞히지 못하면 탈락이라 이거죠? 맞나요?" 우리는 여유를 부릴 수도, 다른 어떤 것에 기댈 수도 없었다.

"맞아요. 그리고 공정성을 기하기 위해 순서는 제비뽑기로 결정할게요. 짧은 줄을 뽑는 사람이 종을 먼저 선택하는 거예요."

릴라와 나는 알았다는 뜻에서 눈빛을 주고받았다.

"준비됐나요?" 세바스티앙이 물었다.

"네." 우리는 소곤소곤 대답했다. 나는 심장이 두근거렸고 손에서 땀이 났다. 몇 분 만에 끝날 수도 있었다!

오렐리가 제비뽑기를 거들었고 내가 짧은 줄을 뽑아서 먼저 시작하게 됐다. 위험했다.

세바스티앙이 눈을 가리자 나는 찰나의 순간 동안 상상의 나래를 펼쳤지만 금세 서늘하고 냉정한 공포가 덮쳐왔다.

그가 나를 작업대로 데려갔다. "몇 번을 선택할래요, 델?"

"10번이요." 내가 말했다.

그가 종을 들자 나는 어떤 재료인지 당장에 알 수 있었다. 그래도 더듬더듬 그걸 집어서 확인차 냄새를 맡았다. "참나리요."

"위. 아주 좋아요."

다음은 릴라의 차례였다. "라벤더요."

"위."

다시 내 차례였다. 내가 숫자를 고르자 세바스티앙이 종을 열었다. 쉬웠다. "오렌지요."

"위." 세바스티앙이 말했다. "다시 릴라가 알아맞힐 차례네요."

릴라는 초조하게 혼잣말을 중얼거리며 작업대로 다가갔다. "으악." 그녀가 말했다. "냄새가 고약하네요. 다이메틸설파이드요."

일부 향수에 쓰이는 다이메틸설파이드는 유황과 양파 냄새가 났고 섞지 않은 자연 상태에서는 유독한 화학물질이었다.

다시 내 차례였고 나는 단박에 알아차렸다. "페놀이요." 내가 말했다. 청소용액처럼 냄새가 코를 찔렀다.

"*위.*"

다시 릴라의 차례였다. 나는 그녀를 걱정하느라 숨을 참았다. 종으로 덮여 있는 재료는 복불복이었다. 그녀는 한참 동안 고민하다 의기양양하게 외쳤다. "화약인가요?"

세바스티앙은 폭소를 터뜨렸다. "맞아요. 예전에 유명한 조향사들이 썼던 재료죠."

상상도 못할 일이었다. 향수에 들어가는 재료의 절반만 알아도 소비자들은 머리가 터져버릴 것이다. 요즘은 대부분의 재료를 합성 복제하지만 언뜻 듣기로는 얼마 전까지만 해도 혐오스러운 재료를 써서 향수를 만들고 밸런스를 맞췄다. 향수로 만들어지면 냄새가 고약한 재료도 더 이상 감지가 되지 않았다. 고약한 향이 좋은 향의 균형을 맞춰서 완벽한 조합을 탄생시켰다.

이제 내 차례였고 앞으로 점점 어려워지겠다는 걸 느낄 수 있었다.

세바스티앙이 마지막으로 나를 작업대 앞으로 데려가서 종을 열었다. 나는 이로써 내 미래가 달라진다는 걸 알았기에 잠깐 숨을 골랐다. 침향목이었다.

"유창목이요." 나는 말하고 나의 선택이 옳았길 기도하며 기다렸다. 나는 머리가 아니라 가슴이 시키는 대로 했다.

정적이 흘렀고 내 가슴이 희미하게 두근거리는 소리만 들렸다. 그들에게도 이 소리가 들릴까?

"안타깝네요, 델." 세바스티앙이 말했다. "침향목이었어요." 실망한 나머지 그의 목소리가 잠겼다.

나는 놀란 척했다.

"이로써 우승자가 결정됐네요. 릴라."

릴라는 비명을 지르는 동시에 울음을 터뜨렸고 렉스가 그녀를 끌어안고 빙글빙글 돌렸다. 그가 마침내 그녀를 바닥에 내려놓자 나는 달려가서 그녀를 껴안았다.

"축하해, 릴라! 우리 똑순이 아가씨!"

"믿기지가 않아, 델! 이로써 내 인생이 달라질 거야. 전부 달라질 거야! 하지만 정말 미안해!"

"미안해할 것 없어, 릴라! 정정당당하게 이긴 거잖아." 나는 내 선택이 옳았다는 생각을 하며 웃음을 감추었다.

우리 짐 가방이 짧게 두 줄로 놓였다. 렉스는 마레 북부의 아파트로 이사하는 중이었고 나는 샤를 드골 공항까지 태워다줄 장 마르크를 기다리는 중이었다. 릴라, 렉스, 르클레르 직원들과 성대한 축하 파티를 열었고 나는 눈물을 참느라 애를 먹었다.

내가 참여한 이 놀랍고 특별한 순간을 평생 잊지 못할 것이다. 르클레르의 은밀한 세계를 급습해 신비로운 향수 여행을 떠났던 이 순간은 내 발전의 밑거름이 될 것이다.

이것이 내 향수에 미치는 영향은 무궁무진했다. 파리에서 쌓은 경험은 복제할 수 없었고 내 곁에 영원히 남을 것이다. 하지만 마지막으로 해야 할 일이 있었다.

"오렐리." 나는 사무실로 그녀를 찾아갔다. "장 마르크가 도착하면 연락해줄래요? 해야 할 일이 있어서요……."

그녀는 미소를 지었다. 다시금 사랑에 빠지고 싶어 하는 여인의 미소였다. 렉스가 그녀에게 고백을 했는지 궁금해졌다. 문득 느껴지는 솜사탕 같은 주아 드 비브르 향이 연관이 있다면 그가 고백했고 그들이 대회를 생각해서 티를 내지 않고 있다는 뜻이었다.

"그럴게요." 그녀가 프랑스인 특유의 매력을 풍기며 말했다. "천천히 해요."

나는 고개를 끄덕이고 모든 게 시작된 곳으로 걸어갔다.

포인트 제로.

소원을 비는 곳. 나는 바닥에 박혀 있는 조그만 놋쇠판을 내려다보다가 주위를 얼른 살피고 그 한가운데로 들어섰다.

한심한 기분이 들었지만 이번 한 번만큼은 그냥 참기로 하며 한쪽 발을 들고 폭소를 터뜨린 다음 눈을 감고 세 바퀴를 돌며 진정한 사랑이 나를 찾아오길 빌었다.

이게 진정한 사랑이라면 저에게 힌트를 주세요. 나는 소원의 신에게 속으로 빌었다.

눈을 떠 보니 나를 맞이하는 것이라고는 구경꾼들의 호기심 어린 시선뿐이었다. 내가 뭘 바랐을까? 비둘기가 편지를 물고 날아오길 바랐을까? 나는 점점 몰려드는 사람들을 피하느라 몸을 돌려서 달려가다가 누군가의 널찍한 가슴을 정통으로 들이받았다. "죄송해요, 제가……."

"뭘 달라고 빌었어요?" 그가 허스키한 목소리로 물었다.

"당신이요." 내 뺨이 화끈거렸다. "그러니까 내 말은……."

"그래서 내가 이렇게 왔잖아요." 그의 입술이 내 입술을 덮쳤다. 나는 그의 목을 두 팔로 끌어안고 그를 내 쪽으로 끌어당겼다. 사람들이 박수를 치기 시작한 건 거의 알아차리지도 못했다.

"이렇게 금세 효과가 나타날 줄은 몰랐어요." 나는 선명한 초록색 눈을 들여다보며 가쁜 숨을 몰아쉬었다.

"분부만 내리소서!" 그는 씩 웃으며 내 손을 잡았다. 기적이 이루어지는 듯한 광경에 놀란 사람들이 경쟁하듯 포인트 제로 앞에 줄을 섰다. 내가 뭐라고 그들의 즐거움에 재를 뿌릴까?

우리는 웃으며 옆으로 비켰다.

"당신이 일부러 우승을 포기한 거 알아요." 그가 말했다.

"눈치챘어요?" 풀이 죽은 표정으로 눈물을 글썽이는 연기
가 어설펐을까?

"위. 왜 그랬어요?"

"그게 옳은 선택일 것 같아서요."

"여기 있어요, 델. 파리에 있어요."

"왜요?"

"내가 그래줬으면 하니까요."

나는 그에게 사랑한다고 3개 국어로 얘기하지 않았던가.
그게 내 꿈을 포기한다는 뜻이었을까 아니면 새로운 꿈을 만
들겠다는 뜻이었을까? "당신 주려고 이거 만들었어요." 나는
핸드백에서 조그만 향수병을 꺼냈다.

그는 폭소를 터뜨렸다. "나는 당신 주려고 이거 만들었는
데." 그는 주머니에서 분홍색의 조그만 병을 꺼냈다.

우리는 각자 마개를 열고 코 아래에 대고 향을 맡았다. 그
가 나를 위해 만든 향수는 폭죽처럼, 프렌치 키스처럼, 달빛
아래에서 나누는 사랑처럼 폭발적이었다. 달콤하고 황홀한
해방이었다. 상심의 그늘에서 벗어나 사랑을 할 준비가 됐다
는 그의 약속이었다.

세바스티앙이 먼저 얘기했다. "러브레터 뭉치, 꽃을 피우지 않은 장미, 아직까지 따뜻한 이불, 산마루 위로 솟은 태양, 당신 마음으로의 초대장이네요?"

우리는 죽이 너무 잘 맞았다. 이게 잘못된 선택일 리 없었다.

나는 이번 한 번만큼은 심장이 시키는 대로 따를 것이다.

릴라는 필사적으로 그러길 원했고 이제 상금이 생겼으니 그럴 수 있었다.

"여기 있어 줄래요?" 그가 다시 한번 물었다.

"뭐, 파리는 세계 향수의 중심지잖아요."

"내가 당신 물건을 하나 가지고 있어요." 그는 주머니에서 내 스카프를 꺼냈다. 파리에서의 맨 첫날 바람에 날린 스카프인데, 이제는 꿈과 희망의 향기를 풍겼다.

"그걸 보관하고 있었어요?"

"바로 그 순간 당신한테 반했거든요……."

처음부터 이럴 운명이었다. 별에, 하늘에, 향수병의 형체에 새겨진 운명이었다. 내가 들고 있는 향수 속에 담긴 운명이었다.

우리는 서로 끌어안았고 나는 시간이 멈추길 바랐다. 그 순간에 영원히 머무르고 싶었다. 진정한 사랑은 언제나 길을 찾기 마련이었다.

나는 『샹젤리제 거리의 작은 향수가게』의
최종 교정지를 받아들었을 무렵에 절친한 친구를 잃었다.
나에게 갑작스럽게 찾아온 감정과 내 원고가
절묘하게 맞아떨어진다는 생각이 들었다.
이 작품에서는 상실의 슬픔이 중요한 역할을 하는데,
나는 육신은 사라졌을지 몰라도 사랑하는 사람들은 여전히
우리 곁에 머물러 있다는 정서를 전달할 수 있었으면 했다.

그들은 태양이 하늘을 황금빛으로 물들이며
저물어갈 때 거기 있다.
그들은 비온 뒤 느껴지는 상쾌한 냄새다.
그들은 우리 꿈속에 등장하고 맨 처음 눈을 떴을 때
우리 곁에 있다.
그들은 우리가 모험을 저지르는 이유다.
그들의 죽음으로 우리는 용감하고 대담해지고
현재를 살아야 한다는 것을 기억한다.
그리고 무엇보다도 사랑하며 살아야 한다는 것을 기억한다.
사랑이 없으면 이 세상에는 아무것도 없다.

이 작품은 제프의 영전에 바친다.
그가 우리 가족에게 베푼 사랑에 감사하며.

친애하는 독자 여러분에게

잠깐이나마 현실을 차단하고 허구의 세계 속으로 풍덩 뛰어들어주어서 고마워요. 편안한 집에서 구석구석 신나는 모험이 되었길 바라요.

여러분이 없었다면 나는 가상의 친구들과 몇 날 며칠이고 얘기를 나눌 수 없었을 거예요. 그 친구들이 너무 실존 인물처럼 느껴져서 가족들과 대화를 나누는 도중에 이름을 들먹이는 바람에 살짝 맛이 간 사람 취급을 당하지만…… 그래도 괜찮아요!

여러분도 작품 속 등장인물들과 함께 웃고 울며 그들을 응원하고(악당들도 나중에는 반성할 테니까요) 그들이 여러분에게도 친구 같은 존재가 되었으면 좋겠어요.

작가에게는 서평이 천금과도 같답니다. 그러니까 이 책을 읽고 감동을 받았고 '해피엔딩'을 느꼈다면 여러분의 생각을 공유해주세요. 그럼 내가 그에 대한 보답으로 사이버 포옹을 해드릴게요!

사랑을 담아서

레베카

로맨틱 파리 컬렉션 #3

샹젤리제 거리의 작은 향수가게

지은이 레베카 레이즌
옮긴이 이은선
펴낸이 정규도
펴낸곳 황금시간

초판 1쇄 발행 2019년 3월 11일
초판 3쇄 발행 2021년 1월 5일

편집 권명희 이수빈
디자인 ALL designgroup
표지 그림 로사(김소은)

황금시간
Golden Time

주소 경기도 파주시 문발로 211
전화 (02)736-2031(내선 360)
팩스 (02)738-1713

출판등록 제406-2007-00002호
공급처 (주)다락원
구입 문의 전화 (02)736-2031(내선 250~252)
　　　　　 팩스 (02)732-2037

값 13,000원
ISBN 979-11-87100-68-3 03840